我的家乡我的家

陈建国◎著

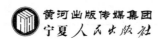

黄河出版传媒集团
宁夏人民出版社

图书在版编目（ＣＩＰ）数据

我的家乡我的家／陈建国著. —银川：宁夏人民出版社，
2016.6（2023.8重印）
　　ISBN 978-7-227-06378-0

　　Ⅰ.①我… Ⅱ.①陈… Ⅲ.①散文集—中国—当代
Ⅳ.①I267

中国版本图书馆CIP数据核字（2016）第149997号

我的家乡我的家　　　　　　　　　　　　陈建国　著

责任编辑　杨敏媛
封面设计　王　稳
责任印制　侯　俊

 黄河出版传媒集团
宁夏人民出版社　出版发行

出 版 人　薛文斌
地　　址　银川市北京东路139号出版大厦（750001）
网　　址　www.yrpubm.com
网上书店　www.hh-book.com
电子信箱　nxrmcbs@126.com
邮购电话　0951-5052104　5052106
经　　销　全国新华书店
印刷装订　三河市嵩川印刷有限公司
印刷委托书号（宁）0027079

开　　本　880mm×1230mm　1/32
印　　张　10
字　　数　250 千字
版　　次　2016年6月第 1 版
印　　次　2023年8月第 2 次印刷
书　　号　ISBN 978-7-227-06378-0
定　　价　49.80元

我这半辈子的乡恋（代序）

　　浙东鄞西四明山麓龙观乡，是生我养我半辈子、甜酸苦辣工作三十余载的家乡。这里依山傍水，风景秀美，是个被大山包裹着的山区小乡。境内不仅有国家4A级风景名胜区——五龙潭、省级森林公园——中坡山，而且有誉为"中国桂花之乡"的万亩桂花观光园及宁波市命名为"十大文化古道"的大松湾等10条古道，全长60公里。半个多世纪的风风雨雨，35年的足遍大山，积淀了我对这个山乡和亲人的悠悠情思、深深眷恋。

　　我热爱《我的家乡我的家》，是因为这里风光旖旎，让人流连忘返；我感悟《我的家乡我的家》，是因为这里富有原生态魅力，让人难舍难忘；我抒情《我的家乡我的家》，是因为这里四季瓜果飘香，让人感受"采菊东篱下"的悠然；我亲情和怀念《我的家乡我的家》，是因为这里有我的亲人和永远铭记的逝者……这里，没有喧嚣，只有浓浓的乡情和悠悠民风；这里，没有"同唱一首歌"的高楼大厦，只有文化古韵浓厚、风格各异的新农居。因此，我的家乡，是一首动听的歌，是一幅美丽的画；我的家和家人，记载着一个山乡流逝的岁月，展现着当今山乡民众生活的幸福和安康！

　　站在四明山上鸟瞰，家乡可谓是个水的世界。江河、湖泊，何处不在。如隐藏在丛林之中的四明湖、东钱湖……"高峡出平湖"的皎口、白溪、亭下水库……环绕城区的月湖、日湖、甬江、奉化江、姚江……还有中国渔资源最丰富、鱼质超群的广阔东海……当它们仰望苍穹的时候，仿佛是一双双守望丛林和大地之眼，而这一双双清澈的眼睛，让多少忙碌奔波的人们停留驻足，沉静下来，任思绪飘飞，奔流成河。纵横交错的山脉，潺潺轻盈的山泉，还有星罗密布的瀑布，滋润着温暖祥和的家园。一代又一代的家乡人，在这块古老的土地上繁衍生息，在静谧之处获得永恒的平淡与安宁，用仁者之心守护着自己的家园，守护着这片栖息着源源生命的纯净自然。

五龙潭，近十几年来崛起的一颗旅游景区新星。那里，不仅是浙东龙文化发祥地，龙文化内涵深厚，而且四季一步一个景：阳春三月，绿色浓郁，繁花似锦；炎炎夏日，绿树成荫，瀑布轰鸣；秋风微微，果实累累，满山香飘；冬雪飞舞，银白泛绿，成为画家笔下的泼墨之作……

漫步中坡山，悠长峡谷绵延几十里，不仅四季移步换景，而且龙潭飞瀑、溪流、洞穴……传说、典故、出处有板有眼。山风吹过，树影婆娑，舞姿翩翩，古树群寂寥幽深。肉质鲜嫩，味美可口溪中的油鱼、色花鱼、溪鳗、甲鱼等，让人馋涎欲滴。国家二三级保护动物云豹、穿山甲、河麂、豹猫、豪猪、花面狸、小灵猫、野猪等兽类；东方白鹤、红嘴蓝雀、红头长尾雀、灰胸竹鸡、黑枕黄鹂、画眉、金翅雀、云雀、红嘴角相思鸟、黑背燕尾等鸟类；红点锦蛇、蝮蛇、眼镜蛇、五步蛇、赤链蛇、石龙子、乌龟、鳖、蹼趾壁虎、宁波滑蜥等爬行类；日本林蛙、花臭蛙、华南湍蛙、大树蛙、沼蛙、中华大蟾蜍、金钱蛙、虎纹蛙等两栖类动物，让人望而生畏。

这里，群山簇拥，绿水环抱溪涧。水，是中坡山被赋予独特的个性。它们从深山峡谷走来，奔流直下悬崖，银浪倾泻，气势磅礴。林，在中坡山被转化成一个广泛而多姿多彩的概念。其形态嶙峋，隙鳞相间，白浪激荡，从石间穿插，乍分乍合，水石相依，蔚然成趣。洞，是中坡山的又一大特色。大自然通过几亿万年地壳运动形成的奇特洞景，像进入幻境一般，一幅幅奇形怪状的立体图案，各色各样熔岩形状如舞台上的帷幔，寺庙中的神台佛龛，雨后的春笋，连串的璎珞，惟妙惟肖，剔透玲珑，古朴幽雅，景致可趣，令人目不暇接……

伫立在村落、田野、山坡的牌楼、牌坊，是家乡龙观的历史文化记忆。这里有建造于明万历元年（1573 年）距今已有440 多年历史的"四明山"坊，清嘉庆十年（1805 年）建造的"双节坊"，清道光六年（1826 年）建造的"节孝亭"，清嘉庆七年（1802 年）的"元吉在上"摩崖石刻；距今 800 多年历史的楼钥墓及南宋石刻；始建于南宋末年（1279 年）距今已有 730 多年历史的灵威庙，还有具有红色革命记忆的"李敏烈士活动旧居"和"四明修枪所"等。

龙观，是一个历史悠久的山乡。早在新石器时代的母系氏族公社时期，境内就有原始人类居住。秦始皇二十五年（公元前 222 年）建置句章县后，这里人类大量繁衍生息，古道便成了龙观通往外界的必经之路。这里，不仅有宁波市命名"十大文化古道"的大松湾，而且还有鹁鸪岭、蚂蟥岭、阳堂等全长 50 公里的九条古道。这些文化古道，无不记载着龙观历史文化的底蕴和人间沧桑。

历史的变迁给家乡也带来了无限机遇。上世纪六十年代末起，龙观人民通过勤劳的双手硬生生地刨出了"千年出山路"，圆了山民千年"出山梦"，从而也打开了致富之路。随着改革开放的不断深入，龙观面貌和人民生活发生了翻天覆地的变化，尤其是近十年来，成为了造化一方钟灵毓秀之地。境内声名远播的清新五龙潭、森林中坡山，香飘桂花村，别具一格的"美丽乡居"……成为了人们休闲、健身，感知龙文化、感受大自然的好去处。一个名不见经传的山区小乡，先后获得了"中国桂花之乡""全国环境优美乡""全国特色景观旅游名镇""全国基层关工委先进集体""全国离退休干部党支部先进集体""浙江省旅游强乡""浙江省体育示范乡镇""浙江省东海文化明珠乡""浙江省卫生乡"等诸多荣誉称号。可以这样说，龙观这个区域面积 73 平方公里，仅 10 个行政村、1 个社区、1.2 万常住人口、0.3 万外来流动人口，一个在电子地图上很难找到的小不点，现今，在鄞州区、宁波市乃至浙江省、全国崭露头角，声名远播。

家乡龙观，是个诗情画意的山乡。错落有致的马路，像一条条灰白色的绸缎，在这片土地上潇洒地编织着最绚丽的舞蹈；郁郁葱葱的树木，好比鳞次栉比的守护者，用闪烁着坚毅的目光，直直地眺望着地平线上第一缕洒在这片土地上的阳光；泼墨似的青山，如大自然调色板上最浓重的那一笔色彩，深深地镶嵌在山乡的四周，以巍峨、不屈的眼神，征服每一个乡人；染色般的绿水，安静地徘徊在深山脚下，蜿蜒曲折地，却又不顾一切地，驶向希冀的远方。

文人的笔墨挥写不尽这份独属于山乡的壮美，骚客的纸砚留不住这场独属于山乡的舞会。我相信龙观是一个安静的江南女子，有着眉间淡淡的哀愁，有着指间残留的墨香。她会将菊花醉成酒，她会将诗意缀成舞；她可以文静，可以坚韧，柔中带刚的本性；她不会屈服于现状和挫折，会义无反顾地奔向最美的地平线上。

春夏秋冬的原野，有鸟鸣，有果香；有花飞，有瀑隆；有叶红，有蝶舞；早晨的雾，午后的阳光，满天花蕾绽放的心扉，踩着这片深厚悠远的大地，埋下我深深的爱。

家是生命的驿站，漂泊的归所；家是亲情的纽带，温暖的所在；家是心灵的港湾，力量的源泉。家是一轮太阳，家人欢乐的笑容合成一缕温暖的阳光。无论我身在何方，心永远朝着家的方向，那里有给予我生命的父母，有陪我一路走来的兄弟姐妹，有相濡以沫的爱人，有活泼可爱的孩子……因此，家是我心里永远最柔软，最甜蜜的地方。

家是最美的风景，无论奔波在哪里，都是我疲倦时的栖息地、心灵的伊甸园。每当我伤心时，最先想到的便是家，那是我心灵得到抚慰的地方。每当幸福时，我依然会想到家，那是我承载欢乐的天空。家，就是历尽艰辛之后，让心灵停靠的港湾，让疲惫的身躯得到休养，让千疮百孔的心灵得到修复。有一个家是多么重要，在我困难的时候能够给我最真的帮助，让人觉得有一种依靠，即使前路崎岖，但仍有继续前行的动力。

家是我心中的一片绿洲，这里，没有灯红酒绿的浮躁，没有莺歌燕舞的妖娆，只有温情，只有安宁，只有最真的陪伴。家是我最牵挂的地方，家是我爱心的归宿，家是我魂牵梦萦的爱巢！穿过四季，历经风雨，踏过落寞，走过繁华，无论我的双脚踏在哪一片土地，心里总能听到家的声声召唤。

家是我一生向往的地方。因为有家，所以才有深沉的牵挂，生命才不会因无根而枯萎；因为有家，所以才让我全身洋溢着温暖，充满着幸福！有家是多么的幸福，所以，我对家总有一种说不出的温暖，对亲人有一种说不出的眷恋，对驾鹤仙逝的长辈永远怀念、铭记在心……

目　录

第二辑　悠悠家乡情

第三辑　家人与家

第一辑

家乡的风景

在四明山上鸟瞰

站在家乡的四明山上，鸟瞰，广袤的大地上江河、湖泊，何处不在。隐藏在丛林之中的四明湖、东钱湖……"高峡出平湖"的皎口、白溪、亭下水库……环绕城区的月湖、日湖、甬江、奉化江、姚江……还有中国渔资源最丰富、鱼质超群的广阔东海……正是由于水的日积月累，才在丛林里、田野上形成了湖泊、江河和海洋。当它们仰望苍穹的时候，仿佛是一双双守望丛林和大地之眼。古人云："贵以贱为本，高以下为基。"这一双双清澈的眼睛，让多少忙碌奔波的人停留驻足，沉静下来，任思绪飘飞，奔流成河。

宁波，作为江南的水乡，纵横交错的河流，潺潺轻盈的山泉，还有星罗密布的湖泊，滋润着温暖祥和的家园。一代又一代的宁波人，在这块古老的土地上繁衍生息。大自然孕育了水，水孕育了生命。宁波的水与世无争，在静谧之处获得永恒的平淡与安宁。有多仁厚的心，就会有多辽阔的疆界与河流。宁波人用仁者之心守护着自己的家园，守护着这片栖息着源源生命的纯净自然。

水，走在大地上，孕育着生命，有丰收的风景；水，走在城市里有钢筋水泥与建筑外的抒情；水，走在城市生命的内核，时而温驯，时而躁动，它是我生命最深处的原风景。水是万物之本源，也是文明之求索。在中国，有水的地方就有绿洲就会有生命。然而，由于生态环境恶化，曾经有多少个绿洲文化从鼎盛到消亡，有多少莹洁宁静转变成苍茫绝域。如举世闻名的楼兰，尼雅，还有我们宁波的广德湖……随着河水的断流，千年的文明与古城、古湖一起被掩埋在漫漫黄沙和杂草丛生之下，干涸了芸芸众生诗意的梦想。

水是生命的命脉，是城市与乡村生态系统的核心。水有雪山之巅的倩影，是滴石坚韧里的柔美。它逶迤似蛇，缠绕在我们祖祖辈辈贫瘠的土地里；它柔软轻盈，似缥缈如烟的大地轻歌。水是柔弱的，也是坚韧的，水是大自然最灵动的生命。它是叶脉上接受阳光的天使，鲜活自然；它是七彩虹里升华出来的精灵，色彩斑斓；它是李白笔下飞泻而下的瀑布，有"银河落九天"的气势；它是潮起潮落时挥舞的最高智者，省视着苍茫里的一切。它有历史的沧桑，有柔韧，有刚柔母性的婉转；它日夜奔流，导引着大自然的柔美与坚强。

我喜欢家乡的水，它一直流淌在家乡的怀抱，汩汩浇灌着家乡的土地，那潺潺流动的柔声，是一种古朴的纯情，很纯净，温馨生动，把一个个夜的美，悄然翔起。与水和谐，那里有我年少时心灵流连的徘徊，那里有我双足戏水时的愉悦，也有我温暖而惆怅的梦幻。那汩汩地流淌声打出家乡人心底最美的心跳，那么纯朴，那么自然，那么可爱。家乡的水，在有节奏地响着，每一秒都是家乡人的智慧与水的和谐。然而，现实却让人不能再沉醉于昔日人水共美的"幻境"，一个个人类亲手"缔造"的数字，让人不得不警醒，甚至恐惧："中国淡水资源总量仅占全球水资源6%，人均2200立方米，为世界平均水平的1/4，是全球人均水资源最贫乏的13个国家之一。在全国已有400多个城市存在供水不足问题，其中较严重的缺水城市达到110个。全国范围内浅层地下水约有50%的地区遭到一定程度的污染，在某些地区从其饮用的江水中测出408种污染物。北方一些地区'有河皆干，有水皆污'，南方许多重要江河湖泊污染严重……"

偌大的中国，众多的水源，怎么就会弄成这个样子呢？始作俑者是谁？是乱砍滥伐导致绿化面积迅速减少，进而使地表水蒸发过剧，土地沙化，河水变浅，甚至枯竭；是一些企业只重眼前利益，将工业废水无节制地倾入江河，导致河流与地下水被污染；是国民节约用水观念淡薄，浪费水资源程度惊人；是国家节水、治污立法还不健全，实施力度不够……呵，始作俑者应该是他们吧！

地球是我们的家园，哪里有水，哪里就有生命。我们的身体比重65%是水分，没有水，食物中养料不能被吸收，废物不能排出体外。人体一旦缺水，生命就会枯竭，这个肤浅的道理谁都懂。可在物质文明飞速发展的今天，我们中的一些人为了一时的眼前利益，竟会做出如此伤害她圣洁躯体的举动，实在令人痛心、扼腕，甚至愤慨。

穿越时空隧道，人水和谐自古有之。在"凿井为泉"的拓荒岁月，远古的先民为寻找水源，经常辗转跋涉，颠沛流离，直至找到充足的水源才肯停留，并据地形地貌择水而居。为让河流造福于民，人和水安然无恙，大禹治水三过家门而不留的传奇故事，则更是家喻户晓，广为流传。又如开发大运河、修建它山堰等等，这些都是较早出现的人水和谐的例子。人与水如鸟儿与树林，谁也离不开谁。在地球这颗蓝色星球上，人和水生存的契机就是随缘投缘，就是健康和谐，并有着永远也解不开的情结，与生俱来，人与水同悲忧共喜乐、同歌吟共存荣。感悟水的无穷奥妙，思索人类的生存哲学，一直是中国文化体系中一个永恒的主题。有学者研究发现，"以水为师"是中国传统文化天人合一与中庸之道的一个重要表现。春秋时期的老子就是其中最具代表的人物之一，他的思想学说可以说就是水的哲学。老子以水为喻，诠释哲学的真意。所谓"上善若水"，也就是完美高尚的品质是一种不求利我的无私境界。

伫立在四明山巅上，品眺着流经山涧、蜿蜒大地而滔滔东去的"母亲河"之水，大自然给予人类的生命之源，让人感慨万千。然而，在那个"一切向钱看"的年代，有人不惜大肆毁林、采矿、挖沙……那一声声嘹亮的呐喊，撞击着山河的灵魂，也叩响了宁波人的内心世界。水能载舟，亦能覆舟。人们一定不会忘记，南方水灾、大西南旱灾……给国家和人民造成多大的经济损失和心灵创伤。好在宁波人高瞻远瞩，未雨绸缪，在高山峡谷中不惜巨资建造了数十个大中型水库，将水患变为水利，才使百姓免遭水灾、干旱或少遭灾害。

驻足于岸边，体味着"柔弱莫过于水而攻坚"的深沉哲思。水是温柔的，它柔时轻灵曼妙，温婉多情；水是坚决的，它发怒时亦能淹没一切，毁灭一切，甚至无坚不摧。这就像母亲河甬江、奉化江、余姚江和我的家乡樟溪河的河水一样，从巍峨高耸的巅峰流淌而下，从云波泛木的山峦倾泻而来。一路上，无论山川多么险峻，沟壑多么幽深，河水都可以安然地随地形而流淌，流过大地的诺言，流经岁月的沧桑，在给宁波人带来滋养和关爱的同时，更表现了一种百折不挠，勇往直前的奋进精神。母亲河的水带着母性的温柔，将灵性与平和延伸到宁波的每一寸土地。即使是已经消失的广德湖，也会因为有了水而呈现出生机勃勃的景象。水是沉默的，它无怨无悔地将一切奉献给人类，却从来不计较自己的得失。这对于人类无疑是个提醒：我们又该如何善待大自然呢？老子的"善下之"蕴藏着深刻的真意。水汇聚在低下的地方，方能形成湖泊、江河、海洋，最后包纳百川，融入万象。

行走在宁波广袤的大地上，皎口、白溪、亭下，甬江、奉化江、余姚江及樟溪河、中溪河、龙王溪、清源溪……会借着水的明媚与流畅，采撷自然的宁静，种植绿色的和谐。这样深刻的理念，不仅表现出宁波人对大自然的一份尊崇，更是人类文明的一种标志。宁波在改变，但是"绿色"却是宁波一直不变的标志颜色。那静穆的绿、流动的绿，在这里汇聚、沉淀，在这里生长、闪烁，是宁波人追求与渴慕的色彩，也是大自然中一切生命所共享的色彩。

海，可以吞吐日月；湖，可以把天空和白云揽入怀中，而一滴水同样可以折射太阳的光辉。从宁波江河湖泊的流水，联想到古代思想家对水的思考，这并不是偶然，因为水的哲学，是一种至柔的大智慧，是一种无所不能的境界。因为水之哲学的终极目标只有一个，那就是——和谐。上海世博园就是一个人水和谐的典型案例。母亲河黄浦江横穿世博园，后滩公园水系、白莲泾以及大大小小的人工景观水体系统交汇其间，创造了一个生态和谐、环境优美的城市公共水环境空间。

走在家乡田野中，水与人，人与自然彼此融合的场景随处可见。流经古村落曲折迂回的小溪、水车，仿佛是希望这份和谐的快乐周而复始，永不停歇，似一双双看不见的手，指挥着千万条水柱，忽高忽低地跳起舞来，舞步轻盈，激情四射，这一刻，水与家乡人心灵共舞。如果用古人"物华天宝，人杰地灵"的语句来表达人与大自然构成的和谐之美的主题，那是再恰当不过的了。甬江、奉化江、余姚江是我们的母亲河，它们是宁波的三大水系，也是宁波人引以为豪系之以命的三条水龙，它们像是宁波内脏的最主要血脉，将宁波的地域紧紧相连。

水是高贵的，它来自巍峨高耸的丛林之峰，浸染了澄澈如洗的月华；水是纯洁的，它穿越清幽的峡谷，流经山涧沟壑，静静地蜿蜒在苍茫的大地上；水是慈爱的，它用宽容豁达的胸怀，无声无息地孕育着世间万物。有人说，江南宁波是水做的。那是柔情与坚强之水，是智慧与灵性之水，它滋养着江南宁波人的灵魂，牵系着江南宁波人的血脉，也造就了江南宁波人的精神世界。

站在巍峨的四明山上，遥望着四明大地上那广袤无垠的水乡，让我心情愉悦，思绪飞翔……呵！勤劳聪慧的宁波人创造了一个人水和谐的水世界。

家乡的冬日

家乡龙观，一个地处浙东四明山革命根据地的山区小乡，我在这里居住和生活了半个多世纪，对那里的一草一木可以说了如指掌。早晨，当金色的太阳升起的时候，那穿过云层洒满大地、山峦或厚重或轻薄的雾，如一片片纱衣在层峦叠嶂的山头飘动。黄昏，当太阳西下的时候，那火烧云和金黄的夕照光芒把山头、田间染得一片辉煌。

地处西隅的"五龙潭"自然是龙观的地标。这个国家4A级风景名胜区，有耸立的群山、深幽的溪谷、碧绿的溪涧水，五井十二瀑、古祭坛以及青云梯、百丈岩、观顶湖……这里浓郁的山乡风情，让人愿意静下来用心去体验，并有意想不到的新发现。

冬日的山林，落叶成泥，草地一色。若想赏玩瀑布山泉显然不是最好的时节，但山上的林木，在阳光的斜射下，把山体打扮得斑驳灿烂，彰显冬情冬韵，有一种粗犷阳刚、纯粹自然的壮美。若遇到下雪天，这里银鬓披山，如朵朵莲花秀于风尘之上。扑面而来的五龙十二瀑巨大的白练，仿佛自云中跌落，喷珠溅玉，夺路而去，发出哗哗的轰鸣。

青云梯，有石阶2008级，垂直高度400多米，登梯如青云直上，再现了李白的诗句"脚著谢公屐，身登青云梯；半壁见海日，空中闻天鸡"的意象。

百丈岩下的龙观革命史迹陈列馆，陈列着抗日战争和解放战争时期革命先烈、志士仁人曾经用过的物品、文件，侵华日军编印的图册、宁波府城图、三五支队枪支、军装，当年龙观人民自己制造的檀树大炮……在陈列馆外的墙面上镌刻着在抗日、解放战争时期为革命牺牲的龙观17位烈士生平事迹。这一切的一切似乎静静地向过往游人诉说着那段可歌可泣的岁月。

中坡山，地处龙峰村的交坑谷底中，是一个省级森林公园。这里古树参天蔽日，峡谷深邃幽静，溪涧瀑布奔流，巨石鬼斧神工……走进森林公园，犹如进入一个天然氧吧。每当双休日来这里登山休闲的市民接踵摩肩，中坡山成了龙观开发大旅游区的一个新亮点。

雄伟壮观的瀑布群，系岩溶侵蚀断裂，落水涧坍塌形成。不仅有落差60余米，飞瀑流经的峭壁为三级的三叠瀑；形如椭圆，呈鲤鱼状的白龙潭；瀑如奔雷溅雪，从岩崖贯涌而泻，形成美丽的银色弧线青龙潭；瀑布呈上半弦月钩状，从侧观望，近似螺旋形的螺旋瀑以及从岩崖跌落，溪水四射，在光照下一条横跨的小彩虹在水珠中闪闪发光，犹如"新娘面纱"，又似一只雪白的云雀舒展的云豹瀑。还有鬼斧神工的石林群，如奇石嶙峋，隙罅相间，百年杨柳叶上琼珠点滴，藤蔓上乳液缕缕的水上石林。形如石棺水中寿星棺、龟蛙石、七子迎宾石等。再是迷人的奇山秀水，如百丈流水、百丈滩、撒网岩和婀娜多姿的古树群，如有百年以上树龄"神树"林，还有名胜古迹"四明山"石牌坊。作为四明山东大门的进山古道——大松湾古道，依山修建，由鹅卵石铺成，是龙观与鄞江集市之间的重要通道。走在古道上大有"枯藤老树昏鸦，小桥流水人家，古道西风瘦马。夕阳西下，断肠人在天涯"的味道。谷底，真是探险者的乐园，人与自然的对话在此体现得淋漓尽致。

迎着山风，顺着起伏的山脊，鼓足力气登上最陡峭的制高点，站在高处，举目远眺，心中有一个念头在回响：假如，生活是一段无法设定的旅程，身为旅人的我们最应该做的就是——不错过每一道风景线。

四周一下子安静下来。或许，那介于金黄与枯黄之间的落叶，会让人凭空生出几分哀愁，但是连排绚烂的红枫，却带来另一种美，如火如焰。

一路下坡缓行，你可以胡乱谈天说地，也可一言不发，就让眼前的绿，还有天上的蓝、白，一点一点地渗透进疲惫的体内。累了，不妨坐在台阶上，放飞心情。这一刻，几只小飞虫落在身边不知名的花草上……

龙观山乡冬日，让人物我两忘，流连忘返。

五龙潭春雪

　　二月，对江南来说，本是春蕾含苞欲放的季节，可上天竟然静静地飘起了春雪……

　　这是家乡龙观 2012 年第一场罕见的春雪，正像刀朗歌曲《2002 年的第一场雪》中所描述的那样：你像一只飞来飞去的蝴蝶，在白雪飘飞的季节里摇曳……是你的体贴让我再次热烈，是你的万种柔情融化冰雪，是你的甜言蜜语改变季节。

　　江南，一年中本来就没有几场雪，而春雪对于风景区更显得珍贵了。这是春天寄给五龙潭的第一张请柬，这是春天带给天井山一个惊奇的喜悦。

　　身披银氅的天井山，静静屹立于天地之间，如朵朵莲花秀出于风尘之上。扑面而来的是五龙十二瀑巨大的白练，仿佛自云中跌落，喷珠溅玉，夺路而去，发出哗哗的轰鸣。而在溪畔、潭边、草丛、林间……处处已可闻及大地深处初春的絮语。这絮语，是雪花沾地的声音，是微风拂草的声音，是泉水渗滴的声音，是幽蛉细吟的声音，犹如宿鸟呢喃，静谧中蕴含着春气拂拂的温馨。这是冰雪覆盖下的五龙潭，这是冰雪怀抱中的天井山……

　　春雪，静静地飘着，落着……如梦似幻的雪花，一边飘落，一边融化。五龙潭依然如我记忆中那样，在银白泛绿的冷冷色调中，展现出她那特有的无与伦比的高雅。这是特立独行绝俗至极的凄清；这是超然尘外冷峻至极的妩媚。我不知道这是谁家的泼墨之作？是潘天寿，是张大千，还是吴冠中……无人能告诉我。其实，她也不用告诉我，"五龙潭"龙的传说已经回答了一切。

春雪，静静地飘着，落着……虽然此刻，五龙潭杜鹃树柔韧纷披的枝条，以及一些叫不出名字的坚守枝头经冬未凋的花朵，仍包裹在透明的冰雪之中，好似玻璃、水晶和珊瑚；虽然此刻，树干枝丫，崖壁边缘，条条冰柱仍如寒光闪闪的利剑，倒悬空中，一派森严之相。虽然此刻，塔尖峰、祭龙台、百丈瀑、九峰抢珠……仍以其横空出世、傲视苍穹的雄姿，襟冰披雪，耸立于乱雪纷飞的空中，缄默不语；但，毕竟地气已动，春风正轻轻吹来。

这是春天将至未至时的那份守候与期待。那些令人横生奇思妙想的怪石、伟岸、悬崖……仿佛也脱去冬日愀然不语的凝重颜色，重获灵性；那些隐居于高山大壑决非凡种的天井山杜鹃，虽然枝头堆雪，尚在梦中，但她高洁的神韵，注定将出演天井山五龙潭春天最后的压轴歌舞。

春雪，静静地飘着，落着……不知什么时候起，天竟放晴了。当我从祭龙坛回到五龙神堂时，夜空澄碧如洗，一片将圆未圆之月，如同碧海青天之心，照耀于我的头顶。

初春。静夜。明月。白雪。这是何等澄澈宁静、圆融美妙的夜晚啊！

春雪，终于完全停了。

辉煌灿烂的日出，又为春雪之后的五龙潭揭开新的一天。

树间的积雪，在阳光的辉映下，细如晶亮的绒毛。山风吹来，冰雪碎落，发出环佩一般清脆明亮的声响。那最先融化的一滴水珠，悬坠枝头，犹如春天之歌最初的音符。冰壳之下，贴地的春水已汩汩流动，急于奔赴江河湖泊，赶着去会汹涌澎湃的春潮。而山间重重叠叠的瀑布，村前屋后奔腾湍急的山溪，早已按捺不住心情，一路大呼小叫，越过巨石的阻拦，浩浩荡荡奔向山外。这正是"残雪尚随冰笋滴，新春已向柳梢归"。望着山下寻常的农家庭院，望着眼前明亮的粉墙青瓦，望着枝头摇曳的树枝花蕾，天井山、五龙潭、青云梯、观顶湖……让我为正在向你走来的春天，大声祝福吧！

雨中五龙潭

春上，有一批北京、天津、吉林、陕西等地客人来宁波，大都是文学爱好的同行。到五龙潭观光，作为东道主理应做东。可偏偏天公不作美，当我们来到景点门口，下起了雨，淅淅沥沥，这雨不像下在地上，倒像落在心里。在景点口的小卖部边稍歇了一会儿，雨却越来越大。等到近午，天色转亮，大家不由喊了一声："走吧！"拎起背包，撑着雨伞，兴致勃勃，向景点方向出发了。

是烟是雾，大家辨不清，只见灰蒙蒙一片，把整个山水上上下下裹得严严实实。走近了，才知道眼前所见的是百丈岩。岩上镌刻着巨大的"龙"字，是我国著名书法家沙孟海先生在八十七岁高龄时留下的墨宝。在百丈大瀑布衬托下，隐藏在四周青山叠翠、草木葱茏、溪流瀑布裹顶而下的五龙潭，透露出几分神迷的色彩。

一路走去，拐入鹅卵石铺就的山溪峡谷，一缕缕芳香从远处飘来，缥缥缈缈，若有若无，想必是春天奇草异花盛放的季节。慕香朝前走，芬芳更浓了，人更醉了。一切都迷离恍惚，大家不知身在何处。迷惑无主时，忽然有人叫了一声"映山红"，大家才如梦初醒。那醉人的芳香，真想一次赏个够。山美给人以精神享受，酒美则给人以物的享受，正像五龙潭的山水美圣地，造就了龙观人美的生活。

雨大起来了，我们撑起了雨伞。雨声越来越大，人声越来越小。溪边的竹林在大风大雨中摇曳着，极具动感。奔腾直泻的山溪，别致的小桥，再加溪边的廊亭阁台，大有诗画中的"小桥流水人家"之意境。透过溪边竹林，依稀可见前面玉泉峰下润泽潭飞流直泻的白练，水声轰隆。这是龙母的寝宫，被人们称为黄龙潭。黄龙又有长寿之意，也称为"寿"潭。走过竹林，再看远处，在山峰陡峭的石阶上，几顶小雨伞也渐渐地模糊起来，五龙潭在雨的包围中显得更加神奇和逼真了。它虽然没有五岳之尊的泰山那样俊秀挺拔，但它却有一种灵性，如同人一般，让人越品越纯。此时，雨中清新爽朗的空气带给我们以舒坦，而山溪的气息，峡谷雨中的景致则带给我们以山乡清新纯朴之感。

忽然，我们都不约而同地闻到一缕缕烤鱼香，那诱人的香，真让人垂涎三尺。跨越山溪，迈过石阶，终于发现了"猎物"：烧烤鱼。你一条我一条，不一会儿，炉上的鱼少了一半。在狼吞虎咽时，突然发觉一位同行者脸色难看。再细瞧，大家不禁大笑起来。原来那位仁兄被鱼刺卡住了喉咙。咳！北方人真够呛。也难怪，这样的烤鱼，他们一生中能吃上几次呢。不经意间，大家互相对视，个个嘴边都有八字形的炭灰迹，样子极像童话中的老花猫。笑声就这样持续不断。老板娘丢下生意拿来毛巾和洗脸水，帮衬的姑娘为大家拍了合影照，着实让大家感受到了龙观人的热情好客。

雨小了，溪水淌过露出水面的鹅卵石，溅起雪白的浪花。哗哗的水声，清脆悦耳。那声响是深山溪流发出潺潺水声，自然地感觉很美很纯。当我们走进溪水时，清凉的感觉刹那间灌透了全身。迎着水流向前攀登，清爽的感觉真美。

缓缓踱步，细细观赏，似有所思，而无所思，心融入了雨，融入了雨中的景色，人与大自然的微妙交流，更增添了雨中旅游之乐，尤其是来自北方的同行，更是生平难忘的一次出游。

开始登山了，大家都抑制不住心中兴奋之情。人向上走，水向下流，大家不知道上了多少个石阶，一阶又一阶。依着山崖，仰头朝上望，石阶仿佛一架长梯。"后人见前人履底，前人见后人顶"，北方的同行有点胆怯了。流水的石阶，天上的雨，更是增加了登山的难度。大家走一段路一小歇，边观景边照相，终于登上了祭龙坛。祭龙坛，顾名思义就是祭龙的地方。过去，这里大祭有三：一是求雨请龙；二是还愿送龙；三是龙王神诞日祭龙。这祭龙坛始建于唐朝，是当地百姓祈求风调雨顺的地方。每年春节和农历六月十六或久旱不雨时，当时的官吏和百姓都要举行隆重的祭龙和请龙仪式。至清末，历代宁波府台、鄞县县令都要来此公祭，祈祷国泰民安。现重建的祭龙坛，柱高 9 米，直径 2.5 米，耗用 70 吨福建孔雀绿石，如此规模庞大的龙形图腾，在国内实在罕见。

心还在跳，腿还在抖，大家到底还是上来了。站在祭坛栏内，举目远眺，大有"会当凌绝顶，一览众山小"之美感和快意。高挂白练的利泽潭、润泽潭，玉簪剑一般的玉泉峰，闲情逸致的竹廊茶坊和玲珑剔透、形态各异的九龙山脉等，都历历在目。细看那醉人的绿树、溪水、秀峰，不觉间悠心渐起，五龙潭风韵，一醉一陶然。

雨，一直陪我们回到了入景口，回头眺望雨中的五龙潭，大家都享受了一次大自然突然而来的美感和快意。

五龙潭，是诗情画意的和谐统一。有山有水有潭，如同人有了眼睛，也就有了灵性。雨中五龙潭，一路走来，有雨趣而无淋漓之苦，自然感到格外的兴致盎然。

金秋观顶湖

观顶湖位于海拔 560 余米的鄞西观顶自然村境内，在国家 4A 级风景名胜区宁波五龙潭风景区青云天瀑景区，被誉为"华东第一瀑"水门岩和"天下第一梯"青云梯石阶的顶部，湖泊水面积 200 多亩，总库容量 226 万立方米。

国庆长假，阳光明媚，秋风送爽。因朋友之约，驱车 10 余公里沿着新浇制的桓溪水泥公路盘山而上，沿途风光旖旎，不停地拍摄着景色。不知不觉来到了龙观之巅的箭峰岗，远眺，群山连绵起伏，宁波城区隐约可见；近观，微微泛黄的树叶在阳光下透着金光，煞是好看。再行车向下几百米，山坳中，仁立着几幢灰墙黑瓦的民房，那就是观顶自然村，成片的茂林修竹和高山茶园环绕村庄，村前便是观顶湖，一个如镜的高山湖泊，碧波荡漾，清澈照人，极具特色的天然岩壁。最令人惊奇的是大坝下青云梯的中天门，这里如气候适宜，还可以欣赏到如同黄山四绝之一的云海，虽然没有黄山那雄伟峻峭的山峰，却别有一番情趣。

驱车直达大坝上，下车向中天门进发，走着走着觉得浑身发热，便脱去鞋袜光着脚丫踩在水中，让山溪流水从脚趾中穿行而过，感触自然。徒步数里，来到中天门。站在高处，如入云端，伸手似乎可以抓到天空。向下俯瞰，2008 级的青云天石阶，似伏在山坡上的一条长龙，直伸谷底。远处，盘山公路沿山溪缠绕；尽头，五龙潭山庄如一幢幢城堡藏匿在深山之中。领略美景后，我们又返回到了观顶湖。这里引人入胜的是那湖的四周生长的树木，苍劲古老，枝繁叶茂，像一件件精心制作的盆景。湖光山色、流云飞彩，交相辉映，景色分外迷人。

不知不觉，夜色来临，星星布满了整个天际，到处弥漫着夜色的浪漫。若在犹如平镜的湖边，支起若干帐篷，露宿在大自然的怀抱中，享受着绿色健康的生活，真是惬意到了极点。可我们还是驱车回家了，因为这藏在深闺的湖泊毕竟是一个尚未开发的处女地，夜间经常会有野兽出没，人身安全难以保证。再说，十几公里的路，如夜不归宿，于己于妻儿老小都说不过去啊！

再游中坡山

中坡山，浙东鄞西龙观的省级森林公园，笔者可谓是开发者之一。十几年前，当时还属半山村的吴书记邀请我一起去交坑山踏山，见那里森林茂盛，龙潭、瀑布、溪流、洞穴……遍布山涧，却有民间对龙潭的许多传说，顿感此处可作为市民旅游休闲健身之地，便把拍摄的实地照片，整个区域面积资源分布、森林覆盖率、每处景点规模、龙潭传说等，汇编成了一本简要的小册子，与吴书记一起奔区上赴省城，得到了有关部门的高度关注。于是，请了有关专家进行实地考察并设计，几上几下好几年，最终确定取名为"中坡山"，意为地处中坡峡谷之中。最终，因为这里的原始森林和峡谷龙潭瀑布等资源优势，被省林业部门批准为"浙江省森林公园"。

在之后的近十年中，笔者不下百余次到过那里，或陪领导或陪专家学者或陪朋友客人，可谓年年如此。近年来，由于工作忙加上杂务较多，不知不觉间，竟然有两年多未到中坡山了。今天，一些山水文化爱好者来龙观，便陪同前往，想不到一些游步道已改为块石铺就，许多披荆斩棘的小径、野兽路都被辟为幽静的游步道了。树木葱郁、竹林深深，流水潺潺，瀑布似"九天银河"，纷纷扬扬……

漫步其间，山风吹过，树影婆娑，舞姿翩翩，古树群寂寥幽深。"神树"林以其树木被当地群众称为"神树"而得名。它以自己神秘壮观的气派，赢得了人们的虔敬，免除了一次又一次的厄运，成为龙观乡仅存的原始森林，不管从科学研究还是从旅游发展方面都具有宝贵价值。那干形虬曲蟠龙，节状千姿百态，茂叶风声瑟瑟，繁枝日影重重，盖端森耸青宇，四季常绿诱人的百年古樟群开始渐次映入眼帘，令人心旷神怡。

独特的气候和森林植被，为野生动物生长创造了良好的生态环境，使越来越多的野生动物在这里修养生息和繁衍后代，成了中坡山的又一特色。这里，溪中有油鱼、色花鱼、溪鳗、甲鱼等，肉质鲜嫩，味美可口，富有很高的营养价值。山上有国家二三级保护动物云豹、穿山甲、河麂、豹猫、豪猪、花面狸、小灵猫、野猪等兽类；有东方白鹤、红嘴蓝雀、红头长尾雀、灰胸竹鸡、黑枕黄鹂、画眉、金翅雀、云雀、红嘴角相思鸟、黑背燕尾等鸟类。爬行类有红点锦蛇、蝮蛇、眼镜蛇、五步蛇、赤链蛇、石龙子、乌龟、鳖、蹼趾壁虎、宁波滑蜥等；两栖类有日本林蛙、花臭蛙、华南湍蛙、大树蛙、沼蛙、中华大蟾蜍、金钱蛙、虎纹蛙等。

生活本真，自在山水之间；感悟山水，静以修身，达观天下。这里，群山簇拥，绿水环抱溪涧，遥望谷底，中坡山的水被赋予独特的个性，它们从深山峡谷走来，有的奔流直下悬崖，银浪倾泻，气势磅礴。白龙潭长年溪水不绝，一股清泉直泻潭中，甚为壮观；青龙潭相传是龙母娘娘的大儿子青龙的行宫。青龙主镇西方，也称西方青帝。当地百姓认为青龙可以保平安，赐予福惠，将这个潭看作是"福潭"。螺旋瀑两岸峭壁高约百米，时有潺潺流水从两岸石峭间隙中落下，飞流如魔女千丝万缕的白发，纷披在山崖上。顺峭壁走一程，直达瀑底，仰观瀑布，最为壮观。蜿蜒曲折，潺潺而行，柔情缱绻，令人神往的百丈流水，从高到低缓缓而降，其尾部直伸谷底，其山岩底下，流出多股山泉，终年不断，四季常青，宛若天神分布，泉水清冽甘醇、若冷若温。"上级如飘雪拖练，中级如碎玉摧冰，下级如玉龙走潭"的三叠瀑，如发怒的玉龙，冲破青天，凌空飞下，令人叹为观止。天然沟壑的白龙瀑，给人的感觉，正如《徐霞客游记》中精妙描述的那样："遥闻水声轰轰，从陇隙北望，忽有水自西北山腋泻涯而下，捣入重渊。"从岩崖跌落在溪流中平铺的大石头上的云豹瀑，在光照下一条横跨的彩虹在水珠中闪闪发光，水珠犹如"新娘面纱"，又似一只雪白的云雀舒展。

林，在中坡山被转化成一个广泛而又多姿多彩的概念。水上石林，其形态嶙峋，隙罅相间，白浪激荡从石间穿插，乍分乍合。小瀑短湍，杂陈左右，水石相依，蔚然成趣；在水上石林景点内有两块奇异怪石，一直迎头相逢，形状很像一对年轻人长久忘情相吻。据说，热恋中的男女在此相吻，婚姻能天长地久，白头到老。于是，人们便把此石称为"吻石"。

自古以来，长江三峡以险峻、壮观而名冠中外，黄果树瀑布以雄姿丽色而蜚声天下。似乎山川精华都已荟萃于斯，别处皆不能与之媲美。其实，在广袤的国土上，风景岂止这边独好？在中坡山大峡谷，百丈滩将自己刻画成一幅幅峰峦巍巍，怪石峥峥，错落弯环，峭崖竞秀，色彩斑斓的峡谷风光图。置身于此，令人由衷地感到"江山美如画，人在画中游"而心旷神怡。

洞，是中坡山的又一大特色，大自然通过几亿万年火山运动形成初具规模的酸性熔岩，即别具一格的奇特洞景。龙居洞，弯绕曲折，乱石成堆，进出口相通。洞口藤蔓缠绕，洞底有少量溪水。弯腰走进这座深邃的溶洞，就像进入幻境一般，一幅幅奇形怪状的立体图案，各色各样熔岩形状如舞台上的帷幔，寺庙中的神台佛龛，雨后的春笋，连串的璎珞，惟妙惟肖。天仙洞，剔透玲珑，景致可趣。洞中岩溶滴就的石幔、石花、石龙、石人等，秀丽景观琳琅满目，形态各异，古朴幽雅，令人目不暇接……

漫步雪岙生态漂流区

5 月下旬，得悉本乡清源溪源头山涧建成了生态漂流区，正式要开漂了。这怎么可能呢？笔者在 20 多年前曾在雪岙村蹲点半年多，可以说对那里的山山水水了如指掌，那里除了八月大潮汛期间山洪暴发时有山溪滚滚而来外，常年只是一条潺潺的溪涧，有的地方几乎是干滩，根本无法在杂乱无章的山崖浅水间进行皮筏艇漂流。带着这个疑虑，约了几个朋友前往探究。可是，其结果却出乎意料，可谓心旷神怡。雪岙生态漂流，真是名不虚传。

上午 9 时许，我们驱车到达距乡政府驻地仅 4 公里，南与溪口风景区相连，北与五龙潭风景区相邻，漂流河道全程 3 公里，落差 60 米的雪岙生态漂流区，这里已是人头簇拥，热闹非凡。有慕名而来的宁波漂流客，有专程前来探听虚实的观望者，也有看热闹的当地村民。

下车后，我背起摄影包便向山涧深处而去。抬头眺望，两岸青山葱郁，深山峡谷中一条山溪从高处盘旋而下，溪间一条约宽两米、深半米到一米的漂道上，一条条坐着漂流者的浅黄色皮筏艇随着滚滚溪水，绕着 "S" 走势，穿梭于山溪鹅卵石间，迎面而来。我几乎不相信自己的眼睛，20 多年前这里还是山秃水浅石乱，如今竟然变成了山上郁郁葱葱，溪边绿树竹林成荫、瓜果香飘，溪底滚滚流水的漂流之地。漫步在青山绿荫之中，大有 "人在画中游" 之感。

据介绍，原来当地政府为打造生态环境，争创全国环境优美乡镇，将周边林区全部划成了生态公益林加以保护，加强了山涧水资源的管理和上游水库、溪道、溪边树木的护理和整修。雪岙村、宁波国际旅行社有限公司、宁波中国旅行社集团有限公司三家单位抓住生态旅游这一契机，共同出资建造，从而使清源溪源头山溪成了风景如画的漂流区。

继续向山涧深处行进，漂道两岸的高大溪口树如一道道彩虹横跨其间，强烈的光照透过硕大的树叶撒落溪涧，还有溪口树上盛开的花朵如一串串晶莹剔透的长长的珠帘，垂直悬挂在绿里透白的溪涧上空，微风吹拂，摇曳妩媚并洒落些许花粉，勾勒出一幅碧空、阳光、绿荫、珠帘、流水、溪石的山水画。我不停地用相机摄下这风光迷人的景色，同时陶醉于让人超然，让人释放心灵，让人回归自然，让人心境得到清净之中。

正午炎热的阳光毒辣辣地曝晒着，躲在溪边的绿荫下，尽情地玩耍着从石间缝隙喷涌而出的凉爽爽的山泉水，惬意极了。不觉间，我发现头顶上时有蜻蜓盘旋飞舞，成群地嬉戏在溪口树叶间和珠帘间，山溪涧，草丛边……也偶有彩蝶洒落于草尖花丛，曼妙的舞姿令人叹为观止，此情此景，真让人沉醉。于是，我闭上眼睛深深地吸了一口清新的空气，突然感觉这空气有股淡淡的清香味。我睁开眼睛四处观望，原来溪边田地里满园花香，有金桂、银桂、月季、四季桂、香樟、红枫、五针松等花卉，有西瓜、香瓜、草莓、柑橘、水蜜桃、猕猴桃等瓜果，藤架上还挂满了刚出芽的清香葡萄……

呵！雪岙生态漂流区，令人神往的地方。

历史文化的记忆

　　家乡龙观，历史悠久，自秦始皇二十五年（公元前222年）在鄞江建置句章县后，本地就有人类活动，并繁衍生息。在雄厚的历史沉积土壤里，一代又一代龙观人创造了文明，并留下了许多让人记忆的文化，伫立在各村落、山间的牌坊等建筑，就是一个最好的见证。从上世纪八十年代初开展文物普查以来，三十多年间，龙观陆陆续续发现了一批不可移动的文物，并得以保护。至今，全乡有区级文物保护单位（点）8处。

　　秋风送爽，丹桂飘香。笔者又一次漫步在家乡的村落、田野、山坡，第一站到达桓村，这个古老而美丽的村庄。唐太和七年（833年），王氏先祖从山东琅琊千里迢迢、跋山涉水来到桓村，见这里四面青山环绕，一溪东流，中间犹如盆地，赛似桃源胜地，是块难得的风水宝地，就在此定居，至今已有1100多年历史。如今，数百座灰瓦粉墙的民居错落有致地聚焦在桓溪边，闻名遐迩的"双节坊"和粉墙黛瓦的里它山遗德庙，在秋色下分外妖娆。远远望去，始建于清嘉庆十年（1805年），四柱三间二楼重檐歇山顶的石牌坊，气宇轩昂地矗立在老街中，过往行人无不驻足观望。牌坊总面宽5.1米，最高至脊顶6.4米。石柱呈正方形，削角，中间两柱高于两侧。明间、次间栏额正面均刻有文字。正中栏额刻"双节坊"，下面横刻一行小字"为故儒王正谊之妻崔氏暨子直恕妻刘氏全建"。次间栏额均刻有当事者姓名及其官衔。明间、次间栏额上下都有镂雕花草、龙头、双狮戏球、麒麟等，造型别致，雕刻精湛。屋檐正中直竖长方额，边沿雕有龙纹，中刻"圣旨"两字，屋檐翘角，脊兽为龙。相传，崔氏，年十八嫁王家，婚后育有一子，三年后，丈夫不幸病故，崔氏日夜操劳，既要服侍公婆、照顾孩子，又要操持王家留下的田产，含辛茹苦十几年如一日，直至儿子娶妻刘氏，谁知儿子婚后又被一场大病夺去生命。于是，婆媳俩同甘共苦，终生守节，并博施济众，惠泽乡里。卒后，宁波知府李坦奏禀朝廷，获皇帝敕封，浙闽总督王德于清嘉庆十年为王正宜妻崔氏、直恕妻刘氏立"双节坊"一座，以旌贞节。该双节坊对研究古建筑的雕刻工艺有一定的历史价值，为宁波市幸存古建筑牌坊之一。

从桓村向西南行约两公里，就到了风光秀丽的大路村。这个依山而建的村落，村前溪水潺潺，别有一番诗情画意，节孝亭就掩映在参天古树之间。该亭建于清道光六年（1826年），为石结构建筑，朝北，面向公路，一开间，面宽2.1米，深1.26米，高约4.5米。四柱正方形，正面两柱上镌对联，为"一片冰心盟古井，九重丹诏勒穹碑"，四面有正方栏杆围筑，前后各6根，左右各3根，亭顶歇山顶，四角起翘，脊兽为龙。亭檐下正中直竖长方额，边沿镂雕串龙，中刻"圣旨"两字。其下端栏额刻"道光四年十一月县学呈奉，道光四年十二月各宪具请道光五年十二月礼部景题奉旨旌奖"，左右两面栏额均有当事者姓名及其官衔。石碑立于亭中，高2.2米，宽1.01米。碑面刻"钦旌、节孝"等字，碑后刻有碑文，题为"节孝陈田董孺人碑记"，内容记述其生平经历，落款刻"道光二十九年巳酉闰四月世再侄崔瀚拜撰"和"其子陈信孚建立碑亭于祠侧"等字样。该碑亭造型讲究，建筑牢固，实为罕见。董氏，16岁嫁陈忠元，20岁守寡，一生侍奉婆婆马氏、伯母吴氏及二姑姑。51年如一日，历尽艰辛，以"节孝"

闻名乡里。卒后，道光五年（1825年）十二月，礼部汇题奉旨旌奖。翌年，兵部侍郎程含章巡抚浙江等处时，为其立亭。用血泪筑就的"节孝亭"，似乎还在向人们诉说着过去曾经有过的风霜。

过"节孝亭"，峰回路转，从大路村驱车到龙溪村，沿乡间小径西行约3公里，经龙峰大庄自然村、外牌楼水库至里牌楼电站，两岸青山苍翠，生机盎然，奔腾不息的磻溪水不时夹着旋涡，流入外牌楼水库。过溪流，便是里牌楼"四明山"石牌坊，建于明万历元年（1573年），距今已有440多年历史。该牌楼原为仿木斗拱楼面，终因年久和地处险要夹角而毁去楼面。现牌楼平板枋为石结构建筑，高、阔均为3.8米，两柱前后各有完整的抱鼓石，高1.8米，阔下沿1米、上沿0.15米。抱鼓石呈钝角三边形，斜边轮廓用一组曲线组成，沿曲线以海漫纹线刻雕饰。柱宽0.36米见方，与抱鼓石厚度相等紧贴榫接，四角有倒棱面，均为0.06米。柱高3.06米，顶端前后外三面各有卯孔，为原楼面柱子固定之用。柱间栏额高0.3米，长3.08米，正面刻有"四明山"三个双构线大字，每字以0.23米见方为基准。上款有小楷三列，前列隐见为"大明万历元年"，落款同为三列，隐见中列有"主持比丘"字样。阴面浮雕双狮戏球，栏额顶部与柱头持平，上施普柏枋（平板枋），两头伸出柱外，为置楼面式斗拱而奠定了扎实的基础。该枋高0.44米，长4米，下刻仰莲托盆，四周均为单瓣纹饰，雕刻精致优雅、稳重。牌楼筑于山岙夹角之南坡，远离溪边约50米，离溪床高度约5米。被许多文物专家认定为难得的明代牌楼建筑之活标本。道教典籍中说："天下之洞天三十有六，四明山为第九洞天。"在龙观西20公里的余姚大俞山主峰崖下，横列四个山洞，洞深2米，宽约5米，中间相通，因中通日月星辰之光，故称"四明"。牌坊取"四明山"，大概由此而来。

从龙溪村厂跟盘旋上山约 5 公里，就到了玄坛殿彰圣寺水库边的"楼钥墓及南宋石刻"，据考证已有 800 多年历史。该墓道"文化大革命"时被毁，只留下旧穴和墓志铭及部分石像、石马等构件。2010 年初，通过重新整修后，对旧穴和墓志铭及部分石像、石马等构件进行了原地保护。

从玄坛殿再上行约 10 公里，便到了潘溪山上，这里就是始建于南宋末年（1279 年）龙溪村的"灵威庙"，距今已有730 多年历史。该庙毁于清乾隆年间（1736 年前后），修复于光绪初年（1875 年），清末民初又进行重修，现存的庙宇距今140 多年历史。此庙为祀宋检校中郎将郑世忠所建，内设表演戏台为圆锥形铜镜歇顶，在我区现存古戏台中实属罕见。

原路返回至乡政府所在地向龙谷坑行进约 5 公里，就到了龙谷村天井岙自然村入口处，小径边一块巨石上刻有"元吉在上"四个大字，落款为清嘉庆七年（1802 年）。该摩崖石刻表面平直，高 3.06 米，上宽 1.3 米，下宽 2.4 米，中间直镌"元吉在上"四字，字径为 45×35 厘米，其右上侧直镌"嘉庆七年吉上秋"，左下侧直镌"鄞令闽中郭文志书"，字径均约为 10×10 厘米，字体为行书，书法较好。石刻在此与天井山关龙庙有关，旧时这里是通往天井寺、五龙潭、五龙神堂、古祭台等必经之地，所以有"文官下轿，武官下马"之意。

再进入约 7 公里，就是天井山上五龙潭"四明修枪总所"，位于五龙潭风景区"鄞县抗日解放战争纪念碑"边的橙子岩。该修枪所为解放战争时期新四军浙东纵队四明山游击总队修理枪支、制造炸药等武器所用。以岩洞为所，大小两岩洞，大洞约为 2.5×2 米，小洞约为 1.5×1.2 米，深约均 1.5米。在洞前用树枝搭建工棚，四周用竹片芦苇做围墙，上盖茅草、松枝作瓦片，以遮挡风雨。修枪所当时有 10 余名修理人员，吃住在山上，日夜为四明山游击总队修理枪支、铸造手榴弹、炸药等。修枪所设备简陋，只有两台四寸旧台虎钳，一台旧手摇台钻，一台手摇砂轮机及几把大小铁榔头、三角锉等。当时由于用木炭、树枝烧炉，炉温不高，无法熔化生铁，铸造不出手榴弹弹壳，只能把没爆炸的手榴弹弹壳拆卸下来重新装配。原遗址内有铁墩、火炉等制造武器弹药之工具和茅屋，由于年久被毁。原使用过的檀树土炮、电台、铁钳等工具保存在浙江省博物馆。现遗址为鄞州区爱国主义教育基地。

距乡政府驻地西约 2 公里的李岙村"李敏活动地旧居"，现成为宁波市爱国主义教育基地。该旧居为该村村民洪瑞泰"四合院式"民居，二层楼，民国初建筑。1943 年 8 月至 12 月间，时任鄞江区委书记李敏同志曾在此地工作生活四个月。现"旧居"按原样为移地改建，位于村后山边。

夕阳西下，伫立在阵阵桂花飘香的小灵峰大道上，遥望群峰雄峙的四明山，不禁诵起李白《早望海霞边》的诗句："四明三千里，朝起赤城霞。日出红光散，分辉照雪崖。一餐咽琼液，五内发金沙。举手何所待，青龙白虎车。"

"绿谷"古道行：大松湾

　　阳春三月，春暖花开，是踏青的好时光。昨日与友人一起游览了大松湾古道，令人感慨万千。

　　有人说，旅游是一个地方居住厌烦了转向另一个厌烦的地方，这话不无道理。其实身边的风景让人更有亲切感。脚下踩着有些打滑的鹅卵石，耳边不时响起清脆的鸟鸣声，路旁杂草丛生，走在本乡本土的古道上，脑际不停地浮现出在那个古老的年代，山民们每天挑着砍下的树木、枝柴、毛竹……艰难地行走在这古道上，通往毗邻有着2200多年历史的繁华古镇集市——鄞江桥，卖掉树木、枝柴、竹子，换回生活生产物资，再匆匆赶回，天天如此，周而复始。

　　大松湾古道位于本乡龙峰村境内，又名交坑古道，是四明山东大门的进山古道。这古道对我这个在龙观生活和工作了半个多世纪的人来说，并不陌生。只因随着交通的不断好转，去深山村工作由脚步一步一步丈量改为车子代步后20多年没有再去走了。古道依山修建，宽约2米，因现在走的人少了显得有点破旧。古道全程约15公里，由鹅卵石铺成，走一个来回约需4个小时。据《鄞县志》记载，大松湾古道在明代万历元年以前就已存在，当时是龙观与鄞江集市之间人货往来的重要通道。抗日战争和解放战争时期，新四军浙东纵队三五支队曾在此打过游击。

　　沿着石阶向上，满目青翠，放眼可见梨树、茶园和竹海。从大庄自然村出发，走到外牌楼水库尽头，便可见一座石牌楼，筑于山岙峡谷之南坡，这就是四明山牌坊。石牌坊高约3.8米，正面刻有"四明山"三个大字，落款隐约可见小楷"大明万历元年"（1573年），距今已有近430年历史。据《鄞县通志》记载，四明山牌坊与山上彰圣寺有关。牌楼四周古木参天，藤蔓丛生，再次勾起我对古时无限的遐想。离牌楼不远的峡谷口，有一处深水潭，名曰撒网岩。岩石上还遗留着古代渔民网纲支撑过的圆洞穴痕迹。岩下溪水潺潺，清冽甘醇，令人心旷神怡。从牌楼再往北而上，走过一段石滩小路，站立而憩，左侧山坡赫然出现大片梨园；对面斜坡的游步道，是现代人工修筑通往彰圣寺水库和省级森林公园——中坡山，远远望去犹如一条细线连着天与地。

继续登古道石阶，在半山腰处抬头可见一片古树群高耸入云，当地称为"神树林"，许多民间流传的神话故事与此树群有关。这里，腐叶满地，踩之宛如海绵，合围粗的古樟、古枫比比皆是。据说，此地原为古代商旅休憩之地。沿着蜿蜒的盘山路继续出发到半山珍稀植物园，直至"浙东天池"——观顶湖。我们边走边摄，一路上挂在枝条上的鸟窝，筑在山顶上的山塘水库和尚未发芽的高山云雾茶园等，给人回味无穷。

重游古道，虽无当年繁华景象，但却体味了一回沧桑历史。这条古道虽位于偏僻的深山，如今知道的人还不少，每逢天气好的节假日，这里是便成了驴友们争相体验的好去处，有时候一个驴友团队就有200多人，场面非常壮观。这时，热情好客的村民们总会主动拿出自家的烤土豆、红薯等土特产招待这些年轻人。游览的人多了，设在山村里的农家乐小饭庄也火了。中午，我们在半山的中坡山饭庄狠狠地吃了一顿，喝了三大箱啤酒，还有放养家鸡、溪鱼、野芹菜、野山葱、自己挖的春笋等绿色环保菜肴。

"绿谷"古道行：大峰岭

大峰岭古道，位于本乡里牌楼至龙溪村潘溪自然村山岗，向右转弯穿越一条山民砍柴、背竹开辟的山道至一片毛竹林，下行便是潘溪的白滚龙潭，与大松湾古道的中坡山森林公园相连，全长约10公里。

自从潘溪山岗有人类生息繁衍起，至20世纪70年代初，在长达几千年的历史进程中，大峰岭古道一直是潘溪、观顶、箭峰等地山民出山的必由之路，也是善男信女们去彰圣寺、观顶寺等佛教场所烧香拜佛的主要山道之一。

从龙观乡政府驻地向西行进约2公里至龙峰村大庄自然村的外牌楼水库大坝，尽头便可见一座石牌楼，筑于山岙峡谷之南坡，这就是"四明山"牌坊，也是大峰岭古道的起点。

伫立在石牌坊前，这座高约3.8米，正面刻有"四明山"三个大字，落款隐约可见"大明万历元年"（1573年）几个字，距今已有440多年历史的石牌坊，给人浮想联翩。先人为何在此立一牌坊，古道到底与牌坊有何联系？

一路向里牌楼上游的山道行进，原有鹅卵石铺就宽约1米的山道，渐渐被藤萝、枝条漫没，但隐约可见路上的鹅卵石。不难想象，这是一条历史悠久的山道。穿森林，过竹林，忽然发现前面有一个小山村，名曰"玄坛殿"，上端便是彰圣寺水库。登上大坝眺望，波光粼粼的库面尽头是修复一新的彰圣寺和楼钥墓道。

沿水库右侧修建的山道前行，一边是连绵不断的群山，绿茶、竹林深深，一边是迎着阳光的库面，粼粼水波……过"太师桥"，伫立在茶园坡上移址至此的彰圣寺与坡中刚修复的楼钥墓遥相呼应。不知不觉，我突然想起《鄞县通志》的记载，原来这"四明山坊"与这里的彰圣寺、楼钥墓有关。

"……彰圣寺，县西南七十里，旧号峒山院，踞峒山东南支众峰环合，状若芙蓉。唐光启二年（886 年）建，宋大中详符元年（1008 年）赐名彰圣寺，嘉定二年（1209 年）参政楼钥请为功德寺，赐报忠福善额，元时复名彰圣寺。"可见彰圣寺被称为功德寺与楼钥墓有关，楼钥卒年与石刻相符，均为南宋早期。其入道口牌楼"四明山"石牌坊，是后人为扩大彰圣寺影响而建，这在《鄞县通志》中得到了印证："彰圣寺，泰定四年（1327 年）重建殿宇……明永乐元年（1403 年）重修。后废，僧并杖锡寺。宣德三年（1428 年）创建方丈殿，正统四年（1439 年）建入山亭，揭四明山额……万历间县令杨芳廉得寺所侵……"可见，正统时建入山亭卦"四明山"额，已开始兴盛，明万历间重建了牌坊，可惜的是原山亭已废，只留下重建的石牌坊。因此，可以这样说，该石牌坊不仅是明人为扩大彰圣寺、楼钥墓影响而建，也是通往四明山的主要通道之一。

拜谒寺墓后，我们继续上行，穿越小峰岭毛竹山便到了大峰岭山岗，再往前行路途平坦，便是潘溪自然村了。我们向右转弯沿山道前进，穿越一片原始森林到了一大批毛竹林，下行数公里便是白滚龙潭，奔腾而下的瀑布入龙潭，溅起层层莲花，一道长虹横跨其间，煞是好看……掬一缕清泉，凉爽可口，快步向"中坡山"而行。

"绿谷"古道行：阳堂

　　双休日，Q群好友小聚，中午大家兴致极高，喝了八九瓶啤酒，本来酒后应该休息睡觉，可群内大阿娘借着酒兴执意要去爬古道，大家拗不过她，便一起前往。

　　这是一条近几年开发的古道，名叫阳堂古道，位于本乡龙峰村境内，全长约4公里，2013年被宁波市旅游局命名为"文化古道"。

　　下午2时许，我们驱车来到位于银山寺的浙江民爆宁波分公司生产厂区前，下车便沿厂区右边的一条山径上行，路边有土地庙、金凤殿等小景。据记载，发源于本乡金溪村上花山龙母娘娘的小女，南宋建炎三年，随三位兄长在高桥宋金大战后，飞抵银山寺附近的名叫龙金凤山的潺潺水龙潭安家，当年宋帝表榜龙神四兄妹抗金有功，赐"龙亭牌坊"匾额一块给小龙女，予以褒奖，当地百姓便在潺潺水龙潭边建了金凤殿。之后，随着年久失修，被废弃。近年来，当地春华居士家族等善男信女进行了捐资重修。

　　过金凤殿，山道逐步陡峭起来，上山阶梯有的用山石叠加堆砌，有的山岩自然形成，有的用竹木打桩制成……陡峭的路边，时有砍下的木头横跨，想必是山民们拖竹木时，为使竹木不掉下山崖之用。一路上，树木、竹林荫森，叶隙间时有余阳漏光洒落；爬行于这样的山道，虽累但也免于暴晒之苦。而路边一条山涧相伴而行，虽然在秋季已枯涸，不难想象，若在春夏季节，这条山涧一定瀑布成流，轰鸣震耳。

继续上行，年轻的 Q 友们走走停停等待着我这个年过半百的"老者"，这时的我，大概是酒精起作用的缘故，竟然比上个月身背十几斤摄影包爬武义牛头山还感到吃力。唉，不服老不行啊！一路爬行一路用手机拍照，过牛背脊、大岩墩、心岩……约一个小时后到达阳堂寺。

这是一座新修建的山中禅寺，由春华居士家族等善男信女捐资 500 余万元重修。始建于宋代，开寺鼻祖是道安，清时名为阳堂禅院、阳堂寺，现为阳堂寂静寺。寺院不大，香火倒是挺旺。据悉，宋时，寺院有几十个僧人，每逢初一、月半，当地善男信女都要前来膜拜。

在阳堂寺转了一圈后，按原路返回。这时，天近黄昏，夕阳西下，我们背着林间夕阳漏下的余晖，一路匆匆回到了上山的原地。

"绿谷"古道行：鹁鸪岭

当年蒋介石下野从这里坐轿翻越到溪口老家，1949年5月25日宁波解放前夕，他又从溪口老家坐轿翻越这里从栎社机场逃往台湾，这条古老小径就是被民间称为"鹁鸪岭"的古道，位于本乡山下村张家自然村边，全长约5公里。

这是鄞奉两地一条重要的交通要道，历来承载着通商、通婚、通信等重要内容的社会经济文化之路。"鹁鸪岭"，因该古道山顶有一块自然叠加的巨石，远望呈鹁鸪状而得名。且因该鹁鸪状巨石"头朝奉化，腚朝鄞县"，民间有"吃吃奉化，拉拉鄞县"之说。

相传，从前在鹁鸪岭山顶庙宇里住着方丈和徒弟两个和尚，每天能从"鹁鸪腚"中掏出一升大米来，基本能维持师徒两人生计，虽然生活过得清苦，但也能过得去。一天，徒弟在掏"鹁鸪腚"大米时，突然心血来潮，如果把"鹁鸪腚"中那个小岩洞挖大一点，不就能掏出更多的大米了吗？生活便会过得更好一些。于是，他拿来镐锹把岩洞挖大了，不料，这洞中再也掏不出大米了，师徒俩断了生计，忍饥挨饿几天后就弃庙而去，从此庙宇荒废。

现今的鹁鸪岭古道，两旁奇峰怪石叠嶂，造型各异，惟妙惟肖，仿佛在向我们诉说曾经沧海桑田的历史。山上的元宝岩、皇印岩、皇子岩、皇龙伞岗等给古道留下了许多神话故事。这里，雨雾相拥时便泼墨成画，而艳阳当空则立柱擎天。

沿途树木茂盛，郁郁葱葱，幽静深远的山间小道，时而蜿蜒曲折，时而一望无尽。登上海拔 300 多米的鹁鸪岭山顶，从鹁鸪石上向西北眺望，新建的山下村，整齐划一的连体别墅一排排耸立在山脚下，宽敞明亮的水泥马路穿村而过，龙溪隧道、小灵峰、绿色遍地的丹桂飘香把整个山村包裹其间，这个名叫山下的小村落，四面环山，流水叮咚，溪边亭台楼阁、横跨溪上的大桥把穿村而过的清源溪装扮成可以与陶渊明笔下的"世外桃源"相媲美。还有坐落于山间的李岙村，新村建设如火如荼；一山之隔的雪岙村隐约可见。向东和向南远望，龙观和溪口地域，错落有致的村落、马路、田野……让人流连忘返。

据史料记载，山下村的村民祖籍为河南叶县，后来子孙繁衍奔赴海内外创业兴家，现有 2500 多万叶公后裔分布在海内外 40 多个国家和地区。该村的先祖是明嘉靖年间从处州松阳县茅山迁移大皎细岭，其后裔迁至山下。因此，山下村 80% 以上的村民都姓叶。这里还有一个发生在建村时的有趣故事：该村张家自然村有一位青年，与鄞县姜山走马塘村的一位姑娘相爱，此事被姑娘的父母知道后，便对这位青年说，"如果要我的女儿嫁到你村去，你家建造的房子式样必须与我们走马塘一样。"后来，这位青年就按其岳父母的意见造了新楼，终于与姑娘结了婚。在张家自然村原先就有 3 进 21 间"四合院"门楼，它前后连片贯通，都建有走廊，所以雨天在里面行走不会淋雨，而且从未发生过火灾。

山下村是革命老区。在那战火纷飞的年代，毛尹、张爱邦、黄建英等地方党政军干部和游击队员在这里发动群众，领导人民与国民党反动派进行了顽强的斗争。山下村党支部成立于 1943 年 10 月，并建立了一支有 20 多个青壮年组成的基干民兵队，每人发给步枪或手榴弹，随时准备打击敌人。宁波解放前夕，因打击残余土匪势力有功，1950 年，山下村民兵队被评为华东地区先进民兵队，选出代表于当年下半年出席了华东民兵模范表彰大会，受到了华东军区领导的表彰。由于山下村群众政治觉悟高，参加革命工作的多，老党员、老游击队员、老民兵也多，至今还有许多健在的新中国成立前入党的老党员。山下村周围的山坡和房前屋后森林茂密，便于隐蔽，村里住过张爱邦、黄建英等许多地方党政军干部和游击队员。村里的民兵还曾配合游击队在小灵峰伏击日伪军，去奉化里外村、东西岙、中峰夹马坑等地剿匪，为鄞西的解放做出了不可磨灭的贡献。

至今的山下村，在党的十一届三中全会的富民政策下开启了关闭的山门，近年来山下村发生了根本的变化。当年的羊肠小道，如今已是四通八达的宽阔乡间公路，驱车行进其间，但见大货车、城乡公交车、小轿车、电动车等不时迎面驶过。在村口一条宽阔的水泥公路直通宁波市区，村中一幢幢新型的连体别墅鳞次栉比，电灯、电话、有线电视线飞架村庄上空，村中鸡壮羊肥人欢笑。

"绿谷"古道行：神玄

　　神玄古道，又名茶园古道。神玄古道是本人 2012 年取的名，因为乍一看该古道，又神又玄，让人梦里雾里的难以理解，故名。本人为该古道取名有两层意思：一是该古道与龙溪村大枫岭古道连接，境内彰圣寺、楼钥墓、灵威庙、观顶寺等古老寺庙，历来是善男信女们的朝拜之"神路"；二是与古道相关的传说。当年为众多香客去彰圣寺、楼钥墓、灵威庙、观顶寺等进香拜佛和山民进山方便，雪岙村的风、姚、仲三房太公会同彰圣寺主持共同出资修建了这条山道，但也出现了让人百思不得其解的怪状。

　　传说，每当夜深人静时，伫立在彰圣寺旁楼钥墓前的石人石马，因羡慕村野漂亮女人，经常通过神玄山道来到雪岙一带偷欢（民间传说为"偷老婆"），吓得山民们很早就关门大吉，尤其是居住在山野的漂亮女人，在夜间更是足不出户。而石马还趁着夜色专吃山民在农田里种植的稻谷等农作物，使山民们受尽了苦难。无奈，有的山民只好背井离乡，逃往外地谋生。面对此时此情，雪岙村有一位德高望重的长者知情后，痛心疾首，决心一定要根除石人石马的危害。于是，他发动雪岙一带青壮年，背上铁锤、镐撬等工具，经过几个月的昼夜劳作，终于挖断了石人石马经常出没的必经之路，原以为，这样可以让山民生活安定，晚上睡个好觉。于是，在挖断"石断坑"的那天晚上，山民们点燃火把还热闹了一番，以示欢庆从此不再遭受石人石马危害。然而，让人没有想到的是，就在那天晚上欢庆结束山民们进入梦乡后，石人石马不仅掳了村内的漂亮女人，还把农田里的作物破坏得一塌糊涂。这究竟是怎么回事？当时这个长者带领众族长前去察看"石断坑"，不看还好，一看吓了一大跳。昨天刚刚挖断的"石断坑"，怎么与原来没有挖掘过一样，难道石人石马们一夜之间把青壮年们用时好几个月挖断的山道重新修建好啦？他想不出一个所以然来。长者很无奈，大家也想不出对策。于是，他带领族长们来到彰圣寺，向寺院主持讨教对策：如何能让"石断坑"发挥作用，不使石人石马们出来危害山民？彰圣寺主持深知楼钥墓前的石人石马法道无比。但为破解它们的法道，让当地百姓安居乐业，他召集了寺院内千余名僧人做了三天三夜的法事。然后，与千余名僧人一起出工挖断了石人石马们的必经之路，即"石断坑"。从此以后，石人石马再也没有出来危害山民，终于使山民们安居乐业，沿袭了香火。然而，彰圣寺为挖断石人石马出来危害山民的必经之路——"石断坑"，付出千年形成的真气，使彰圣寺元气大伤，开始衰落了。后来，随着彰圣、观顶两大寺院因战火或天灾等多种因素而逐步衰落，神玄山道也随之衰落。

现今的古道被旅游部门更名为茶园古道，而整条古道几乎与茶园没有多少联系，说是爬上山顶能眺望到上马岭一带茶园，难道出于旅游需要？笔者不得其解。

双休日，因远道而来的客人要求，同时我也想印证一下这"茶园古道"，尽管阴雨蒙蒙，我们还是驱车去了离乡政府所在地西南约 4 公里的深山区雪岙古村落。古道坐落于该村庙后山内，山脚下一条山溪绕村而过。过桥，一块醒目古道指示牌立在路旁，驻足观看，该古道始建于南宋末年（1279 年），距今有 730 多年历史，全长约 3 公里，宽约 1 米，海拔 517 米……

沿古道而上，入口处已拓展了机耕路，由砂石铺就，路两旁桂花香飘，红枫、银杏衬映。不一会儿，便进入上坡路，毛竹、杨梅、绿树葱郁，虽已入初冬，仍给人一种初春的味道。一步一步攀登着树木作阶梯的泥泞小径，不久便进入了原始森林，路旁时有巨大岩石突兀，站在岩石上向下观望，坐落山涧的雪岙、山下、甚至李岙等村都隐约可见；向远处眺望，山峰连绵起伏，在雨雾包裹中时隐时现。越往上爬古道越陡，森林越茂密，约3公里古道海拔竟然上升了400米，这可能是在龙观10条古道中，距离最短而坡度最陡的一条古道了。然而，这短而陡的古道，每上升几百米，向下向远处观望，景色就是不一样，给人有"移步换景"之感。

约1个半小时，我们到达山顶，这里似乎像华山的险道，两边悬崖峭壁深达几百米。向左眺望，上马岭水库、潘溪茶园、楼钥墓历历在目，远处群山连绵的山脚下，隐约可见村庄、田野；向右向下观望，雪岙、铜坑、南坑等小村坐落于高山的夹缝中，而那连绵起伏的群山，在阴雨中隐隐约约似长龙向天际飘浮……

古道山顶向下便是玄坛殿、楼钥墓……我们中的宁波客人实在累得走不动了，再说我们的车子还停在雪岙村呢，若一上一下还得走个把钟头，于是原路下山了。下午4时许，山乡的阴雨天气天色早早进入朦胧状态，家家户户开始做夜饭，我们来不及在村庄里歇息，便上车回程了。

"绿谷"古道行：雄鹅岩

　　大路村要旧村改造了，为保留旧貌给村民留下一些文化记忆，村里邀请我去拍一些照片。昨日，区电视台《桥头老三》栏目组记者与本人一起将该村旧貌都拍了下来。为了拍摄大路村全景，我们在村支书、村长等村干部带领下还爬上了能覆盖全村的制高点——雄鹅岩。

　　早上，由于露水覆盖山林，上山路上湿度较大，不宜爬山，便先拍摄了整个村落旧貌。

　　大路村是个古老的村落，始建于五代后梁年间，距今已有1100多年历史。这个由大路沿、吴夹岙、杏村三个自然村组成的山村，人口约800人，区域面积约2平方公里。走进村落，给人一种怡然自得、与世无争、若有若无、虚虚实实神话般的乡村美景之感，其所营造的静谧、淡然、安宁的田园生活可与1600多年前晋朝最杰出的文学家陶渊明笔下的《桃花源》相媲美，可谓是一个现实版如诗如画的山乡村落。

　　大路村不缺"美"。正如法国著名雕塑家弗朗索瓦·奥古斯特·罗丹所说："我们身边不是缺少美，而是我们缺少一双发现美的眼睛。"这话不假。走进村落，村前一条小溪悠悠流过，村中古樟、古桂郁郁葱葱、香气四溢，古牌坊、古建筑等散落于村庄各个角落。还有穿村而过的龙溪大道，九湾山、白兰山上的参天大树、潺潺流水，生长在山坡上的果木林，田野上的花木基地……纵横交错地把整个山村包裹其中。大有

"田园美色满怀收，山水风光画里求"诗画般的田园风情。

古韵悠悠是刻在记忆深处的音符。位于大路沿自然村陈家老祠堂边的"节孝亭"，修建于清道光六年（1849 年），虽然仅有 160 多年历史，但可谓是用血泪筑就的碑亭，似乎至今还在向人们诉说着过去曾经有过的风霜。古樟树群围绕着的"节孝亭"，四角起翘，檐下正中直竖雕龙匾额"圣旨"，四面围护着方形青石柱，镌刻着"一片冰心鉴古井，九重丹诏勒穹碑"等楹联及董氏"壮烈"贞节之事迹。村里还完好地保留了修建于清代具有 300 多年历史的"陈正房"老建筑。"青砖黛瓦马头墙，飞檐翘角花格窗"，马头墙，象征着"一马当先、马到成功"的勃勃生机和繁荣昌盛之意，同时也隐喻着整个陈家宗族生气勃勃，兴旺发达。马头墙顶端飞檐翘角巍峨挺立，上面彩绘的或龙或凤、飞禽走兽，栩栩如生，色泽艳丽。

沿着曲曲折折的古巷前行，给人的感觉如同走在史册里。家家户户精美的雕花门窗纹饰和木质门框、门楣、窗棂做工如同记忆里的一串串音符，总是激荡在脑海的深处，唤起人挥之不去的丝丝乡愁。

深深曲巷的尽头，是"四合院"式的"陈正房"，里面住着竺姓等几户人家，其中竺忠宝是这里的老住户，他年过耄耋，从小在陈家以放牛为生，谈起陈家的发迹仍记忆犹新。在很小的时候就听老人们说，清康熙年间，陈家祖辈在上海一家南货店学徒，学成后也开了一家南货店，后来生意越做越大，逐年在老家建造了楼房，经过几代人的努力就有了现在的"四合院"。听竺老的介绍，瞧眼前斑驳的木门，似乎仍咿呀着岁月的留痕。

古朴天然的巷子深处，村里的老人斜靠在木门前，悠闲地聊天、喝茶，晒着暖融融的太阳，惬意地享受。屋子里，村民三五个围在一起喝着绿茶，交谈着家常，还有小孩在静静地写着作业……没有喧嚣、没有纷扰，一切如此和谐安宁，仿佛时空的穿越"不知有汉，无论魏晋"。

还有陈家祠堂、童君庙、妙智寺和张家骧墓等，只可惜这些建筑和墓葬大都毁于"文化大革命""破四旧"及"农业学大寨"的年代。坐落于杏村白兰山脚下的童君庙，始建于五代后梁年间（909－960年），祭祀的是为中国四大古水利工程之一它山堰献身的"十兄弟"。妙智寺，始建于宋元祐六年（1091年），盛行时有和尚百余人，它们都是大路村古老历史的见证，也是古时龙观佛教文化盛衰的见证。现今的寺庙都是改革开放民众致富后，自发捐资兴建的，但也为子孙后代留下了一份精神寄托。还有与之毗邻的张家骧墓，这位曾为同治、光绪两代皇帝当老师，曾任右侍郎（旧称"郎官"，二品官员）的清代重臣，由清户部尚书翁同龢填写碑文。该墓占地3.5亩，其中墓穴长17.6米、宽17米、高5.5米，是迄今为止宁波发现的最大单穴古墓，堪称宁波之最。如此规模的墓葬，对研究明清时期浙东丧葬习俗文化有一定历史价值，也见证着大路村这块风水宝地深厚的人文历史。宁波老话说"像不像人样，看看张家骧"。可见宁波人对这位120多年前"郎官"评价之高。可惜在"农业学大寨"造田运动中，这一墓穴被拆得七零八落，现今的墓碑还是他的后人重新树立的。

俗话说"无樟村不古"，樟树应该说是大路村古老的象征。在陈家老祠堂边，清一色排列着高达20多米的六棵古樟树，茂密的枝叶张开达几十米，远远望去像一顶顶皇冠。高贵而帅气的古樟树群，可谓是"鄞西第一古樟群"。据村支书介绍，古樟群是陈家祖辈建祠堂伊始时种植的，至今已有300多年历史了。"樛枝平地虬龙走，高干半空风雨寒"，南宋晚期浙东名士舒岳祥对樟树的描述可谓是大路村古樟树群的真实写照。站在古樟树下，仰视这群经历几百年风霜的樟树群，古拙遒劲的枝条萌动着一簇簇新翠的叶尖，给人一份生命不息、生机勃勃的感动。我轻抚着古樟树群厚实的躯干，不禁"感物怀思心"：古樟树像慈祥的长者，用博大的胸怀容纳一切。没有言语，只有心语……

从樟树群向西行走约千米，便到了吴夹夆自然村，村中一棵百年金桂伫立在行道上，据村民介绍，这棵古桂已有上百年的树龄，每当金秋十月都会开放出成千上万朵金灿灿的花朵，香气飘散整个村落，可谓是"中国桂花之乡"龙观乡的"桂花之王"。站在桂花树下，仰望着这棵枝繁叶茂、树干高达10米的"桂花之王"，脑际不禁涌现出朱熹的《咏金桂》："亭亭岩下桂，岁晚独芬芳。叶密千层绿，花开万点黄。"和南宋破金壮志未酬的将士李纲《采桑子》："幽芳不为春光发，直待秋风，直待秋风，香比余花分外浓。步摇金翠人如玉，吹动珑璁，恰似瑶台月下逢。枝头万点妆金蕊，十里清香，介引幽人雅思长……"桂花作为大路村的特产，在金秋十月，这里的田间山坡到处是盛开的桂花，香气扑鼻。大有"暗淡轻黄体性柔，情疏迹远只香留""天风寂寂吹古香，清露冷冷湿秋圃"之感。因此，每当桂花盛开季节，慕名而来的成千上万游人或穿梭于桂花林间拍照留念，或闻着花香陶醉于田间，场面令人震撼。

从吴夹夆行走几百步，便到小灵峰。站在小灵峰顶端往下看，串联着三个自然村的龙溪柏油马路边，一条小溪在沿溪架起的小桥下蜿蜒流过，宛如轻柔的丝绸，轻挽着溪边的村落，缠绵着一望无际的绿色田野。王安石"一水护田将绿绕"简直就是此情此景的点睛之笔。"三三两两谁家女"边笑谈中边轻快地洗濯衣服、床单，青春的笑声洋溢着幸福和知足。小桥下，清波拨红掌的鹅溅起片片涟漪，一幅山村诗情画意美景展现在眼前……

忽然，一阵微风吹过，把我的思绪拉回到脚下的这片土地。这是一块诗情画意的土地，更是一块热血铸就的土地。在抗日战争和解放战争时期，村里就有崔炳林等一批热血青年毅然上前线血洒疆场和小灵峰寺和尚僧海陀等一批民主人士甘愿做我党地下交通员成为革命烈士，还有一批青年革命志士抛家舍业为抗战胜利和鄞西解放做出了不可磨灭的贡献。而我站立的脚下，曾经是小灵峰伏击战的战斗遗址。那是1943年5月的一天，中共鄞奉县委领导下的国民党宁警总队第三支队第六大队在小灵峰展开的一场伏击战。上午10时许，到龙观乡扫荡的100多个日伪军进入第六大队设在小灵峰的伏击圈，指战员们轻重机枪、步枪、手榴弹一齐开火，打得敌人鬼哭狼嚎，弃甲逃窜。这次战斗以击毙10多个日伪军，缴获一批武器弹药而胜利告终，是鄞西地区抗战反扫荡取得决定性胜利的重要战斗之一，被载入史册，也成了大路村每一个村民心中的印记与骄傲。

　　徒步来到村头，一块高大耸立的石碑上镌刻着刚劲有力的"大路村"三个红色大字，深深地吸引着南来北往的路人；一条小溪从村前宛然流过，犹如母亲张开臂膀把整个村落搂在怀里，给人有一种"林间小溪水潺潺，坡上青青草"之感。沿着溪边绿树成荫的碎石路逆水而上，心里不禁涌起晋代诗人傅玄的"青青河畔草，绵绵思远道"的诗韵。这里树木茂密，落英缤纷，芳草萋萋，除了流水声，仿佛一切生物都在静静聆听，给人有一种平和、幽远的享受。再往前走，有个浅浅的拦河堤，溪边万物在静寂中勃发着生机，绚丽多姿的各种野花，散发着幽远散淡的清香。站在拦河堤上远眺，一幅田园山水画直扑眼帘——近处是绿茵茵的山、清粼粼的水；远处，山在云雾的素裹里显露出浓浓淡淡、虚虚实实、若有若无的羞涩。这时候的小溪，静静地抒发着纯净而幽深的情怀，恬静中透出一缕雅致。拦河堤之上，是一池碧绿如翡翠的湖水，碧绿的水倒映着碧绿的山，时有小鱼儿欢快自由地在湖水里穿行，时而还跃出水面，点开一湖涟漪。拦河堤之下，顺着堤坝流淌下来的湖水，打在石头上溅起调皮的小水花，在阳光的映照下，"泉眼无声惜细流，树阴照水爱晴柔"，显得格外清亮、鲜透、兴奋和欢跃。

时近中午，太阳吸干了露水，我们一行人全副武装向雄鹅岩进发。村前的雄鹅岩近在咫尺，然而要爬上岩头真没那么容易。说是有一条山道可以上去，其实就是一条野兽踩踏出来的小径，后来连小径也没有了。我们穿梭于郁郁葱葱的原始森林中，时有碗口粗的藤萝缠绕大树，时有巨大的砂砾岩挡住去路。这砂砾岩当地人称"蛤蟆岩"，因岩石面似蛤蟆背上的"疱"得名。这种岩石是由几亿万年的地壳运动海洋变化而形成的，看似风化石，其实坚硬无比。将要到达雄鹅岩时，这里陡峻如险，几十年落下的树叶，将山坡铺成厚厚的地毯，伴随松软的山土山石，踩在上面或打滑或无法下脚，一不小心就会连人带设备一起滑下山沟，危险程度可想而知。好在由村干部引领，我们还是一步一个脚印地攀登而上。

龙观多古道，我也攀登过不少，可是攀登这样的山道还是头一次。近在咫尺、海拔不足250米的雄鹅岩，我们竟然登了一个半小时。雄鹅岩，当地人称"雄鹅瘃"，因该巨大的岩石仡立于半山腰上突出的位置似雄鹅上的"头冠"得名。"雄鹅瘃"分上下两个巨大岩石，我们到达的位置是下"雄鹅瘃"，这块岩石形状似一个巨大的"雄鹅头冠"，直径约20米，分三层梯次递进。站在上面，不仅大路三个自然村近在眼前，而且整个乡政府所在地都历历在目，我拿起相机一阵狂轰，把岩下的所有景色全装进了相框中。时近正午，饥肠辘辘，我们从东边隆起的山背向下而行，这里要比上来的山道好走多了，只半个小时便到了平地。中餐，虎吞狼咽，几大瓶啤酒下肚，似乎疲惫已烟消云散……

酒足饭饱，难得的一个双休日应该美美睡一觉，可我一点睡意也没有，想起大路村那古村古韵古树……随着新农村建设如火如荼地进行，可能要毁于一旦，心头不免有一种隐隐约约的痛。是喜？是悲？我不知道。如果将具有村落人文历史内涵的建筑全部拆除，以崭新的所谓"新型城镇化"社区展示在后人面前，那一定是一个悲剧。因为，现在建成的或正在建设的"新型城镇化"社区"同一性文化"现象十分突出，我们不能再让全社会所有的人都唱"同一首歌"，更不能把产生在农业文明里的传统文化统统遗弃。但愿这一现象不会在大路村再现。

"绿谷"古道行：双连珠岩

"春深而绿阴夹岸，秋老而绛叶满址，千篙竞发，缩颈之鳊，时出丙穴。虽山阴道上之泉，不足比美，句余灵淑之所荟萃也。"这是清代浙东史学名家全祖望探访龙观桓溪旧宅时所留下的感叹。岁月如梭，如今一百多年过去了，这里依然竹浪滚滚，碧水潺潺，景色宜人；行走其间，青山环抱，碧水曼舞，让人心旷神怡。尤其是已经修建成的大松湾等8条文化古道和正在修建的双连珠岩古道，而这条双连珠岩古道与其他8条古道不同的是，它是一条村庄环绕的古道，位于鄞西龙观东大门的乌贼山，东南北三面由樟溪河、中溪河、龙王溪环绕，桓村、后隆、金溪三村坐落其中，可谓村庄里的文化古道。

清水长流飘玉带。水清濯足，向来是龙观最美的生态画面。在山间，抬头仰望，洞岩高耸入云霄，巨石高擎、盛披绿装处，山涧飞流直下，腾起阵阵水雾，股股清泉汇集山溪，时急时缓向下游奔腾。在田野，由于皎口、外牌楼、观顶、彰圣寺、石鼓门等重要水库水源地生态湿地、水源涵养林和水土保持林的建设管理和森林覆盖率的逐年增加，水源源源不断环绕村庄、田野，这里成了旱涝保收的丰美之地，这也蕴含着龙观几代勤劳的人民浓浓的治水之情。

古道绕山岚，这是龙观近几年兴起的旅游休闲新时尚。久居都市之人为生存习惯了快节奏的生活，双休日、节假日的慢生活是他们共同的向往。于是，逛农庄、游古道、爬山……成了他们出外游玩的首选。踩着鹅卵石铺就的古道，在荒蛮的山水之间，欣赏着藤蔓缠绕的原始森林，充满着未知和诗意，一个石阶一个石阶地爬坡上行，那些被湮没在时光中的古老印记，会随着你的脚步重新被唤起……悠悠清闲自在的慢节奏，不仅强身健体，更让人释放心灵，陶冶情操。

在龙观，从不缺古道。笔者曾数次爬过已建成的8条登山健身古道，全长约50公里，而正在修建的这条被村庄环绕的双连珠岩古道还是首次攀登。双休日，在友人的提议下，与后隆村干部一起攀登了这条古道。

这是一座面积约3平方公里的小山，海拔不足300米，东南北三面由村庄和溪流围绕着，西面逶迤的小山坡与白象山衔接。尚未开通邱家岭公路时，这里有一条用鹅卵石铺就的古道连接着金谷与桓溪两坑，也是通往观岭坑便捷之道。小时候，由于外婆家在桓村，我经常过这条古道。

从邱家岭公路边拐入山坡，向上攀登，这条由5个小山峰组成的古道，似一只巨大的乌贼横躺在桓村、后隆两村之间，绵延几公里。登上一个小山峰，眼前，桂花等花卉葱郁成林；远处，后隆、桓村的田野村落一览无余，错落有致的新房整齐划一地排列在山脚下，溪流绕村庄，绿色盖田野。拿出随身携带的手机拍了几张，画面煞是好看。

继续攀登，迎面的原始森林藤萝蔓延，竹林幽幽，早起的阳光穿透茂密的叶间洒落在小径上，照得落在地上的树叶、野果……翻起点点星光。漫步在这样的既优雅又洒脱的古道上，怎不叫人心旷神怡！

登上双连珠岩，站在约2平方米的观景台上。眺望，东边奔腾的奉化江、广袤的鄞西大地、四明首镇鄞江、繁华的宁波城区隐约可见；北边雄伟的皎口水库、滔滔的樟溪河尽收眼底；西面绵延层叠、青翠壮观的四明山，茂密的森林，严严实实地包裹着每一个山岭。随处可见的是，绿色的起伏，绿色的波澜，绿色的海洋，绿色的风韵，绿色的图画。

双连珠岩，是乌贼山的主峰，因山上有两块连璧十余米高的巨大花岗岩石而得名。相传，鄞州大地还是一片沧海时，早先的渔民们已经在光亮如珠的双连珠岩上晒乌贼鲞了，乌贼山也就在这个时候被广大渔民所熟知。20世纪70年代初，在乌贼山东南脚下建造龙观中学时，还发现了一只1米多长的巨大蚌壳呢。

从东边向下行，通往南边的桓村方向古道尚未建成，便向北面的后隆方向行进。这里竹林幽深，时有竹鞭笋攻出地面。这竹鞭笋可谓是一道美味的菜肴，雪白的笋肉，切成片，加水放盐用火一烧便可以吃，原汁原味，鲜嫩可口。下到山脚下时，路边竹林间有一座古老的坟墓，没有墓碑，只有隐约可见的块石垒起来的坟墓围墙。陪同游古道的后隆村陈书记介绍说，这座古墓历史悠久，据健在的老人说，墓主是个大户人家，现今村里的"巨禾里"庄园是专门用来管理这座墓葬的护坟人居住地。我低头一看，在通向墓穴的路上都铺着鹅卵石小径。透过这些已经光滑圆润的地面石阶中，不难看出，它的历史悠久和曾经经历的风雨。

匆匆转了一圈，约5公里的古道，我们走走停停竟然花了一个半小时，人不怎么累。沿途不仅有风景、野果，更有传说、历史，而且林深叶茂，绿意浓浓，空气清新，滋润心田，真可谓是村庄里的文化古道，也是游客们向往的乐园。

"绿谷"古道行：蚂蟥岭

　　近年来，鄞西龙观建成了十条文化古道，全程达50余公里，是人们登山、健身、休闲的好去处。双休日、节假日来这里的游人接踵而至，尤其是节假日游客总是爆满。这不，宁波友人也慕名而来要我前往陪同。对初来乍到的城里人来说，若选择爬山线路长、坡陡的古道肯定是不行的；若让他们体验不到爬山的艰辛和乐趣，也是说不过去的。于是，左思右想选择了一条既能反映龙观文化古道韵味，又能体验爬山的乐趣并可休闲、健身的山道，即蚂蟥岭古道。

　　蚂蟥岭古道与大松湾古道连接，全长约10公里。若从上古山五龙潭三期入口处向上爬，到半山的大松湾古道，这对年近半百的人来说，体力可能会不支，于是选择了从上半山村落登山的古道。

　　上午九时许，汽车从龙观文体中心出发，途径大庄村向新建的旅游公路前进，不一会儿便到了上半山。下得车来，带上爬山脚杆、矿泉水等必需品，穿过一个小村落，便是被称为"神树林"的古道，这条古道是宁波市"十大文化古道"之一，登山的人相比较多一些，友人中也有个别爬过山的。一路上，大家兴高采烈，一路欢笑，一路游玩，一路拍照，都被山涧的古树、竹林、野花、野果所吸引，不时路边有毛笋、龙须笋、野山笋破土而出，我们中也有人蠢蠢欲动想攀几枝，然，由于这山笋都是山民的私有财产是不能侵占的，也就罢了。

不知不觉，到达了山间的叉腰口，一路向上去观顶湖，一路向下去上古山，我们自然选择了向下之路。前些年，我去观顶湖时曾在这里拍过几张照片，山岙的小水塘四周竹林幽深、藤蔓缠绕，不时有野水鸭在池塘里游弋，远处叫"泥田"的地方便是一片绿油油的茶园。而今，为了开发高山蔬菜基地，正在建造的公路、水渠使原貌全无。沿水泥浇筑的水渠一路向下而行，眼前的一切让人想不起那一批批绿油油的茶园，更让人难以记忆40多年前这里曾是一片高山水稻田和山坡上种植的番薯地。至今，荒芜的山地已是杂草丛生，枝条、杂树、藤萝……披荆斩棘，原来的那条由鹅卵石铺就的小径被正在建造的公路覆盖，让我怎么也找不到，幸亏路边还有一个"龙观绿谷"游步道标记，才没让我们多走弯路。

　　沿水渠行进，路上时有蛇类出没，行千余米路竟然碰见了三条"火赤链"，友人想把它抓住，中午用来打牙祭，我一见这是有毒的蛇，曾听被它咬过的山民说，这蛇毒性不亚于眼镜蛇，一旦被咬疼痛感似火烧一般，因此被称为"火赤链"，便劝说他们还是离它远点。

　　水渠延伸向西边而行，我们越走越觉得这不是一条下山的路，便折回向正在新建的公路行进。不一会儿，便拐入了一条鹅卵石铺就的小径，脑际不知不觉想起了40多年前在这里挑番薯的情景。那是上世纪70年代初，当时还只有十四五岁的我，星期天为了挣几个工分，与大人们一起挑着箩筐、扛着锄头从老家上古山出发，翻越蚂蟥岭到达向天灯盏直至泥田，在山坡上挖番薯后，装进箩筐挑下山来，每百斤记5分工分，当时还在读初中的我，能挑七八十斤已经不错了，清早出发，摸黑进门，一天两趟，来回20多公里山坡路，累死累活才挣八九分工分，计5角钱左右，按现在时髦的话说，这叫"勤工俭学"，其实我们这些少年是为了贴补家用而劳作，在那个年代家家都如此。

从向天灯盏向下而行，是一条用鹅卵石铺就的山径，早年是去观顶寺烧香拜佛的必经之路，具有一千多年历史了。踏着光亮滑脱的鹅卵石山径一路向下而行，时不时有游人向上爬行，一些年青的小姑娘爬一阵歇一阵，碰见我们询问着还有多少路到达山顶，看来她们仅爬了五分之一的山坡体力就有些不支了。穿过毛竹林便到了蚂蟥山，这里乱石成堆，形态各异，有的像狮子，有的像老虎，有的像孔雀……还有一处用两块巨石叠加重达十余吨、高达十余丈的"重起岩"。据说，这些乱石是鲁班师傅用赶石鞭从向天灯盏赶下来的，原为建造鄞江它山堰之用，后因它山堰比它早造好了，便将这些石头放在了这里。那块"重起岩"是鲁班师傅观望它山堰有没有造好由他叠加上去，作为登高望远之用的。如果你能爬上大石头的顶部，运道好的话，还能看到这条金光闪闪的赶石鞭在重起岩石头缝里呢！若能取出赶石鞭，那时石头就会变成金银珠宝，可以发大财了。呵呵，这毕竟是神话，笑一笑也能消除登山的劳累。

中午时分，到达五龙潭三期入口，驱车前往青草湾农家乐，野生蛇、散养鸡、农家菜……满满一大桌，推杯换盏，一醉方休。

"绿谷"古道行：陡起岩

陡起岩古道，又称定光寺古道，位于本乡龙谷村与章水镇崔岙村高山之间，全长 5000 米，宽约 1 米。在龙谷一侧叫定光寺古道，在崔岙一侧叫陡起岩古道。

穿越龙谷村下古山自然村落，过田畈便到定光寺古道山脚下。沿鹅卵石铺就的山道小径攀登，初冬的山景，枫叶、银杏等为秋季增色的叶子大都凋零，但一路上枯黄的落叶倒是一道不错的风景，踩在上面似踏在地毯上一般。

小时候，因姑姑家在崔岙村，逢年过节我都会跟着父母或哥哥姐姐翻越这条古道。春天，绿意葱郁；夏天，汗流浃背；秋季，黄叶遍山；冬季，寒风习习。尤其是春节遇上下雪天，在那个能吃上一顿饱饭都觉得奢侈的年代，想到能在姑姑家吃上一顿好吃的饭菜，便会不知不觉地加快脚步。直至 20 世纪 70 年代中期，我在樟水工农学校和鄞县"共大"樟水分校读高中和大学，几乎一直走这条山道。那时，我挑着衣褥、大米、咸菜等三四十斤重的担子，每半个月要来回爬一趟，无论是刮风下雨，还是骄阳似火。所以，对定光寺古道再熟识不过了。

大学毕业参加工作和应征入伍后，有了自行车后就走马路去樟村。从老家出发，经后隆红旗畈过空想寺进入郑家村沿公路到樟村、蜜岩等地，这条山道便渐渐被忘却，细算起来也有 40 多年了……

一阵寒风吹来，我的思绪又回到了现实当中。山野虽然没有那成片的秋色，但依然层林尽染……红的艳得惊人，黄的灿烂多姿，绿的墨绿翠嫩……初冬季节，四明山的色彩仍是绚丽多彩。

不知不觉，来到了山顶的田野中，突然出现一座修葺一新的平房，早知道这里原是定光寺旧址，后来由于"文化大革命"被改成一处农舍。想不到40多年不见，竟然被当地善男信女重新修复了。但让人不解的是，新修建的寺院建筑风格与其他寺院不一样，人家是黄色围墙，它却是像农舍一样用青砖，如果不熟悉的，远看还不一定知道这是一处佛教场所。

过田畈进寺庙，这是我见过的最小寺院之一，主体建筑是一座三圣殿，里面供奉着三尊菩萨。寺院虽不大，但香火还挺旺。里面正在做佛事，木鱼声，钟铃声，在山谷里回荡，真有点意境。

在定光寺周边，除了农田就是郁郁葱葱的山林，林间竖有一块牌子，上书"残联药材基地林"，心里感到有点奇怪，健全人爬这么高的山尚且困难，残疾人怎么会选择到这里来开辟创业基地呢？大概是这里的山野土壤特别肥沃吧！真有点钦佩那些身残志坚的乡亲。

据资料记载，定光寺，旧名定光院，始建于唐咸通元年（860年），至今已有1150多年历史。宋治平二年（1065年）称功德院，明洪武年间复名"定光寺"，正统九年（1444年）重建佛殿，清顺治年间两次重建。在抗战时期，这里曾是"三五支队"游击队员驻地，下山便是崔岙陡起岩古道，是李敏烈士任中共章水区委书记到龙观做地下工作时的主要通道之一。后来，由于有一个日本特务混在僧人中以烧香念佛为掩护，打探游击队的行踪被当地群众识破，定光寺便被日本鬼子烧掉了。之后的几十年，定光寺在人们的视野里消失，并渐渐淡出人们的记忆，怪不得我小时候从未见过这个寺院。

沿陡起岩古道下山。这是一条很陡的山路，虽然比定光寺古道稍宽一些并铺有石阶，但没走几步双脚就打战。真是上山容易下山难啊！于是，我们走几步歇一歇，拍拍照片喝喝山泉，一边游玩一边下山。过了一个山峁，忽然视野开阔了许多，抬头眺望，章水古镇在狭长的山谷中依山而建，樟溪河穿越其间，醒目的鄞州革命烈士陵园、皎口水库大坝等标志性建筑将整个山涧村落映衬在青山绿水之间……

继续沿古道下行，尽头是崔岙村，沿村落小弄行进，路边一座修建一新的院落映在眼前，原来是启明小学旧址。这可是一座稍有名气的小学，当年时任中共章水区委书记李敏就在这里以教书为掩护领导四明山抗日救国。

学校为崔岙村革命志士崔真吾和崔晓立所修建，建筑面积238平方米，在校门上方镂有一枚校徽，其形：下是奔腾湍急的樟溪水，中是巍峨四明山，山顶上方嵌有一颗鲜红的启明星，象征着对中国革命的期望。自1941年起，党组织先后派赵舟（曾任南京军区某炮兵师政委）、沈协华、李敏等同志来到这里以教书为掩护，积极开展抗日救亡和地下群众工作，学校遂成为地下党的活动据点。1944年2月21日，国民党"浙保"二团偷袭龙观后隆村，正在当地开展群众工作、时任中共鄞江区委书记、年仅20岁的李敏不幸被捕，最后被凶残的国民党顽军绑在樟村中街十字路口的一根木柱上，连刺27刀，壮烈牺牲。学校也因此被迫停办，至秋天才恢复上课。解放后，启明小学先后改名为崔岙小学、樟水区中心小学等。1999年因小学合并房子归村使用，基本处于废弃状态。现重新修复，成为鄞州区爱国主义教育基地。

出村至樟溪河畔，清粼粼的河水潺潺向下而去；向上远望，雄伟的皎口水库大坝屹立在高山峡谷之中，这座自20世纪70年代为宁波西乡居民用水和农田灌溉立下汗马功劳的大型水库，至今仍在发挥着它应有的作用。

"绿谷"古道行：岩庵

鄞西龙观，是一个历史悠久的山乡。早在新石器时代的母系氏族公社时期，境内就有原始人类生活。秦始皇二十五年（公元前222年）建置句章县后，人类在这里大量繁衍。尤其是五代显德年间（公元954年前后）吴越国明州衙推官王仁镐后裔迁居桓村后，岩庵古道便成了龙观通往鄞江的必经之路。

岩庵古道，由桓村杜岙庙翻越一个小山坡到达鄞江古镇，全长约5公里，因途中有一座古老的岩庵寺，故名。

双休日，与Q友一起徒步穿越桓村村庄经前门岙向岩庵古道行进，这是一条已经修建成水泥路的古道，从凤凰山生态公墓起，路径开始上坡。古道两旁，茂林修竹，夹道成荫。树涛阵阵，听涛而忘坐；竹影婆娑，望影则前行。不一会儿，到了岩庵。这是一座建造在大岩石下的庵寺，修有大雄宝殿，供奉着菩萨等，说是大雄宝殿其实也就几间平房而已。现今在它前面修建了几座佛殿，但由于地理环境制约规模还是相当小的。观看一眼后，我们向下而行，便进入鄞江地界。

这里的行道上，两旁高大的树木秋叶微黄，阵风一吹纷纷散落于路间。已是一派深秋景象；林间鸟声啁啾，路人闻而忘疲劳。走不多时，眼前出现一片田野风光，农庄、鱼塘、金色的稻子……已不闻岩庵寺声"传十里"的悠扬钟声，却可见与郑国渠、灵渠、都江堰齐名的它山堰和修建一新的鄞江桥。

沿山边修复的一条"健身道"前进，眼前一座千年古堰横跨鄞江的上河与下江，气势虽没有郑国渠、灵渠、都江堰磅礴，但这里的古老与传说不亚于其他三个古老的堰坝。始建于唐太和七年（公元833年）的它山堰，是一座下栏海潮上蓄溪水，变水患为水利的为民水利工程，由鄮县（即鄞县）县令王元暐修建。据说为建造这堰坝，当地有10个后生献身坝子用鲜血打木桩，才筑成了坝堰，现在的它山庙还供奉着十兄弟的塑像呢。

继续行走一段小径，便到了新修建的鄞江桥。始建于唐代的鄞江桥，位于它山堰村旁，当时称大德桥，又称大德公桥，是以木桩为桥脚、上铺竹条编织物的简易竹木桥。北宋元丰年间（约1078－1085年），"大德桥"被改建成石桥墩、木结构、屋盖式的桥梁——廊桥，更名为鄞江桥。此桥"全长约38丈，宽约3丈，廊屋28间"，后经多次维修或重建。南宋宰相楼钥，曾经登上鄞江桥并留下了诗句：它山堰头足奇观，百万雷霆声不断；谁把并州快剪刀，平剪波澜成两段……可见当时鄞江桥的作用和风景。1979年，为改善交通原桥被拆除改为水泥桥，现今的鄞江桥按原样在水泥桥上游约百余米处重建。

中午时分，到达鄞江古镇上，在一家小餐馆用餐后，便结束了岩庵古道之行。

游走山乡"农家乐"

初秋，酷暑渐渐退去，丰收的果实挂满山坡、田野……闻着花香、果香游走于宁波郊区 30 公里外的山乡龙观，远处，四面青山碧水围绕，一幢幢村宅错落有致地散落在山脚下、溪河边；近处，田野上瓜果飘香，一片绿色；一条条宽敞明亮的马路，两旁簇拥着含苞欲放的桂花；一条条砌坎整齐的宽阔河道，溪流潺潺，游鱼欢畅……

蓝天白云下，漫步其间，那山脚下、那村落间、那田野上……时有"农家乐"美味香喷喷扑鼻而来。此时，邀上几个"闺密"，点上几个农家小菜，再来几瓶清凉啤酒，一边欣赏着田野美景，一边悠悠地小酌着。或是携一支钓竿，在池塘边"愿者上钩"……这里的慢节奏生活与城市匆匆的脚步、匆匆的心形成了鲜明的反差。城市生活就像一首无限快进的歌，你只在匆匆中听到了高低不同的音调，却享受不到悠扬婉转的旋律，就连呼吸间仿佛空气中也充斥着学习、工作和生活的压力。而山乡龙观的农家乐正好是你调节心理、找寻慢生活、赶走坏情绪的休闲之地。摘一把瓜果、蔬菜，把一切烦恼都摘去；吸一口田园新鲜空气，把一切压力都忘掉；尝一顿农家美味，赶走所有坏情绪……这里，是你愉悦身心，寻找快乐的舒适栖息地。

农家乐，是农民们利用自己院子所依傍的乡村田园风光和自然特点，以低廉的价格吸引城里人前来吃、住、玩、游、娱、购等旅游栖息地，也是城里人在乡村田园寻找乐趣，体验与城市生活不同的乡村意味的休闲之地。它是90年代农村兴起的一种农业经济和旅游经济相结合的新兴产业。近年来，随着休闲农业、观光农业、乡村旅游的发展，山乡龙观在国家4A级风景名胜区"五龙潭"带动下，一批提供瓜蔬采摘、登山踏青、山野垂钓、体验农活、品尝土菜等服务，具有典型的中国乡村文化特色的农家乐悄然兴起。至今，本乡现有大小农家乐20余家，其中有三星级阿明农家乐和农家野味轩，二星级明月山庄，还有区级特色经营单位赛德马术俱乐部。

位于大路村高窑跟，在一片绿色田野包裹之中的明月山庄，距离乡中心所在地不过咫尺之遥。周边山峦起伏，树木葱茏，空气清新，漫步小径远离尘世，一路上的绿荫庇护，让人尽享山乡情趣。

这里环境优美，植物、水塘、竹楼、亭台，让整个农庄更具自然的气息。虽谈不上壮美的湖光山色，但依山傍水的环境，"一站式"服务模式，烧烤、垂钓、住宿、会务、棋牌、茶室等设施一应俱全。还有不同于一般的餐厅，这里的野生放养绿茶鸡，以绿茶、土虫为饲料，肉质口感独特，入口汤鲜肉嫩，正宗散养的土鸡，比城里大饭店里的香多了。

伫立在池塘边，望着这一湾池水，倒真像一弯新月。池的四周是一圈密匝匝的垂杨柳，千条万条的丝绦，编织成一个绿茵茵的罩，将池塘罩住，那水便被勒成一弯幽莹莹的月牙儿。杨柳岸上，错落有致地隐着几间竹亭子，四角的、六角的，远远近近躲躲闪闪。亭子间都伸出两三支钓竿，钓钩就垂在青草微摇着的池面下，等待着鱼儿上钩。池中央建有一条长长的竹廊亭，可供几十人同时垂钓，也可供数十人餐饮。这创意不错，湾心夜饮，喝着酒儿赏着月儿，甚有意境。山庄老板说，现在城里人就喜欢这调调，常常一家人或几家人将它包了，一包就是一整天，甚至两三天。

在明月山庄斜对面大路白兰山上的陶园山庄，观光别墅、步行道、水果园，临座云中仙境，举杯茶色舒展，一条白鱼，一壶山色，天地苍茫悠然自得，不亦乐哉。

沿幽静崎岖小道向上行，两旁花木、树枝悬挂在路中央的上空，它们很是殷勤好客，时常微笑着拍打游人的肩膀。我想，也许它们也寂寞了想挽留游人的脚步吧！不一会儿，一个拐弯，在一个小山头上伫立着一座"农家乐"，四周绿树、茶园、池塘、亭台衬托下的陶园山庄，忽然给人有种到了陶渊明笔下的"世外桃源"之感。

挑一个月明星稀的夜，住上一晚，自然是最好的选择。蛙鸣、蟋蟀还有纺织娘，数种昆虫合奏出一曲最美的大自然乐章。恍惚间，似乎回到了儿时的乡居时光。

漫步山间，一花一草一菜一物，都是一支曲子，一曲悠扬的江南小调；都是一幅画，勾勒着文人墨客笔下的山水图；都是一首诗，描绘着"悠然见南山"的简单的欢喜。"江南好，风景旧曾谙。日出江花红胜火，春来江水绿如蓝"，文人的江南情结不是没有缘由的。

来到龙观大桥、樟溪河边的赛德马术俱乐部，这里拥有进口国际三大名马之一的纯血马和国产良种马五六匹，聘请中国马术协会资深教练及马术训练师，提供国际标准的马术课程、专业的马匹饲养和良好调教。

踏进俱乐部，青草骏马的场景被搬进现实生活。这里，集骑马、驯养、休闲、餐饮为一体，让人们亲身体验驾驭乐趣，充分享受室外的休闲。俱乐部推崇的不单纯是一项体育运动，更多的是一种生活，一种人与自然和谐相处的理念，让你在驰骋间唤醒埋藏深处的自信，缓解孤独和压抑的情绪。

初秋的午后，温热，微燥。在城市的边缘，心宽体胖的男人，正值盛年的女人，又或是有着细致妆容的女子，聚集在马术俱乐部的遮阳篷下，他们来回走动，心随着场内每匹马的离地、飞跃、着陆，起起落落。

富于山野情调的五龙潭大酒店，位于五龙潭名胜风景区飞瀑景区入口处，作为景区指定接待点，向来享有良好口碑和声誉。餐厅谈不上华丽，但却拥有得天独厚的优势。在这里用餐，抬头便是壁立千仞的山崖，低头则是清澈见底的溪涧。在冬季，如果天气好，阳光斜照在大堂，桌椅自会闪着古朴的光泽。当人们斜倚护栏，晒着暖洋洋的阳光，或是品几碟小菜，或是看人来人往，感受"你站在桥上看风景，看风景的人在楼上看你"的乐趣。

烤芋艿应该是店里的招牌菜，用的是龙观地道的农家做法，芋艿也是本地农户自种，入口清甜软糯，在一桌鸡鸭鱼肉包围中，正应了"重剑无锋，大巧不工"之意。

"当一回山民，做一次樵夫，吃一顿粗菜，保一身健康"是阿明农家乐和农家野味轩的口号。沿着鹅卵石或红花石板铺就的小径缓缓上行，古朴的门楼上高悬着数个红灯笼，竹楼亭台里摆放着五六桌大圆桌，还有四处乱窜的小黄狗、淳朴的厨娘……你能想到的农家乐各种元素，这里一应俱全。

很多游客游完五龙潭景区后，都要去那里吃上一顿原汁原味的农家菜。因为那里的菜都是自家种的，鱼是溪里捕捉的，家禽是散养在山上的，食材绝对是绿色无公害，烹饪方法也是最传统的农家手艺，味道非常地道。

坐在这些依山傍水的农家乐里，20几年前的记忆在不经意间幽幽冒泡，就像刚下的毛毛细雨偷偷落下来那样……农家出身的我，在农家、在田地里干活、嬉戏，是件再也平常不过的事情了，那时经常羡慕城里人的生活。但让我百思不得其解的是——城市人闲暇的时候经常到农村来踏青，当时的我心中嘲弄着"这些城里人，真是吃饱了撑的，要不怎么会到农村来呢！"现在，我真真切切地体会到了。原来，人就像风筝，无论飞多高、多远，最终还是要回到地面，而这种回归自然不是一种无可奈何，而是一种渴望，而且飞得越高对大地的渴望就越强烈。因为在这样的环境中，可以无忧无虑地漫步，也可以坐在大自然中，让心儿随意地飘，飘到自己想去的地方；可以让心儿随意地摇，摇到心儿梦想的方向，以慰藉自己的真实人生……

游走山乡龙观"农家乐"，让心儿飞翔。

大山"花园村"

春上，万物复苏，繁花似锦。

在融融暖意中，闻着飘然的清香，漫步于村庄、田间、山坡、大山……映在眼帘的高楼大厦，宽敞明亮的马路，云雾缭绕、绿树成荫的村庄，整齐划一的"井"字形田地，错落有致、清澈见底的河流，遍地飘香的花木，"五龙十二瀑"美景及满坡的瓜果，满地的蔬菜大棚，满眼的绿色……无论是清晨还是黄昏，总给人一种惬意，一种放松。这个龙的故乡——浙东"龙文化"发祥地、鄞西山区龙观乡，不愧是一个大山包裹中的"花园村"。

一

旭日东升，大山露出了笑脸，红彤彤的光芒，洒在樟溪河面上，波光粼粼……小汽车、城乡公交车、摩托车、电动车满载着山民的希望，驶过大桥，走向外面的世界。眼前的旭日、车辆、楼群、大山、河流、大桥……组成了一幅色彩斑斓的山水画。即刻，我的心与画面一起跳动。在龙观生活了半个多世纪，突然感到山乡如此娇美。不知不觉中，思绪被带回了上世纪七八十年代。

那时，山乡没有一条马路，通往外界及各村的都是羊肠小道，山民们住的大都是草房、平房，分布在高山及大山深处的30多个自然村中。"农业学大寨"运动，让老区人民觉醒："要致富，先修路。"在乡党委政府领导下，勤劳勇敢的龙乡人，不畏艰辛，自力更生修建公路，年复一年，日复一日，寒冬腊月，战天斗地，整整十年，用双手刨出了56.6公里的盘山砂石路，从此，全乡村村通了公路。

公路连通了山外的世界，沉寂多年的山村沸腾起来了。

汽车在盘山公路上轰鸣，运走山里的竹木茶果，载来山民致富的希望，山民们开始改草房、平房为瓦房、楼房。然而，"晴天一身灰，雨天一身泥"的砂石公路现状仍未改变。

改革开放的春风吹进大山后，山民们的潜能得到了充分发挥，他们把眼光瞄准在绿色农业、环保工业和山区资源优势上，积极开发生态、休闲、观光、红色旅游业，一步一个脚印向小康社会迈进。35年间，实现了公路硬化、绿化、亮化，村庄别墅化，溪流生态化，山上植被茂盛，山下瓜果飘香，山村成为"不夜城"的目标。

现今，在灯光下散步，宁静、舒逸，长长的影子与天上的星星交映成辉，一排排站立在公路两旁的桂花树，散发出的阵阵清香，让人仿佛漫游在香气扑鼻的繁花丛中。在这里，你可以感受农田里叶片发出阵阵的欢叫，蛙鸣，草虫的细语，温软清凉的风。你可以没有人陪伴，放松身心一个人静静地行走，像一阵清幽的风，去感受大自然的气息，成为乡村夜晚一个透明的神。或可以三五成群在公路上边走边聊，即便是什么故事都没有发生，也可以天南地北地聊上半天，释放心情，释放疲惫。

晨曦，抚上窗台，田里的禾尖和花草，沾满白茫茫的露珠，在朝阳的映照下折射出七色光环，早起的人们，可以边小跑边观赏花团似锦的田野、车水马龙的上班族，或舞剑弄棒健身，即使那绿叶红花上打着转转儿的滴滴水珠，仿佛也露出浅浅的笑意。

金秋，漫步在刚刚被太阳吸干露珠的"井"字形水泥机耕路上，花卉产业园、水果基地园、大棚蔬菜园……如早晨出操的士兵，整齐划一地排列着。远看，山坡上千株万株的橘树，树干苍劲，迎着飒飒晨风，傲然挺立。金黄的橘子沉甸甸地缀满枝头，好似迷雾里的火球，又像是顽皮的小孩扒开绿叶，露出圆圆的小脸，一个劲地向你点头微笑。近看，棵棵橘树，像撑开的大伞，树干粗壮而笔直，树叶浓密，葱郁茂盛，成片成林。它们在晨风中轻轻地摆动着，好似站着队列欢迎你的到来。散步其间，让人愉悦，令人陶醉。

忆往昔，这里是一片泥泞的机耕路，尤其是雨天，行走在路上，脚底像粘了一层胶水，与大地亲密得难舍难分，一路走去，吱嘎作响，仿佛有音乐伴随。由于人来人往，路面上布满了脚印，一个脚印重叠着另一个脚印，脚印里贮满了浑浊的雨水。

呵，山乡的路，不仅连通了世界，也让沉睡千百年的山民及慕名而来的游客，陶冶了心灵，释放了情怀。

二

耸立于山脚下的一栋栋、一排排白墙黑瓦，或红墙绿瓦，或绿墙黄瓦，似徽派建筑又有欧式风格的别墅群，在绿洲、花园围绕下，真可谓芳草萋萋，处处花香，一派现代建筑和田园风光完美结合的人间美景图。

站在山坡上，放眼望去，眼前的建筑，简直是一幅幅艺术品。那依山而建的别墅，高低起伏于绿树与田园之间，仿佛或灰或绿的绒布上盛着的玛瑙翡翠，既静又美。蜿蜒小河上，拱桥座座，红黄蓝绿黑白的屋顶上一个个装饰唯美的图案，在蓝天上优哉地飘荡……真是楼在景中，景在绿中，人在画中。正如唐朝诗人孟浩然所描绘的："绿树村边合，青山郭外斜。"身临其境，给人有一种"不识庐山真面目，只缘身在此山中"的新奇感觉。

别墅装潢大都十分讲究。客厅里，铺就着赭黄色的地板，高贵华丽；摆放的豪华宽大的沙发、茶几及挂在墙上的大尺寸超薄电视、名人字画，让人感觉既舒适又高雅。宽敞的厨房，国产、进口的名牌厨具，一应俱全。登上二楼，主人的卧室与洗浴室只隔着一层花纹玻璃，既透明又温馨。不难想象，夜幕垂下，灯光迷离，男女主人栖居爱巢，卿卿我我，蜜意浓浓，共浴鸳鸯的情景。还有超乎想象的书房、儿童房、保姆房和阳台上的茶艺桌、棋类桌……都装修到了极致。停放在底层车库里的小汽车，随时可以为主人代步。

夜晚，灯火辉煌的综合文体中心活动楼里，不时传来欢乐的音乐。顺声跨入楼内，大厅屏幕上正播放着"佳木斯舞"音画，老老少少一边看着画面一边踏着音乐节奏学跳舞，脸上荡漾着喜悦。电子阅览室里十几台电脑被挤得满满的，有上网查阅资料的，也有娱乐、看小说的；在图书阅览室，有看报读书的，也有借阅各自喜爱书籍的。还有乒乓室、台球室、健身房都有各自爱好者锻炼身体。而广场上，人头攒动，这边的小伙子们正在进行篮球友谊赛，加油声、欢笑声震耳欲聋；那边的男女老少排着整齐划一的队伍，踏着音乐节奏，翩翩起舞，一派欢乐景象。

三

漫步于樟溪河、中溪河、龙王溪、清源溪河畔，品眺着流经山涧、蜿蜒大地而滔滔东去的龙观"母亲河"之水，大自然给予人类的生命之源，让人感慨万千。那宽敞的河面下翻起的溪鱼鳞光，与两岸林林总总的高楼大厦，黑白相间的马头墙民房相映生辉，映衬出山乡的荣耀。

倏地，年少时乡村田野的小桥旧貌涌现脑际。曲曲弯弯的小河上架着各式各样的石桥，那是乡亲们为了追求多棱的希望、美好的遐想而架设的桥梁。这些桥，虽然没有鄞州"百梁桥"的古老，但至少要比宁波"灵桥"历史悠久。后来，在战天斗地的运动中，这些架在小河上的石桥便成了历史。如今的山乡，曲曲弯弯的小河变成了宽阔清澈的母亲河，河上架起的十几道长虹，沐着朝霞熠熠闪光；雄浑的大桥敞开胸杯，汽车的呼啸、摩托的笛音、自行车的丁零，合奏着交响进行曲，描绘出交流欢悦图……桥的嬗变，传递了山乡进步的消息，透露了山乡走向富裕的声音！

然而，在那个"一切向钱看"的年代，有人不惜大肆毁林、采矿、挖沙……那一声声嘹亮的呐喊，撞击着山河的灵魂，也叩响了龙乡人的内心世界。水能载舟，亦能覆舟。人们一定不会忘记，南方水灾、大西南旱灾……给国家和人民造成多大的经济损失和心灵创伤啊！好在龙乡人高瞻远瞩，未雨绸缪，早早封了大山，并用辛勤汗水在高山峡谷中建造了观顶、外牌楼、彰圣寺、石鼓门等水库。近几年又对这些水库进行了全面的整修，将水患变为水利。而库上的风景，成了人们炎热夏季休闲的避暑胜地。那藤蔓缠绕的悬崖，如丝帘悬挂在峭壁上；那飞花溅玉的瀑布，跌入深潭，轰鸣之声，回响空谷；那清澈、明净、深不见底的潭水，欢跃的鱼儿，漾开圈圈涟漪；那穿行于山石之间的清泉，汩汩地注入龙观母亲河。

驻足于岸边，体味着"柔弱莫过于水，而攻坚"的深沉哲思。水是温柔的，它柔时轻灵曼妙，温婉多情；水是坚决的，它发怒时亦能淹没一切，毁灭一切，甚至无坚不摧。这就像龙乡的母亲河的河水一样，从巍峨高耸的四明山巅峰流淌而下，从云波泛木的山峦倾泻而来。一路上，无论山川多么险峻，沟壑多么幽深，河水都可以安然地随地形而流淌，流过大地的诺言，流经岁月的沧桑，在给龙乡人带来滋养和关爱的同时，更表现了一种百折不挠、勇往直前的奋进精神。母亲河的水，带着母性的温柔，将灵性与平和，延伸到龙乡的每一寸土地。

呵！勤劳聪慧的龙乡人创造了一个人水和谐的水世界。

四

龙乡的山，不同于一般意义上的山。

在春天，被层次分明的绿色覆盖着，山上云雾缭绕，山下繁花似锦。

夏天，各色野花红的、紫的、粉的、黄的……像绣在一块绿色大地毯上的灿烂斑点；成群的蜜蜂在花丛中忙碌着，吸着花蕊，辛勤地飞来飞去。

秋天，硕果累累的秋色，透着丰收的喜悦；金叶满树，让人赏心悦目；瓜果飘香，让人垂涎三尺。从远处看，纷飞的黄叶，就像一只只金色的蝴蝶，在空中飞舞，落在人们的头上、身上、脚下，便会把思绪从绿色的夏日带到金色的秋季。

冬天，浓雾弥散之后，会出现一幅幅绚丽多彩的美景。那高大的树叶上，凝着一层厚厚的白霜，像是一树洁白的秋菊，微风拂过，那金黄的叶子纷纷落下。若遇下雪天，山上便成了晶莹剔透的童话世界。那树木、那白雪……给人一种亮莹莹的抚慰，心灵得到净化。

四季分明的山，让"五龙十二瀑"自然景观、中坡山森林公园、浙东"龙文化"发祥地的龙乡名扬省内外，成了城市居民爬山、健身、休闲的好去处。

贯串于九万大山的文化古道，是"龙文化"、佛教文化、红色文化留存下来的遗址。在这里健身休闲，仿佛穿越时空隧道。踩着脚下有些打滑的鹅卵石，耳边不时响起清脆的鸟鸣声，脑际不停地浮现出在那个古老的年代，山民们每天挑着砍下的树木、枝柴、毛竹……艰难地行走在这古道上，通往毗邻有着2200多年历史的繁华的古镇集市——鄞江桥，卖掉树木、枝柴、竹子……换回生活、生产用品，再匆匆赶回，天天如此，周而复始。

串联着大松湾、大峰岭、神玄、阳堂、蚂蟥岭等10条文化古道，全长约60公里，全部由鹅卵石铺就。这些古道，历史悠久，文化浓厚。如大松湾古道，据《鄞县志》记载，在明万历元年以前就已存在，当时是龙观与鄞江集市人货往来之间的重要通道，也是山外香客去观顶寺烧香拜佛的唯一通道。抗日和解放战争时期，新四军浙东纵队三五支队曾在此打过游击。因此，龙观作为四明山东大门的天然屏障，成为我党在浙东的主要活动区域之一，成为四明山革命根据地重要组成部分。

在古道上休闲健身，还能享受农家乐的快乐。每当双休日，爱跑山乡汲取新鲜空气的城里人便会携家唤友涌向这里。游客量的大增，使农家乐乐了起来，也吸引了外来打工妹、打工仔谋生，怪不得一个万余人口的山区小乡，竟然有三分之一来自全国各地的口音。

静静地与农家乐山庄融为一体，听鸟鸣、品树香，用心感受山的脉搏，大自然的心跳。走累了，择一处石凳而歇，与同行者谈与"龙文化"有关的古今风云人物及其诗词散文，感觉就像品"五龙潭"龙井茶一样，绵长，幽静。

行走在天然氧吧里，不仅可以收获悠闲，更可以收获思想、智慧。因为行走可以锻炼大脑、刺激大脑，这可能是游农家乐者众多的原因吧！然而，悠闲，不啻是在山上，下得山来，步入山庄，在那山脚下，一片幽篁修竹林边，独自掇一条竹椅，携一本书，沏一壶茶，或拿一根钓竿，坐在鱼塘边的树荫下品尝垂钓的乐趣，绝对是一种超然享受。微风以纤纤之手，弹竹杖为弦，奏出美妙乐声，仿佛成了一种暗示，一种永恒的激发力量。

漫步龙乡，让人真正感到了改革开放带给山乡龙观的成果，那一片充满生机的田野，那一片和谐温馨的别墅群，那一派欣欣向荣的风貌，那一群朝气蓬勃的农民，在党的惠民政策春风下茁壮成长，为和谐社会、实现"中国梦""鄞州梦"，增添上了锦绣的一页。

漫步在家乡田野上

金秋的一个星期天，本想睡个懒觉，可不知怎的，天刚蒙蒙亮，我就醒了。可能是人到中年的缘故，几十年养成的习惯，今天竟然打乱了生物钟。起床洗漱完毕后，感觉天气不错，便带上尼康数码相机出门了。

初升的旭日，在四明山上露出了笑脸，红彤彤的光芒，波光粼粼地洒向樟溪河面，一辆早班城乡公交车满载着山民缓缓驶上大桥，我立即按下相机快门，将旭日、大山、河流、大桥、车辆等组成的彩色山水画面，定格在对焦框内，即刻，我的心情与画面一起跳动。呵！山乡美丽如画。在这里生活了半个世纪的我，还是第一次有这样的感觉，不知不觉中，思绪被带回了30年前这个龙观山乡旧貌的情景。

那是党的十一届三中全会前的一个春日，我刚刚从工农兵大学毕业，便应征入伍了。记得也在这条马路上，这条唯一通往外界的沙石马路，欢送队伍驶着拖拉机敲锣打鼓把我送向军营时，马路上扬起的尘土覆盖了人头簇拥的欢送队伍，真是前人不见后人展，我的一身绿军装几乎成了迷彩服。如今，走在这宽阔明亮的马路上，两边造型别致的路灯，绿荫铺就的人行道，如走进了一个繁花似锦的仙道。进入山山岙岙村落56.5公里的盘山水泥公路成了山乡一道亮丽的风景线。

田野上的露珠，刚刚被太阳吸干，我便拐入了田间的一条机耕路。起初，我以为走错了地方。因为，这里曾是一条泥泞的机耕路。可现今，这样泥泞的机耕路已成了历史，早已被宽敞的水泥路所代替，田地变成了花卉产业园、水果基地园。金秋是收获的季节，沐浴着晨曦日出，漫步在田间，闻着盛开的丹桂和挂满枝头的金灿灿的柑橘的飘香，在这里散步健身，实在让人愉悦，令人陶醉。

走出机耕路，行走在樟溪河大桥上，宽敞的桥面下翻着溪鱼的粼光，这是近几年当地政府为保护生态环境而放养的"密光鱼"发出的光亮。抬头遥望，两岸林林总总的高楼大厦，与黑白相间的马头墙民房相映生辉，映衬出山乡的荣耀。倏然，年少时乡村田野的小桥旧貌涌现在脑际。那时，曲曲弯弯的小河上的架着各式各样的石拱桥，那是乡亲们为了追求多楼的希望、美好的遐想而架设的桥梁。后来，在战天斗地的"农业学大寨"运动高潮中，这些架在小河上的石桥便成了历史。如今的山乡，曲曲弯弯的小河变成了宽阔笔直的大河，樟溪河、中溪河、龙王溪、清源溪上架起了几十道长虹，浴着朝霞熠熠闪光，合奏出一曲交响进行曲，描绘出一幅交流欢悦图……

转悠在山岙田野里，一股股烹饪的香气扑鼻而来，突然，肚子咕噜咕噜地叫了起来，我竟然忘记了吃早餐。在云雾缭绕的山溪边，一字形排着十几家农家乐，便不由自主地加快了脚步……

时值中午，走进一家农家乐饭店准备用餐，可这里已是人头攒动，戴着各色旅游帽的游客把整个餐厅挤得满满当当。农家有乐，乡村有美。

我好不容易找了个空位坐了下来，马上有一服务员过来。与她搭讪才得知，她是来自四川阿坝州的打工妹。我有点纳闷，开办农家乐旨在解决当地农民自谋职业，怎么还雇人呢？后来在老板娘口中知晓，由于当地农民大多自己当上了老板，因而招外来工当服务员了，怪不得一个16000余人口的山区小乡，有近四分之一来自外地的口音呢！我要了几个农家小菜和几瓶啤酒慢悠悠地吃了起来，吃着吃着，思绪不知不觉地转到了农家乐上来。农家乐，缓慢、悠闲该是其乐的主旨吧！是啊，我静静地与天井山下的农家乐山庄融为一体，听鸟鸣、品香茗，用心感受这山的脉搏，这大自然的心跳……

夜幕降临，华灯初上。该是吃晚饭的时候了，我赶紧起身又进了一家农家乐饭店，野生鲫鱼、溪鱼、竹园鸡，以及红薯、芋艿、玉米，是我的最爱。其实，来到农家乐就是要吃个地道，尝个新鲜……吃罢晚饭，我慢悠悠走在回家的路上。突然，不远处传来一阵阵欢快的舞曲声，抬头见山村口的文体公园里，灯光映衬下一群由百余人组成的广场舞队正在广场中央踩着欢快的脚步，起劲地跳着，给饭后散步的村民端上一道丰盛的文体大餐呢。我不停地按着快门，把这一美丽的瞬间装进相框内。据文体负责人说："自从村里投资100多万元建造了这座文化公园后，每天早晨和傍晚，村民们都喜欢到公园里来开展文体活动，大家聚在一起，一边跳舞唱戏，一边打篮球，农村也跟城里一样了。"是啊，30多年来，山乡龙观不仅物质生活发生了翻天覆地的变化，而且老百姓的业余文化生活跟城里没有两样了。每当走进一个村口，首先映现在眼前的，是置有灯光篮球场、网球场、气排球场、体育健身路径、文体健身表演平台等设施的文化广场或文化公园；走进村庄，设有图书室、乒乓室、培训室、排练厅、健身房等设施的综合文化活动楼内，便是灯火辉煌，看书学习的、培训听课的、打乒乓的、健身的、排练节目的，热闹非凡，将每个厅室包裹得严严实实。

漫步在山乡的田野上，我真正感到了无限的改革春风正带着新时代中国的春风吹遍神州田野，一派充满生机的田野，一派和谐崭新的农村，一派欣欣向荣的农业，一派朝气蓬勃的农民。新时代的农村，新世纪的农业，新中国的农民，在党的指引下正朝着充满希望与光明的未来大道奔驰。看着一片片生机勃勃的田野，在党的惠民政策春风下茁壮成长，丰收的喜悦已经悄然挂在了农民的眉梢，而中国政府对农业的高瞻远瞩，让农民也看到了农业未来无限的辉煌，这是一个充满希望的时代，这是一个洋溢梦想的世纪，而中国农村，一个无限广阔的新天地，正走在希望的田野上。

诗画田园唯美乡村

法国著名雕塑家弗朗索瓦·奥古斯特·罗丹说过"我们身边不是缺少美，而是我们缺少一双发现美的眼睛"。这话不假。只要我们用美的心灵去发现、寻觅，零距离去接触，诗画田园，唯美乡村，处处皆有，本乡大路村就是其中之一。

始建于五代后梁年间的大路村，由大路沿、吴夹岙、杏村三个自然村组成，虽历经了1100多年风雨，但仍散发着悠悠古韵。可与1600多年前晋朝最杰出的文学家陶渊明《桃花源记》中描述的怡然自得、与世无争、若有若无、虚虚实实神话般的乡村美景和其所营造的静谧、淡然、安宁的田园生活相媲美。大路村可谓是一个现实版如诗如画的乡村。

走进大路村，村前一条小溪悠悠流过，村中古樟、古桂郁郁葱葱、香气四溢，古牌坊、古建筑等散落于村庄各个角落。还有穿村而过的龙溪大道，九湾山、白兰山上的参天大树、潺潺流水，飘香在山坡上的水果，田野上的花木……纵横交错地把整个山村包裹其中。大有"田园美色满怀收，山水风光画里求"诗画般的田园风情。

古韵悠悠是刻在记忆深处的音符。位于大路沿自然村陈家老祠堂边的"节孝亭"，可谓是用血泪筑就的碑亭，似乎至今还在向人们诉说着过去曾经有过的风霜。沿着曲曲折折的古巷前行，给人的感觉如同走在史册里。家家户户精美的雕花门窗纹饰和木质门框、门楣、窗棂做工如同记忆里的一串串音符，总是激荡在脑海的深处，唤起挥之不去的丝丝乡愁。深深曲巷的尽头，是"四合院"式的"陈正房"，里面还住着几户人家，瞧眼前斑驳的木门，似乎仍咿呀着岁月的留痕。古朴天然的巷子深处，村里的老人斜靠在木门前，晒着暖融融的阳光，悠闲地聊天、喝茶，还有小孩子在静静地写着作业……没有喧嚣、没有纷扰，一切如此和谐安宁，仿佛时空的穿越"不知有汉，无论魏晋"。

俗话说"无樟村不古"，樟树应该说是大路村古老的象征。在陈家老祠堂边，清一色排列着高达 20 多米的六棵古樟树，茂密的枝叶张开达几十米，远远望去像一顶顶皇冠。高贵而帅气的古樟树群，可谓"鄞西第一古樟群"。据村支书介绍，古樟群是陈家祖辈建祠堂伊始时种植的，至今已有 300 多年历史了。"樛枝平地遁龙走，高干半空风雨寒"，南宋晚期浙东名士舒岳祥对樟树的描述可谓是大路村古樟树群的真实写照。站在古樟树下，仰视这群经历几百年风霜的樟树群，古拙遒劲的枝条萌动着一簇簇新翠的叶尖，给人一份生命不息、生机勃勃的感动。我轻抚着古樟树群厚实的躯干，不禁"感物怀思心"：古樟树像慈祥的长者，用博大的胸怀容纳一切。没有言语，只有心语……

清晨，来到白兰山顶上的高湖，在穿透力极强的空气里爬坡，刚刚睡醒的朝阳更显机灵，侧着身子透过树叶，洒落下来的斑斑点点的阳光与穿梭在林间的晨霭相互缠绵、相互爱抚，散射出七彩的光斑。情不自禁地、轻轻地用手捏一下晨光，似乎手指间有种凝脂般的润滑。偶尔还有几声鸟鸣，清脆而婉转，南朝诗人王籍有诗"鸟鸣山更幽"，大抵就是这个意蕴吧。还有蚂蚁趴在湖边草尖，抖动着触须，怯生生地轻轻碰一下晶莹的朝露，准备美美吮吸一番。走在湖边，隐约可见埋没在枝柴青草之中的残垣断墙，看来在几十年前或更长的时间，这里曾住过山民，这弘湖水便是他们的生活用水。晨风拂过，婆娑的树林里更显静谧，朦胧的湖面托着一抹轻纱，如同诗画一样的意境，深邃且富有韵律，洋溢着宁静而悠长的生命本真——这是心的托付，情的皈依。

沿着深深浅浅、歪歪斜斜的石径向下行进，"曲径通幽处"便是大路村后的山坡——白兰山，这里有着"艳静如笼月，香寒未逐风"的水果园。爬上一块巨石从高处望去，梨花、桃花、杏花、杨梅花竞相吐蕊，一片花海，漫山遍野，灿若云霞，蜂飞蝶舞，一派春意无边的景象。"梨花一枝春带雨"，遇上丝丝小雨的日子，梨花娇艳欲滴的样子，将会把您的心消融在这"冰雪肌肤香韵细"的春雨里。在水果园里，还有盛开着百树竞放的粉红色桃花。"春风有意艳桃花，桃花无意惹诗情。"在中国古诗词里描述最多的花或许是桃花，也只有桃花才能如此让千百诗人为之陶醉，为之大发诗兴。《诗经》的"桃之夭夭，灼灼其华"，《桃花源记》"忽逢桃花林，夹岸数百步，中无杂树，芳草鲜美"。李白"桃花流水杳然去，别有天地非人间"；崔护"去年今日此门中，人面桃花相映红。人面不知何处去，桃花依旧笑春风。"当然，还有白居易、刘禹锡、张旭……无数诗人为桃花吟词颂句。桃花与美人总是纠结在一起：桃花缘，桃花运，或多或少总和男女挂钩、爱情沾边。如果想收获爱情，就来大路村的桃花林里获取幸福的密码吧。

在桃花园里的还夹杂着梨花、杏花，倒影在水渠的花朵，更有一番"一陂春水绕花身，花影娇娆各占春"的情韵。游人来了，三群五群挂着春光的微笑，如花一样甜蜜。他们用春光般和煦的语言交流着，摆着各种姿势留下美的瞬间或嬉戏和追逐表达自己的快乐。花笑了，用如痴如醉的沁香迎接来自不同地方的客人；大路村的村民也笑了，他们用质朴和纯真的笑容，和远方的游人一同感受同一个春天，分享同一束春晖。玩累了，在"陶园山庄"歇一歇，喝上一杯高山龙井茶，给人有一种"香浮鼻观煎茶熟，喜动眉间炼句成"的意韵。中午时分，在山庄享受农家乐风味的同时，还能观赏到一望无际的绿色茶园美景。那头戴斗笠的采茶女用勤劳的双手采摘着茶叶，收获着丰收的田园风光画面，让人浮想联翩。

大路村的春天，是一个姹紫嫣红、百花争艳的时节。暖暖的春光里，每个人脸上都荡漾着春意浓浓的笑。村前屋后的田野里，黄花菜开得正欢，像黄金的海洋，金灿灿扎得眼睛发痛。白色的紫云英，似北国的雪花一样白茫茫。这时候的蜜蜂们是最好的歌唱家，合唱着辛勤劳动的田园交响曲。"篱落疏疏小径深，树头花落未成阴"，孩子们在田埂上追赶着花蝴蝶；"羡他无事双蝴蝶，烂醉东风野草花"，各种未名野花也争奇斗艳，红的、黄的、绿的、粉的、白的、紫的……三两株或者一大片，随意在田间石缝悄然吐芳。在高窑跟田间，有一座名叫明月山庄的农家乐，边上有一个三亩见方的池塘，这是农家乐的垂钓园。这时候的池塘边"杨柳青青著地垂，杨花漫漫搅天飞"，趁着春意盎然的季节，几棵垂柳也大展芳姿，吐出一簇簇的新芽，万千丝绦，轻风拂过，顿生万种风情。宋代晏殊有诗云"柳絮池塘淡淡风"，南宋诗人范成大也有"无声杨柳漫天絮"，清朝高鼎名句"草长莺飞二月天，拂堤杨柳醉春烟"……都能在这里一一找到诗的"出处"。而梨花、杏花、桃花也铆足劲，比赛芳菲。真是如诗如画，诗中有画，画中有诗，大路村就是一幅活生生的《田园秀色图》。

月是故乡明，唯美大路村。古老的大路村是陶渊明笔下"暧暧远人村，依依墟里烟。狗吠深巷中，鸡鸣桑树颠"的真实写照。

夏日傍晚，在落日余晖中，淡淡薄雾和幽静，使大路村如同一幅水墨画，浓淡相宜，水墨晕润。当最后一抹夕阳照在"溪上青青草"的小石路上，哼着晚归牧歌的，背着犁耙锄头的，挑着蔬菜的……都加入到回家的队伍中，脸上溢满喜悦的满足。慢慢的，一盏盏灯错错落落地亮起来了，跟天上的点点星星一样。这时候的文化广场上，男女老少踏着音乐开始翩翩起舞，而灯火辉煌的综合文化楼里，看书的、上网的、下棋的、打乒乓，村民们与城里人一样过上文化生活。月亮上来了，我的思绪也回到了小时候写作文时最喜欢用的词汇"皎洁、银色的圆盘、弯弯的镰刀、融融月色、月光如水"等等，还有在月色下跟小伙伴玩耍、抓萤火虫的场景，心头不觉潮起潮落。"月亮代表我的心"，是啊，不同的人有不同的心，不同的心一定有不同的月亮。城里的月亮，乡里的月亮，也是不同的。

站在小灵峰山峦上往东方看去，不正是一幅孟浩然"野旷天低树，江清月近人"的诗画吗？静谧的大路村在朦胧的月色下，空灵美的意蕴油然而生，顿觉有股坦坦荡荡，气韵幽幽，空旷阔邈之气直达心田。有道是"千古词客心"，可惜对着这月色却无语了，或许写月的诗词已经汗牛充栋，搜刮枯肠竟然无词可以超越古人，或许儿时那几个词汇一直涌现脑海堵住了思路，或许是忆起那一声声母亲呼唤回家的话语萦绕耳边，久久无语……只能任由思绪肆意飘飞，用心去感知这份恬淡闲雅的情愫，还有久远久远的记忆碎片。感叹"人人心中有，个个笔下无"，借用清朝书画家笪重光"于无画处皆成妙境"一语，画画如此，文章也可如此。"于无语处皆成妙境"聊以安慰自己，一夜未眠。

大路村的美，不仅有古树、有河流，也有山、有石径，并且石径尽头还有水果林。大路村的魅力还在于有幽幽巷道、古樟、古桂、古杏、梨花林、柑橘林、池塘垂柳、篱笆石墙，以及春天百花烂漫、夏天河水沁凉、秋天桂花飘香、冬天古樟瑟瑟的田园秀色等等。这些都是大路村的田园符号，正如一个个精致的珍珠，只有串起来才能成为高贵的项链。串起大路村"项链"的线，就在于她的幽静、安宁、悠远和如诗如画的田园美景——"诗"是大路村的意境,"画"是大路村的实景。走在大路村的田园小道,如同在古诗词里行走!由于远离闹市、旅人罕至,商业气息不浓,因此保留了独有的原生态的风格,这就是大路村令人心醉神迷、流连忘返的魅力。

可以说,大路村不失为一个从容恬静、适宜养生和修身养性的地方。有人说:陌生的地方就是风景。但我认为,熟悉的大路村还是一样到处是风景,因为她百看不厌,每天有不同的景致,每月有不同色彩,每季有不同的格调,每年有不同的情怀。可当我离开大路村时,村支书却介绍说,保留原生态风貌确实让人能感受到一种独特的地域文化内涵,但在"新型城镇化"推进过程中,改变"农村像非洲"的面貌,也是我们这一代义不容辞的责任。因此,我们已经规划了"三合一"新型社区模式,即大路沿、吴夹岙、杏村三村合一,以杏村为中心,投资1.5亿元,新建占地100亩的326套联排别墅及公共服务设施,他心里似乎充满着喜悦。我不知道,这一规划是喜或是悲。

高山之巅薰衣草

一个月前，听说鄞西龙观的彰圣寺高山上，在大批新开发的梯形地里种植的薰衣草开花了，而且蓝紫色花序颖长秀丽……

这怎么可能呢？薰衣草起源于罗马时代，因其具有健胃、发汗、止痛之功效，是治疗伤风感冒、腹痛、湿疹的良药，被人们称为"香草之后"，每年 6 月 10 日至 7 月 20 日盛开。它原产于地中海沿岸、欧洲各地及大洋洲列岛，后被广泛栽种于英国、法国等地。其叶形花色优美典雅，是庭院中一种新的多年生耐寒花卉，适宜花径丛植或条植，也可盆栽观赏。最早引入我国种植的在新疆伊犁地区，之后，在北京紫海香堤艺术庄园、浙江桐庐的巴比松米勒庄园、浙江安吉山川乡大里村等地也引进了薰衣草种植基地，近十年来，笔者都先后去过那里参观或考察。

作为土生土长半个多世纪的龙观人，还是第一次听说本地也引进了薰衣草种植，这在浙东高山地区恐怕开创了种植薰衣草的先河。为了证实本地是否真的有薰衣草种植，我查阅了一些博友的微博，原来真有此事。于是，很想去看看。然而，由于进入梅季及后来的"灿鸿"超强台风的肆虐，去看薰衣草的事被耽搁了。

昨天，晨曦初露，雨后的晨露湿润了晨练人的脸颊，转眼间，大地清新，阳光明媚……难得的好天气，邀上友人，驱车前往。

汽车在水泥公路盘旋而上，清新的空气扑面而来，给人清爽的感觉。不一会儿，波光粼粼的彰圣寺水库就在眼前。拐弯，越过水库大坝坝面，进入竹林深深的小道。远望，库面尽头新修建的南宋楼钥太师墓历历在目，背后便是新开发的梯形高山蔬菜基地，看上去似乎光秃秃一片，心里不觉打嘀咕，这哪里有薰衣草？

朋友驾驶的越野车继续上行，斜坡度达40度以上，让人胆战心惊。然，一小会儿，车子便停在了基地平台上。眼前的景色让人不敢相信，在馒头形的小山坡上，圆形的砌石堪一层又一层地盘旋抬升而上，石堪与石堪二三米间种植的薰衣草，虽然受到超强台风的猛烈冲击，但大都没有倒伏，芬芳的花香迎风飘扬，那薰衣草田地宛如蓝紫色的波浪层层叠叠地起伏着，甚是美丽。赶紧拿出相机一下子扑进这紫色海洋里，尽情地感受着这来自高山的美景。

薰衣草，最能滋润心灵的灵魂天堂。我不知道从什么时候起迷上了她，不仅她的名字美，是一种说不出的梦幻气息，而且她还带着扑朔迷离的神秘，恋上她就不可自拔。她有种超脱自然的纯洁，置身于薰衣草园中，可以贪婪地索取大地原始的清新气息，就像大树刚刚长出嫩芽一般，娇洁的不敢让人触摸，一不小心即吹弹可破。你若能仔细观望，阳光下的花丛中，蜜蜂随风起伏采集花蜜；你若仔细聆听，也许还会有些许小精灵与其歌唱……微风徐徐，身着淡紫色衣裳的翩翩舞者，在世间万物的陪同下，美的惊心动魄。

淡淡的薰衣草香，扑鼻而来，这是一种精神上的享受，更是对灵魂的陶冶，无色的灵魂演变成有色的生命体！这就是画家和诗人笔下至善至美的人间仙境。可惜的是，画笔下的物体往往只是表面形象而已，大概很少会有人能够真正描绘出物境结合的美感。虽然如此，这高山的美景已经为我们谱写了一首能跨越心灵的赞歌！

薰衣草，纯洁、清净，是香草的象征，也寓意"等待爱情"。西方有个传说。有一天圣母玛丽亚将洗净的耶稣婴儿服挂在薰衣草上，从此薰衣草就被赋予象征天堂味道的意义。也有人说，是圣母玛丽亚直接用浸泡过薰衣草的水来洗耶稣的婴儿服，也许这就是过去的人为什么那么喜欢用薰衣草来洗衣服的原因吧。但也有人说，圣母玛丽亚曾对着薰衣草祈祷，所以薰衣草不但有持续不散的香味，还有驱逐魔鬼的能力。"薰衣草代表真爱"是伊丽莎白时代最具代表性的抒情诗。因此，当时的情人们流行着将薰衣草赠送给对方，以表达爱意。而在这个时期，英国的查理二世也是个多情汉，他在追求 Nell Gwyn 时，就曾将一袋干燥的薰衣草系上金色的缎带送给他心爱的人。民间也有个习俗，是用薰衣草来薰香新娘礼服。而在爱尔兰，当地人则会将薰衣草绑在桥上，以祈求好运到来。据说，放一小袋干掉了的薰衣草在身上，可以让你找到梦中情人。当你和情人分离时，可以藏一小枝薰衣草在情人的书里头，你们下次相聚时，再看看薰衣草的颜色，闻闻薰衣草的香味，就可以知道情人有多爱你。在婚礼上，洒洒薰衣草的小花，可以为您带来幸福美满的婚姻。

微风吹来，笔者突然在陶醉中醒来，又回到了人间的现实中，不过确实让人心情舒畅了不少，日夜工作积累的疲倦与不快，顿时消失殆尽了，而且身上还散发出淡淡的薰衣草味。若能天天都陶醉在薰衣草的世界里，真的比神仙还快活。

高山的薰衣草，让人陶醉，让人愉悦……这要感谢当地政府的旅游开发及和美家园建设，但愿龙观这个宁波的后花园更加美丽，成为人间天堂。

家乡的十年变迁

　　向往是一种高贵的流露，远离尘嚣；追寻一方纯净的山水，仿佛随同记忆揉进了一片绿，舒漾成诗情葱茏的江南仙境。这就是地处鄞西山区的龙观乡，我的家乡，一方被世人认可的人间仙境。

　　居江南，位拥碧水青山，造化一方钟灵毓秀之地；忆过去，这里是四明山革命老区。这就是灵动美丽的龙观，浙东龙文化发祥地，一个绿色文化与红色文化、龙文化兼容的地方。境内声名远播的清新五龙潭、森林中坡山，香飘桂花村，别具一格的"美丽乡居"……成为了人们休闲、健身，感知龙文化、感受大自然的好去处。

　　近十年来，就是这么一个名不见经传的山区小乡，先后获得了"中国桂花之乡""全国环境优美乡""全国特色景观旅游名镇""全国基层关工委先进集体""全国老干部支部先进集体""浙江省旅游强乡""浙江省体育示范乡镇""浙江省东海文化明珠乡""浙江省卫生乡"等诸多荣誉称号。可以这样说，龙观这个区域面积73平方公里，仅10个行政村、1个社区、1.2万常住人口，近0.3万外来流动人口，一个在电子地图上很难找到的小不点，现今，在鄞州区、宁波市乃至浙江省、全国崭露头角，并稍有名气了。

　　笔者作为土生土长的龙观人，自上世纪80年代初解甲返乡在本乡机关工作至今，屈指数来已有35年了。可以这样说，笔者是改革开放以来龙观发展的见证者之一，对龙观的一草一木生长和日新月异的变化了如指掌，尤其是近十年来龙观的发展、取得的成绩，可谓历历在目。龙观为何能取得如此骄人的业绩，她的秘诀在哪里？笔者经过多年观察，总结其原因主要有二：一是得益于鄞州的撤县建区所带来的一系列惠民政策，为老区建设奠定了基础，让老百姓享受到了改革开放的红利；二是当地党委政府坚持以科学发展观为统领，因地制宜围绕"生态强乡、绿色富民"战略和近年来打造的"清新龙观、美丽乡居"目标，紧紧依靠全乡广大人民群策群力、攻坚克难，保持着经济社会文化全面、协调、平稳发展，从而使龙观出现了前所未有的变迁。

变迁之一：自然环境的建设保护，龙观成为人们向往的好去处

国家4A级风景名胜区——"五龙潭"，先后获得省级风景名胜区、市级文明景区等荣誉称号，是一处以自然风光为依托，中华龙文化、浙东山乡风情、民俗民风为文化内涵，以溪流飞瀑、怪石险峰为特色的风景名胜区。自2000年5月试营业以来，经过五年时间的建设成为了国家4A级风景名胜区。在近十年建设中，景区面积由原来的16.3平方公里的龙潭飞瀑景区、青云天瀑景区，至今开发建成了包括鸣凤水景区、观顶湖景区、龙文化崇拜及佛教文化区、中坡山森林公园等，总面积达到32.4平方公里的山地型旅游区。区内群山环抱，峰峦挺拔，悬崖耸立，溪谷幽深，地形变化丰富。以山奇水秀谷幽、山乡风情浓郁为特色，集游览观光、休闲度假、礼佛朝圣、山地健身功能于一体，满足游客回归自然山水、品味山村风光，感知浙东地域文化，享受休闲世界的需求。景区具有浓烈的华夏"龙崇拜"民俗文化特色，在国内树立了"龙的传人"游龙潭、观龙俗、祭龙祖的品牌形象。

龙潭飞瀑景区的五井十二瀑及五龙神堂、古祭龙坛、五龙神堂、一母四子雕像等，蕴藏着一个个美丽的传说；五井龙潭曾被宋理宗、元惠宗敕封"侯"的官位，这在历史上绝无仅有；耸立在 400 余米高的原祭坛山峰上，耗用 70 吨福建绿孔雀石雕成龙形图腾柱的祭龙坛，蔚为壮观……而青云梯、天门二瀑和观顶湖景观，以"雄""险""壮"取胜，以"雄关险梯，异石巨瀑"而名。2008 级石阶的青云梯，垂直高差四百多米，登梯如青云直上，有"天下第一梯"之称。天门、水门二瀑，落差各达 80 米，飞瀑直下，气势磅礴，雷霆万钧，犹如雷奔，号称"华东第一瀑""江南黄果树"。观顶湖，波光粼粼，绿树倒映，是健身休闲的好去处……以"龙吟凤鸣"为题意的鸣凤水景区，突出龙文化崇拜的氛围，营造"飞龙、潜龙、游龙、蟠龙、卧龙"等龙文化景观，山衬水、水映山，山水交融，野趣丛生，植物生态群落体系丰富，体现出"五龙出四明，飞龙入大海"的美好境界，让人们在优美神秘的传说氛围中体验大自然的魅力。

区域面积 16.1 平方公里的省级森林公园中坡山，惊艳拂面……距市区 38 公里，这是生活与自然的距离，没有城市的喧嚣、没有城市的快节奏，还原的只是生活的本真与自然的向往。园区内林木繁茂，植被景观类型多样、种类丰富。占地 100 余亩的珍稀植物园，栽有国家一级珍稀植物银杉、水杉、苏铁、银杏、中华水韭、瑸桐等十余种；有国家二级珍稀植物红毛椿、野菱、喜树、秃杉、七子花、香樟、香果树等二十余种，是一个旅游的好景点。

桂花，作为我国传统的十大名花之一，素以芳香而著名，因其树势丰满、紧凑、姿态秀丽、四季翠绿、色泽四时有变，根系发达、抗寒抗逆性能强，可作盆花、行道树、大小香花灌木球、盆景桩头等种苗，集绿化、香化、美化、彩化于一身，品位和价值极高的珍贵花卉树木之一。龙观乡种植桂花最早见于北宋建隆元年（960 年），僧人道凝在山色幽静，树木茂盛，民间又有神龙显灵传说的龙谷村天井岙建造天井寺时，从福建迁移金银桂各一枝，植于天井寺院内，至今已有一千多年历史。之后，全乡各地在兴建、修建寺院、庙宇、屋宇时都有零星桂花种植。当时主要种植品种为金桂，因金桂花朵金黄，花香馥郁，叶片浓绿，在众多桂花中观赏价值最高，深受群众青睐。

大面积种植桂花在改革开放后，农村实行土地承包责任制，农民们响应政府调整农业产业结构号召，为提高土地产出率纷纷种植起桂花等花木，进行幼苗培育和出售，在广州、江苏等地设立营销点，尤其是近十年来，桂花种植大面积发展，至今达到万余亩，并建有桂花产业营销公司，桂花专业合作社等为桂花产销服务的民间组织，成为宁波市乃至浙江省最大的桂花基地之一。2006 年被国家林业部特产命名委员会命名为"中国桂花之乡"后，桂花成了农民们主要的收入来源。

目前，全乡种植的桂花有金桂、银桂、丹桂、四季桂四个品种群共 30 余个品种，树龄长的有上百年历史，大都散植于各村落房前屋后和山间路道中，有近百株百年以上金桂，其中位于大路村吴岙自然村行道上一株金桂树龄高达 120 年。树龄短的也有 5 年以上，但大都是 10－30 年之间。桂花，成了龙观乡农林产业的一个品牌，也成为旅游观光的一大圣地。尤其是每年九月底十月初，万亩桂花飘香，慕名而来的游人漫步在田间山坡，惬意之极。

龙观乡先后被授予"中国桂花之乡""全国环境优美乡""全国特色景观旅游名镇""浙江省旅游强乡"等荣誉称号，当之无愧，名副其实。

变迁之二：古道农家乐，成了人们健身休闲的首选地

鲁迅先生说，世上本没有路，走的人多了便成了路。所谓的古道，其实也是如此。从第一个抓住契机探索前路的勇者开始，到不断有人沿着他的脚印，印证已知为止，夹在荒蛮的山

水之间的古道，一直充满未知和诗意。如今，那些被湮没在时光中的古老印记，随着新的脚步重新被唤起。

在龙观，历来不缺古道。不仅有香客们烧香拜佛的大松湾古道、神玄古道、阳堂古道、大峰岭古道，而且有通商通衢的名人古道——鹁鸪岭，还有探古访幽的双连珠岩古道，等等。近几年经过当地政府的开发修建，至今，环绕龙观全乡约 60 公里的 10 条登山健身步道全线贯通。

沿途眺望，一层层山岭绵延不尽，层峦叠嶂，茂密的森林，严严实实地覆盖着每一个山岭，随处可见绿色的起伏，绿色的波澜，绿色的海洋，绿色的风韵，绿色的图画。

事实上，随便哪一条古道，都够你玩味大半天。如长达 12 公里的大松湾古道，全部由鹅卵石铺成，沉静古朴。沿路蜿蜒而上，梨树、茶园、竹海，满目青翠，半山腰一处拐角古树群高耸入云，参天古松、古樟有上百棵之多，传说是神灵休闲游憩之处，故名曰"大松湾"，是宁波市十大文化古道之一。

坐落于龙峰村的阳堂古道，十几丈的高大树木笼罩在两旁，泥巴加湿的静道，杉树木做成的台阶，加上小圆石砌成的台面，幽静深远，一直延伸到山岗峰上。就从河畔长亭里边、树阴下的青石板小道进去，两山逼窄，林深叶茂，绿意浓浓，空气清新，滋润心田。

在山下张家自然村前的鹁鸪岭古道，历来是鄞奉两地的重要交通要道，也是一条承载着通商、通婚、通信等重要内容的社会经济文化之路。古道两旁奇峰怪石叠嶂，造型各异，惟妙惟肖，仿佛还在向我们诉说曾经沧海桑田的历史。山上的元宝岩、皇印岩、皇子岩、皇龙伞岗等给古道留下了许多神话故事。这里，雨雾相拥时便泼墨成画，而艳阳当空时则立柱擎天。沿途树木茂盛，郁郁葱葱，幽静深远的山间小道，时而蜿蜒曲折，时而一望无尽。登上海拔 300 多米的鹁鸪岩山顶，龙观、溪口尽收眼底，成了人们探幽访古、登山健身、拍照游玩的好去处。

当然忘不了位于雪岙村的神玄古道，它始建于南宋末年（1279年），距今有730多年历史。古道长约5公里，全部用块石铺彻而成。道路两旁竹林遮日，满目青翠，桥随谷转，路随流长，一弯一画，一桥一景，欣赏不尽的风光，玩不尽的山水，真是美景无限。

还有蚂蟥岭古道、双连珠岩古道、大峰岭古道……不仅让人探古访幽、休闲健身，而且给人许多文化底蕴的陶醉。

农家乐，是旅游产业兴旺发达带来的城市居民消遣场所。龙观乡农家乐的发展得益于五龙潭、中坡山、桂花之乡等绿色、红色旅游业的发展，至今，全乡有农家乐20余家。蓝天白云下，漫步其间，那山脚下、那村落间、那田野上……时有"农家乐"美味香喷喷扑鼻而来。

变迁之三：碧水潺潺，是个红掌荡清波的好地方

一百多年前，浙东史学名家全祖望探访桓溪旧宅之时，曾留下了"春深而绿阴夹岸，秋老而绛叶满址，千篙竞发，缩颈之鳊，时出丙穴。虽山阴道上之泉，不足比美，句余灵淑之所荟萃也"的感叹。岁月如梭，一百多年后的今天，这里依然竹浪滚滚，碧水潺潺，景色宜人。如今，行走龙观，处处青山环抱，碧水在山岭间曼舞，人行其中，心旷神怡。

龙观，空气清新，日照充足，雨量充沛，夏无酷暑，冬无严寒，四季分明，属典型的亚热带季风性温润气候。由于地貌垂直程度差异，山地每升高100米，气温递减摄氏0.47度，形成冬冷夏凉的山地小气候。区内年日照时数为2000小时，年平均气温12.5度，无霜期为237天。同时，由于山地对气流的抬升作用，降雨量大于平原地区，年平均降水量1700毫米，比平原约增300毫米。在阴雨时节，常有云雾缭绕，群峰在云雾中时隐时现，犹如一幅优美的山水泼墨，人在其间，如临仙境，给人以无限遐想。

近年来，以"美丽乡居、清新龙观"为目标的龙观人，踏着生态文明的节拍，用绿叶做画笔、用清水做画布，着力推进"五水共治""三改一拆"等工作，环境综合整治和生态建设工作不断取得实效，在鄞西山区奏响了一曲人与自然和谐共生的交响曲。

水清濯足，向来是龙观最美的生态画面。在山间，抬头仰望，洞岩尖高耸入云霄，巨石高擎、盛披绿装处，山涧飞流直下、腾起阵阵水雾，股股清泉汇集山溪，时急时缓向下游奔腾。不过，环境改善没有止境，治水亦如是，必须不断适应新的情况、新的要求。

前些年，由于环境污染，恶化，导致水流枯竭，清粼粼的河流几乎成了臭水沟，人们见不到鱼虾，见不到"红掌荡清波"景象……面对如此环境，乡党委政府下大力气在整治了"环评"未过关的电镀、熔模、化工、水煮笋加工等企业的同时，借助省政府"五水共治"东风，陆续关闭了一批养猪养鸡场，并建立分散式农村生活污水处理管线。仅 2014 年便完成了砖瓦厂、后隆村、金溪村、桓村村等区域内的分散式生活污水处理管线共计 12500 米，总投资 730 万元，同时对桓村中畈溪坑和中溪河上游污染企业进行治理。全面拆除临河、跨河违章设施，坚决封闭未经处理直排河道的工业、生活污水排污口，坚决取缔河道两侧乱设广告牌、乱涂写、乱搭建、乱堆放、乱倾倒等五乱现象，全面实施河道水环境整治，全乡建立水环境示范村、生态景观河道，确保河道两岸"岸绿景美"。

近十年来，龙观乡投资 3.5 亿余元先后对樟溪河、清源溪龙观段和中溪河、龙王溪四大重要河流的治理和水源保护区、饮用水水源地的日常监测保护管理。与此同时，强化观顶水库、外牌楼水库、彰圣寺水库、石鼓门水库四大重要水库水源地生态湿地、水源涵养林和水土保持林的建设管理。从而，使全乡沿河、沿线风景优美，水资源质量进一步提高。公共绿地面积达到 1.85 公顷，空气含氧量 21%，符合国家优质标准，空气负离子量每平方厘米 23000 个，森林覆盖率达到 86%，PM2.5 值每立方米 5 微克，历年水质抽检合格率达到 100%，农村生活饮用水水质符合国家饮用水标准，乡域内主要河道水质各项指标符合国家 I 类标准，这一个个"治水攻坚"实施方案，蕴含着龙观人浓浓的治水情谊。

现今，每当旭日东升或夜色降临，人们漫步在河道边，清粼粼的河面上倒映着一排排红墙黑瓦或白墙红瓦的别墅群，潺潺流水间游弋着欢快的溪鱼，鹅鸭成群嬉戏"红掌荡清波"……呵！龙观，这个远离尘嚣，清新自然的好地方，这风光旖旎的景色，这最美的生态家园，不仅是乡民的福祉，也是往来游客的乐园。

变迁之四：北中南风情带，让龙观成为"美丽乡居"的幸福家园

北部生态养生、中部休闲运动、南部乡村度假，这是龙观乡正在打造的三条特色风情带。如果你到过龙观，这里的美景、洋楼别墅群……一定会让你惊艳，更会让你吃惊，你一定会感叹："这还是农村吗？"是啊，龙观真是一个美丽乡居的好地方。

"龙观有好山好水，但过去村民居住环境确实有点落伍。"这是时任龙观乡党委书记张盈军面对新闻媒体采访时曾经说过的一句话。确实，过去的龙观，居住环境曾像十几年前一位官员感叹的那样"农村像非洲"，房屋破旧，村庄内垃圾成堆，臭气熏天。自从 2008 年启动新农村建设以来，尤其是近几年来迅猛推进的新农村建设高潮，确实取得了骄人的业绩。

十年前，龙观根本没有别墅，如今，走进龙观，抬头眺望，农家别墅群错落有致地在中溪河、龙王溪、清源溪、樟溪河两岸林立，让人眼花缭乱。走进别墅群，房前屋后，花草遍地，环境整洁，龙观可谓是"山乡花园"。

龙观的求变之路就是通过新农村建设和旅游开发相融互动，实现城乡统筹发展。全拆全建、整理改建、异地迁建……当下，新农村建设在龙观已全面铺开。全乡10个行政村"村村有打算、村村有规划、村村有动作"。如山下村已全面完成了全拆全建工程，村民大都住进了别墅；李岙村新村建设已全面完成主体工程；而桓村村作为全乡人口住户大村之一、全区成熟一片拆建一片的典型，目前已完成40%以上的新村建设计划。还有大路、龙峰、后隆、金溪、龙谷、雪岙、龙溪7个村，新村建设也正稳步推进中，不久的将来，会有越来越多的村民住上小洋楼。

拆旧迎新绘画卷。拆，是为了建；破，是为了立。行走在龙兴路上，一副热火朝天的景象，示范街区改造正如火如荼地推进中。可以想象，在不久的将来，原先陈旧拥挤的街道会被建筑立面干净、构件设施整齐、零星地角绿化的街景取而代之，龙兴路也将成为龙观新的景观带。

在深入实施全域旅游发展战略，推进旅游产业的全景化、全覆盖之际，旧住宅区、旧厂区、这些旧形象与风景秀美的龙观格格不入。对于这些建筑，寻求转型发展新空间，创造和谐美丽新家园。同时，通过对新增违建、"四路四河一景区"违建、一户多宅的违建、存在消防安全隐患的违建、宗教寺庙的违建等五方面违章拆除，有效推动了"三改一拆"工作向纵深发展。并建立了常态化管理和即查即拆制度，在拆除存量的基础上，着力遏制新的违法建筑。为扩大管控范围，与各村（居）委会建立联动机制，建立村级巡查队伍，落实巡查制度，发现违章现象后，立即进行劝说并阻止施工，确保无新增违法建筑产生。"三改一拆"工作的最终目的就是改善人居环境和城乡面貌，让龙观的环境变得更好，让百姓的生活变得更舒心。

龙观是鄞州区唯一的山区小乡，优越的生态资源，秀丽的山水风光，吸引了大批客商前来投资建设。目前引进的柏庭养老、森林度假、"龙观禅那"民宿等 3 个旅游休闲养生项目，总投资达 13 亿元。其中，"龙观柏庭"养老项目总投资 10 亿元，引进美国高端养老沃特马克公司的运行模式和管理理念。定位"森林度假"的中坡山休闲旅游项目，已签约投资额 5000 万美元；定位为隐逸养生的"龙观禅那"民宿项目，已投资 1200 万元一期工程，在高山自然村南坑打造一个融合地方民俗与文化的精品民宿。

龙观乡今后将以"美丽乡居、清新龙观，享受乡村幸福"为发展主题，按照"连点、成线、促面"的建设步骤，着力打造北部、中部、南部三条主题风情带。

如果要问哪里最适合灵隐、休闲生息的地方，位于鄞西山乡的龙观绝对是不二的选择。它是诗人华兹华斯笔下"浮云，翠谷，湖光，侠影的仙境，它是彼得兔童话世界里妙曼绝伦的神秘王国"。

龙观，山色绿得惊人，满眼绿色，只有绿色，而山的颜色各有层次，它们似一股清泉，蔓延开来。

苏醒的大地，充满了旺盛的活力，仿佛所有的生命都在跳跃，但这气氛又是如此的安详宁静。稍作留意，你就可以看到星星点点的野果子洒落在山野路边，在阳光下闪着耀眼的红色光芒，不禁让人欢呼雀跃。那野果子酸中带甜，放入口中，似乎用不着咀嚼就能溶化，吃起来味道好极了。碗口粗的毛竹好似一张清淡的水墨画，亦真亦幻的田园风光，更像是与世隔绝的人间仙境，尘世间的烟火在这里也不过是随了季节，掠过天际，漫步云端。这是城市里早已消失的田园风光味道，蓝天白云，青翠山色，如一幅色泽艳丽的水彩画。这里适合徒步，慢走的。跟随着心，一起迷失在库区里、一条条山间小路间。山坡上，连绵茶树掀绿浪；农田里，满树摇曳果香溢；河道边，水清树绿孕生机……这就是龙观。

而在乡党委政府看来，要让村民分享生态红利，享受文明富裕生活，就要全域做精新村、全景做强旅游。龙观下一步打算通过农旅融合，力求让各村成为"经营型"的旅游新村，倾力打造集"休闲、旅游、养生、居住"于一体的美丽乡村。

变迁之五：乡村公路"四化"，不仅仅是为了农民圆千年"出山梦"

乡村公路硬化、亮化、绿化、美化，即"四化"，是龙观乡近十年来所取得的重大成就。龙乡人为改变山区交通面貌，硬生生用双手刨出了四条共56.6公里的乡村公路，但他们不仅仅是为了农民圆千年"出山梦"，而是在原基础上，进行新建、改建、拓宽、浇铸……穿村、环村、环田、环山等联网公路53.4公里和10几座跨溪、跨河大桥，打通2条"断头路"，使全乡公路达到110公里，平均每村11公里，并安装路灯、种植绿化带……努力实现"四化"，从而使全乡交通面貌得到了彻底改变。

每当人们漫步乡间，无论是旭日东升，大山露出笑脸，红彤彤的光芒波光粼粼地洒在河面上的晨曦；还是夕阳西下，余晖洒满山头，大地金色一片的黄昏，那小汽车、城乡公交车，那大货车、摩托车、电动车，还有那既环保又健身的自行车，总是满载着山民的希望，穿过村庄、驶过大桥，走向外面的世界。眼前的旭日、车辆、楼群、大山、河流、大桥……组成了一幅色彩斑斓的山水画。即刻，每个人的心都会与画面一起跳动。

忆往昔，龙观没有一条马路，自古通往外界的只有乌头门一个出口，通往各村的都是羊肠小道，山民们受尽了没有公路的苦难。20世纪六七十年代，老区人民终于觉醒了，"要致富，先修路。"整整十年，在党委政府领导下，勤劳勇敢的龙乡人，用双手刨出了56.6公里的盘山砂石路，村村通了公路。

公路连通了山外的世界，沉寂多年的山村沸腾起来了。

但"断头路"成为制约龙观经济、小城镇、旅游等发展的主要原因。龙观境内三条坑原建成的四条通往高山、村落的公路没有一条是相通的，也没有一条与外界连接的。2006年，当地党委政府下定决心要打通断头路，经过一年多时间的奔走、筹建，龙溪隧道终于动工兴建，该隧道按二级公路标准设计，设计时速为40公里/小时，双向二车道，路基宽8.5米，全线采用沥青砼路面结构。全长8.9公里，其中龙观段5.46公里，鹁鸪岭大山隧道1530米，桥梁三座146米，总投资1.5亿元。2010年8月18日注定是鄞奉两地人们的大喜日子，龙观乡与奉化溪口镇的龙溪隧道通车了，公路行程从四十多公里，一下子缩短为四公里，这是龙观乡开通的第一条"断头路"。

自古以来，鄞奉两地百姓往来，要么爬越鹁鸪岭山间小路，夏天汗爬雨淋，冬天寒风刺骨，要么经鄞江、洞桥绕甬临、江拔线，行程40多公里，汽车也需一个多小时。奉化溪口是闻名天下的宁波市重量级老风景区，龙观乡五龙潭、中坡山是近年开发的宁波市重量级新风景区。这一现状严重制约了鄞奉两地经济社会的发展，更为可惜的是，阻断了两大风景区的联系，龙溪两地民众几乎是"鸡犬相闻，老死不相往来"。而龙溪隧道的开通，使龙溪两地成了来往密切的近邻，五龙潭与溪口两大风景名胜区也联成一线，旅程缩短30多公里，行车时间从原来1个多小时缩短到15分钟，加快了鄞奉两地旅游产业的快速发展，促进了两地现代都市农业建设，加快了第三产业和小城镇建设步伐，搞活了农副产品流通渠道，给鄞奉两地百姓带来了致富的福音。

2011年11月，庄顶线（大庄—观顶）公路开工建设；2015年1月，全长12.72公里的盘山旅游公路建成通车。它的建成，是龙观乡开通的第二条"断头路"，不仅连接了中坡山森林公园和观顶湖两大景点及桓溪线与庄顶线，更盘活了半山、观顶等一批高海拔自然村落资源，最终形成由高山湖景、健身步道、农家乐等多元素结合的旅游环线，带动山区百姓走上旅游富民之路。

踏着时代的节拍，龙观的公路建设取得了巨大的业绩，而大桥建设也得到了迅猛发展。2008 年 5 月 1 日，金溪大桥正式启动兴建，历时 7 个月完成大桥建造，2009 年 1 月 1 日正式通车。该桥载重量为 20 吨以上，共投资 153 万元，全长 60 米，宽 9.5 米，桥面两边各设有 1.2 米宽的人行道，桥上装有路灯，现成为了观赏樟溪河夜色和风光的好去处。

还有架在后隆屯家河上的蜈蚣桥，龙王溪上的后隆大桥、古山大桥，清源溪上的观岭大桥、山下大桥、雪岙大桥……细数近十年间，穿越龙观境内的溪河上、山涧中建起的一座又一座新桥，无不描绘着美好的未来。

变迁之六：绿色生态农林业，龙观成了花果茶竹飘香的山乡

绿色、生态给龙观带来了生机，也给山民走上了富裕道路。近十年来，通过积极引导和鼓励农民种植花卉、苗木、水果、茶叶等高效生态农业，初步形成了茶叶制作、竹笋加工、水果包装、花卉栽培、贝母种植、蔬菜销售等"六位一体"的农业结构模式和观岭坑花卉、水果，桓溪坑茶叶、笋竹，金谷坑贝母的"一坑一产业，一乡一品牌"的特色农业产业。因此，本乡先后获得了"浙江省农业特色产业乡"、"浙江省兴林富民示范乡"等荣誉称号。

六千亩基地桂花香。"巍巍四明山，满坡丹桂裹村庄；滚滚千层绿，清香阵阵风中扬；嫦娥闻香下凡间，仙女流连深谷藏。这就是你啊，中国桂花之乡！嫦娥播种，仙女育秧；甜了河溪笑了山岗，天上人间尽飘香。幽幽五龙潭，山野缤纷溪水长；点点金光闪，馥郁芬芳扑鼻香；神龙闻香居五窟，菩萨驻足天井寺。这就是你啊，中国桂花之乡！神龙赐雨，菩萨普光；美了河溪醉了山岗，天上人间梦也香。"（这是笔者在2009年为中国桂花之乡——龙观乡创作的《桂乡之歌》歌词）

秋天，对这个地处四明山麓、鄞西山区龙观乡来说，是乳白色的。九十月间，龙观的公路两旁、田间山坡、房前屋后，处处是成片成片的桂花盛开的场景。

龙观，地处半山区，气候凉爽，昼夜温差大，金桂、银桂、丹桂、四季桂竞相怒放，清风不时送来缕缕扑鼻的芳香，令人流连忘返、陶醉不已。而桂花产业的发展，还带动了赏桂、品茗、探幽、闻香、观瀑、垂钓、品农家菜、购农产品等多种旅游产业的发展。

早在明清年代，龙观农民就开始种植桂花，至今，全乡种植面积已达万余亩，为宁波市乃至全省全国镇乡之最。2005年，李岙村民洪安芳种植的一株20年树龄的桂花树，卖到了3.8万元的高价。植桂给农民带来的实惠，使全乡10个行政村，村村种植起桂花，其中桂花专业村李岙村种植面积最大，年收入达600多万元，户均收入2万元以上。

2006年，龙观乡被国家林业部特产之乡命名委员会批准命名为"中国桂花之乡"，乡政府将桂花种植培育作为主要产业来抓，先后成立了桂花产业研究所和桂花销售公司，在广州、南京等地设立了二十几个销售点，建立了一支200余人的销售队伍，销售年收入达到8000多万元。同时，也使山民走上了致富之路。

一个山区小乡，仅桂花一项人均年收入就能达到近7000元，这在龙观乡多种经营发展中是破天荒的。看来，绿色、生态保护不仅装扮了山乡，而且使山民收获了绿色和生态。

桂香一路诗，人勤满山宝。龙观乡以桂扬名，因桂致富，过去的穷山村如今变成了远近闻名的小康村。

二千亩云雾茶走向市场。龙观，群山挺拔，溪谷深邃。由南中北三支主要山脉组成，主要高峰有龙潭墩（877米）、大岩头（906米）、奶部山（915米）等。位于北亚热带与中亚热带过渡区域的季风气候区，属海洋性季风湿润气候。冬夏长，春秋短，四季分明；夏无酷热，冬无严寒，热量较充足，雨量丰沛，冬夏季风交替显著。独特的地理位置和自然环境给龙观高山云雾茶的生长提供了养分。

云雾茶与一般茶叶不同，泡在杯里格外清，喝到嘴里清凉又醇香，余味无穷。据当地老农说，云雾茶不仅能生津解渴，而且还有祛风寒、解酒之功效。遗憾的是，如此名茶却常年"养在深闺人未识"。然而，三年前，被浙江农业大学茶专业毕业、具有十几年经营茶园经验已成为制茶品茶大师的杨晋良先生所认识，他从嵊州转战至龙观，承包了1000多亩茶园。三年后，他营造的循环生态茶园、名优精品园、茶文化博览园三大茶园渐成规模。这里的作物，一切以自然生态环境生长，一年四季，还有零星果蔬按自然规律自然成熟，玉米不施肥料肆意成长，获得丰收后，一部分做公益，一部分晒干后作为饲料喂养园内动物，几百只茶鸡，纵情茶园。这里成了园主招待城里人体验乡村生活的"宝地"，前来休闲观光体验者络绎不绝。

3000亩水果基地变成"聚宝盆"。景露水蜜桃、白兰山杨梅、五龙潭黄花梨……龙观的3000亩水果基地都有了自己的"注册商标"。

金秋季节，龙观的各个基地到处是山绿果香，这个革命老区乡在农业产业调整中给山乡百姓带来了新的富足。

2005年的春天，龙观的农民在大力调整农业产业结构政策指引下正忙着在自家地里辛勤地耕种。而此时，乡党委政府一班人却在思考调整农业产业结构要种点啥的问题。带着这个问题，乡党政一班人深入各村田间地头，探寻一颗能飞出龙观的"种子"。通过调研发现，龙观的农产品资源虽然丰富，但缺少的是高附加值的农产品，低端农产品想走出龙观仍步履维艰，即使短暂地走出去了，解决的也是温饱问题，根本解决不了小康问题。

在调研中，他们发现原有的柑橘、杨梅、桃子等地产果，由于品种老化已难以适应市场需求，而引进的水蜜桃、杨梅、黄花梨等新品种，虽然批量少，但供应市场后深受市民青睐，农民腰包鼓得已让人眼馋。如果开发和改良的全乡3000亩水果基地能全部投入市场，可增加效益1000万元，可带动全乡经济发展和1000户农户就业。于是，全乡掀起了改良水果热潮。龙谷景露水蜜桃基地，桓村、后隆、金溪黄花梨基地，大路杨梅基地……如雨后春笋拔地而起。

近几年，随着高山蔬菜基地的开发，品牌水果这个高附加值的农产品纷纷被商家看中。2014年，大学毕业的卢宇广放弃越做越好的生意，看中彭圣寺一带种植水蜜桃的绝佳区域，承包了200亩土地，成立汇亨精品果园基地，他要打造一片高山上的"世外桃源"。除了种植桃树之外，还有杨梅、猕猴桃、车厘子……开垦的梯田，利用高低错落的位置，种上了薰衣草、马鞭草等花草，九十月间，这里便成了紫色花海，吸引了一大批慕名前来观光、拍照、休闲的游客。

在产业结构调整中，龙观乡积极引导和鼓励农民种植水果等高效生态农业，初步形成了"一坑一产业，一乡一品牌"的特色农业产业。现在，每当水果花开和果实成熟季节，会有成千上万游客聚集于此，赏花采果。龙观优质水果基地，不仅让农民增加了收入，更成了市民休闲游玩的好去处。

二万亩竹林云海成了生态游之地。涛涛竹海，述说着龙观人民过去的苦难和贫穷，也吟唱着今天的欢乐和幸福！万亩竹林、百里绿荫、春风拂面、送来阵阵清香，使人觉得飘飘欲仙、心比蜜甜。

这一美景的得来，源于龙观乡党委政府一班人瞄准竹林资源，进行培育和开发，使全乡农民有了一个固定的收入来源。据2014年统计，全乡竹林和竹笋年收入达到2500余万元。换言之，该乡仅竹林和竹笋收入，就让农民户均增加收入3000多元。

竹林，不仅为国家和集体提供了大量的商品用材，而且在维护生态平衡方面发挥了明显的作用，更为龙观乡经济发展奠定了一定的基础。而竹资源的开发为山民们带来了实惠。近年来，在上级有关部门的支持下，在竹资源深加工的基础上，开发了保护性和观赏性项目，使龙观的二万亩竹林基地不仅成为宁波市生态保护林，而且成为了广大游客来龙观休闲生态游的必经之地。

变迁之七：文化繁荣，成为了广大干群业余生活的精神支柱

"晨练太极拳，暮跳广场舞；白天看戏看电影，晚上跳舞唱OK。"过去，这些都是城里人陶冶情操的业余文化娱乐生活，如今成为了山里人"家常便饭"。山乡龙观，文化成为了社会主义新农村建设的一朵奇葩。

龙观，因山上多龙潭而得名。天井山上五龙潭，中坡山上白龙潭、青龙潭，上花山上龙母娘娘潭，半山潺潺龙潭，洞坑回峰洞老龙潭……一个个传说将龙演化成至高无上的神。因此，有了民间舞龙愉悦人心的活动，丰收舞龙、欢庆舞龙、娱乐舞龙……现今成为了龙观响当当的群众文化品牌，由此也繁衍出各种文化活动和设施的改善。

文体设施得到改善。十年来，龙观乡十分重视文化事业发展，不仅投资建设了乡级文体中心、影剧院、文化广场等总面积达到12000平方米的文化设施，而且延伸到村级，全乡10个村1个社区，村村建造了总面积1000平方米以上的文体活动楼、图书室、电子阅览室、文化广场、篮球场、健身路径等，现今正向综合性文化礼堂发展，开展丰富多彩的各类活动。

文化队伍与活动日新月异。十年来，先后组建了歌舞、戏剧、曲艺、说唱、书法、摄影、民间文艺、舞龙、舞狮、木兰球、太极拳（剑、球、刀）、篮球、女子气排球、羽毛球、三棋、登山、田径等业余文体团队 60 余支，共有文体骨干 1200 余人，文化志愿者 100 余人，文化娱乐、健身休闲等年文体活动达 60 余次，每月平均 5 次以上，做戏、放电影 200 场次，基本满足了群众对文化的需求。举办了富于地方特色的大中型文体活动，如"红灯高照闹元宵""二月二龙抬头文化节""桂香月圆旅游文化节""五龙潭山水旅游文化节""民间艺术大汇展"等，还承办了"全国舞龙大赛龙观表演区展示""华东山地越野赛""江南 50 千米山地马拉松越野赛"等全国性赛事，出现了千人参演、万人空巷的景况，先后被中央电视台、香港卫视、《浙江日报》、浙江卫视、《钱江晚报》及宁波各地方报刊、电视台等新闻媒体大力宣传。为此，龙观乡先后获得浙江省"东海文化明珠"乡、"体育强乡""特级综合文化站"和宁波市"群众体育先进集体"、鄞州区"公共文化明珠乡"等荣誉称号。

校园文化成为少年儿童文化活动的主体。从幼儿园到中心学校不仅投资建成了活动室、图书室、电脑室，还组织了文体骨干队伍，每月开展形式多样的活动。乡中心幼儿园组建幼儿舞龙队，瞧，幼儿们生龙活虎、一板一眼的演出，让人开怀欢笑。乡中心学校合唱队多次获得区级以上竞赛一等奖。由乡关工委、老干部支部等单位组织的夏令营，连续举办了六届，被评为区级优秀夏令营活动，让孩子们在娱乐中得到了爱国主义革命传统教育。

红色文化成为青少年爱国主义教育基地。2005 年，为扩大红色旅游对外的影响，乡党委政府决定在五龙潭高山区、鄞州抗日解放时期纪念碑旁设立"龙观革命史迹陈列室"，投资

60 余万元建造了三间约 80 平方米平房作为陈列室，并在溪流上搭建了约 120 平方米平台，该陈列室由原浙江省委书记薛驹题名，8 月 30 日举行了陈列室落成典礼暨鄞州区纪念抗战胜利 60 周年大型活动。是年底，宁波五龙潭景区被中宣部《党建》杂志社等单位联合评为红色旅游景区。

2011 年，为进一步扩大红色旅游对外的影响和教育意义，将原陈列室迁移至五龙潭青云峡飞瀑区，并改名为"龙观革命史迹陈列馆"，经过半年多的筹建，6 月 28 日上午，投入装修资金 80 余万元的龙观革命史迹陈列馆落成并对外开放。新建的陈列馆总面积 300 多平方米，由室内和室外两部分组成，其中室内面积 180 多平方米，分上下两层，比原馆面积扩大一倍多，共展示照片 145 张、创作画 24 幅，实物 112 件。室外有占地 120 多平方米的龙观籍英烈墙和新四军主题雕塑像等。

2015 年初，由于原址地处高山，一些革命老同志因年事已高参观不方便，决定将馆址迁至李岙村李敏活动地旧居，该馆面积达 1000 多平方米，由室内和室外两大块组成，总投资 350 多万元，预计 2016 年 3 月建成，让游客更了解龙观在抗日战争和解放战争中牺牲的革命英烈和龙观在战争年代所起的重大作用。

古迹文化得到了充分的保护和弘扬。龙观多古迹，文化底蕴浑厚。伫立于村落、山间的牌坊群无疑是龙观古老文化的象征。建于明万历元年（1573 年）里牌楼的"四明山坊"，是开启四明山之门的地标，被文物专家认定为难得的明代牌楼建筑之活标本；建于清嘉庆十年（1805）桓村双节坊和建于清道光二十九年（1849 年）大路村节孝碑亭，成了传承孝道、妇道的标记；刻于清嘉庆七年（1802 年）的龙谷村"元吉在上"摩崖石刻，说明天井山上五龙潭的神圣与威严；位于彰圣寺旁的南宋楼钥墓及石刻群（1213 年）和始建于南宋末年（1279 年）潘溪灵威庙，不仅是纪念先辈的遗址，更是传承了先贤精神；李敏活动地旧居、四明修枪总所，不仅是爱国主义精神教育场所，更是弘扬革命传统的实物标本。

古老的实物标本无疑是龙乡人的骄傲，也见证着龙观历史的悠久和"龙文化"、红色文化、佛教文化内涵的浓厚。

非遗文化得到保护和传承。龙观乡"非遗"调查始于2007年，是在1987年民间文学三集成调查基础上展开的，全乡各村都相继成立了"非遗"调查小组，50余名调查员通过近半年的调查走访，选集了上千条篇幅素材，最终经笔者整理加工，收集入编了83篇，作为宁波市《甬上风物》系列丛书——宁波市非物质文化遗产调查·龙观卷，由宁波出版社出版。这些资料为龙观乡的民间文学、技艺保护和传承起到了很好的作用。

亭子文化成为了龙观新的文化地标。亭子以其美丽多姿的轮廓与周围景物构成园林中美好的画面，它不仅是供人憩息的场所，又是村庄、园林中重要的景点建筑、景观建筑，也是园林艺术中文人士大夫挽联题对点景之地。30多年前，位于乌头门的艳秀亭拓宽马路被拆除后，龙观几乎没有古老亭子了，似乎亭子文化也消失了。然而，随着社会经济文化的不断发展，亭子文化也得到了人们的重视。2006年，龙谷村在上下古山之间的马路边建造了第一个"龙谷亭"后，近十年来，全乡各村先后在村庄入口、公园、广场、山坡、田野等地复建和新建了60余个亭子和长廊，大都由笔者为亭子取名和创作楹联。这些亭子文化见证一个历史时期的发展和文化底蕴，无疑是龙观新的文化地标。

著作出版见证着龙观的历史发展和红色记忆。龙观乡出版书籍是在2000年12月笔者的一套《陈剑作品集》丛书开始，2006年起，平均每年出版2部以上，至今全乡已陆续出版了20多部著作，共500余万字。其中有地方志书《龙观乡志》，抗战革命丛书《四明魂》《红色龙观》，长篇报告文学《龙在飞》，风光摄影集《缤纷的世界》，长篇小说《与谁共枕》《活着的伤痕》，散文集《游踪札思》《游踪札思（二）》，民间文学《当代寓言故事》《五龙传奇》，诗歌集《山乡情思》等，努力营造了积极向上的社会氛围。同时，创作了许多文艺作品，如《啊，五龙潭》《桂乡之歌》等歌曲，尤其是《啊，五龙潭》成为五龙潭景区对外宣传的主题歌，也是宁波市内首创的风景区主题歌，在全国具有一定影响面。

群众文化研究为文化发展和建设提供了理论与实践依据。近十年来，龙观的群众文化理论研究取得了骄人的成绩，共发表或获奖60余篇论文，其中在全国级获一等奖10篇，二等奖30余篇，出版了论文集《实践与思索》《足迹——一个基层文化站长的实践与思考》，共30余万字，这些理论文章为推进基层文化工作的创新和发展起到了一定的作用，受到全国、省、市群文专家学者的关注和肯定。

回溯龙观乡的文化发展的演进轨迹，可以说，是建设社会主义先进文化、转型文化、创新文化。党的十七届六中全会提出文化大繁荣大发展的"文化兴国"战略，是继续绘制先进文化发展战略，继续把先进文化建设工程推向前进的战略，相信龙观的文化未来发展在现代公共文化服务体系建设引领下，一定会更加繁荣昌盛，更加丰富多彩，更加深入人心。

变迁之八：企业环保，成了人们21世纪的共识

龙观乡党政一班人在发展企业中，始终不渝将环保作为经济发展的第一要务，无论是招商引资还是自己兴办企业、实业，首先要过好"环评关"。

因为大家知道，环境污染和破坏，资源损耗和枯萎，生态系统失衡及地球生物多样性的丧失；南极上空的臭氧层空间不断扩大，拉丁美洲热带原始森林大面积减少；洪水在亚洲肆虐，干旱在非洲持续，从加勒比海的飓风、中东地区的沙漠化到东南亚的海啸，从地球上的污染到太空垃圾……生态危机的警钟不断在敲响。今天人类的生存环境面临严峻的挑战，保护共同的家园已成为人类的共识。

因为大家知道，环保是我国的基本国策，改革开放30多年来，我国经济发展与环境能源短缺之间的矛盾十分冲突。为了走可持续发展的道路，必须保护好生态。

因此，扶持民营企业发展，首先要抓住环保。这样才能使民营企业蓬勃发展。

华丽转身。"天变不足畏，祖宗不足法，人言不足恤"。任何改革，改革者都必须以非凡的战略眼光和政治智慧，突破陈规束缚，排除万难，走向辉煌。任何转型，决策者都必须用无比的创新精神和胆识魄力，打破路径依赖，浴火重生，破茧化蝶。

如果说，30年的改革激荡，30年的春华秋实，龙观成功地谱写了一个山区乡的创业式奋斗，实现历史性跨越，那么，今天环保的抉择，今天环保的实践，真正使龙观实现了历史性提升。

三十而立，是为一个时代画出顿号。迎接这个顿号的，是一个全新的转型时代！

鲜花告诉我，龙观曾这样走过：以"五龙潭"为起点，改革开放波澜壮阔的历史画卷，浓墨重彩地在龙观大地铺陈开来。海纳百川、厚德务实的龙观人民，凭借优越的地理条件带来的"环保效应"，以昂扬奋发的朝气、开拓创新的勇气、一往无前的锐气，通过整治污染严重的化工、电镀、熔模、砖瓦、水煮笋加工等企业，迅速完成了从一个由工业污染引发的山区乡到新兴产业香飘四季的旅游乡华丽转身。

鼓励企业创新。企业是科技创新的主体。为改变龙观企业对加工制造热、对科技创新冷的状况，龙观乡党委政府主动介入，提供服务，并出台奖励政策，实施科技龙观工程。通过组织实施科技龙观工程，科技创新支撑龙观产业结构调整的效应明显，科技企业成为推动产业调整升级的重要主体，科技创新成为产业结构调整升级的重要推力。一批国家、省、市级民营科技企业如宁波麦克潘特电动工具有限公司生产的合金钢钻头获得国际认证，产品远销德国等国家和地区，年销售量达到千万美元。五龙潭矿泉水公司生产的"竹雨"矿泉水，通过与日本法藤株式会社合作，引进法藤特殊的"PHILD"技术，成为了国际知名品牌"法藤"矿泉水的"亲兄弟"，中国排协独家饮品供应商，使一瓶500毫升矿泉水在星级宾馆里能卖到40元，是"竹雨"的10多倍。

打造品牌。龙观的企业向来缺乏品牌意识，因此也缺乏市场竞争力。进入新世纪，尤其是近十年来本乡党委政府大力实施名牌带动战略，强化政策支撑，形成工作合力，优化公共服务，全面支持名牌创建。为鼓励先进，进一步提高企业争创名牌积极性，推动龙观产业结构调整，修改完善了创建名牌奖励实施办法、实施细则、实施方案等相关文件、奖励办法，全面提高对获得各类名牌称号企业的奖励标准。这一举措，极大地推进了名牌产品的开发。麦克潘特锤钻、竹之韵食品、五龙潭蔬菜、诚源工艺品、竹雨矿泉水、鑫宇竹制品等名牌、品牌如雨后春笋拔地而起。

虽然，目前龙观的企业大都是一些"小儿科"，但笔者相信，由于企业走的是环保路子，这是国家所倡导的路子，一定会兴旺发达。

变迁之九：残障社保养老事业得到迅猛发展

龙观乡残疾人托（安）养服务所建成于2009年10月28日，总建筑面积570平方米，共投入100余万元，护理人员与服务对象按1：6左右比例配置，目前已有8%左右的残疾人集中托养。据统计，龙观乡有残疾人630人，占总人口5%左右，其中失去劳动能力和生活不能自理的占残疾人总数8%左右，这些人员除了家庭和亲属托养外，绝大多数都在托（安）

养服务所托养了。

家庭和亲属托养，这是现阶段中国残疾人托养的一种方式。龙观乡在做好集中托养的同时，仍不忘这种模式，也是一些有一定托养能力的家庭能接受的一种方式。龙观乡残疾人托（安）养服务所的建成，深受上级领导称赞。2010 年 11 月 24 日，省人民政府督查组一行到龙观乡考察残疾人工作，他们视察托（安）养服务所后，高度评价残疾人集中托养这种方式值得全省推广，这是社会主义社会优越性的一种体现。此后，舟山市、厦门市和宁波市所属的部分县（市、区）等残联领导先后前来参观或调研。

龙观的养老事业也有许多可圈可点之处。2005 年，通过甬港联谊会介绍，热心慈善事业的港商叶水明先生资助 50 万元，扩建了敬老院规模，安置对象由五保人员扩大到社会寄养人员，那时已有房间 20 多间，床铺五六十张，最多时入住 50 余人。至今，集福利、商业运行于一体的乡级养老院正在如火如荼建设中，全乡集体和个人也兴办了一批养老院，同时还兴建一批老年公寓，使全乡老年人生活基本得到解决。

据统计，龙观乡有 60 周岁及以上老人约 3000 人，占总人口的 24%，超过全国平均率 10%，其中 70 周岁以上老人占老龄人口的 60% 以上。按照国际通行的判断标准，当一个城市或国家 60 岁以上人口所占比重达到或超过总人口数的 10% 时，标志着这个城市或国家进入了"老龄化社会"，因此，龙观乡早已进入老龄化社会。

由此可见，龙观乡的决策者们很有先见，在十几年前便把养老事业列入了政府实事工程，从家庭式的十几张床铺发展到 100 个床位，而且每年从"吃饭财政"中省下 65 万元左右投入社会福利事业建设。下步，他们正在探索政府供养与社会供养相结合的新路子，在扩大政府养老院规模的基础上，兴办商业式养老公寓，以缓解养老入院难问题。同时，随着社会养老保险的普及，老年人生活保障会得到加强。

笔者相信，随着当下柏庭养老、"龙观禅那"等一批商业式养老项目的引进，龙观的养老事业一定会走向辉煌。

变迁之十：教育卫生等事业得到了发展和加强

2011年，投资1400余万元的龙观乡中心幼儿园落成，并先后投入500多万元为乡中心学校配备教学设施、语音设备、电脑教学装备100余台套，安装双语教学语音室等。这意味着龙观乡教育设施全面改善办学条件，从而，使其教育质量也得到了空前的提升。龙观中心学校初中年级段每年有二三十名学生考入重点中学。

对教育的重视和投入、尊师重教是龙观乡历届党委政府文明与发展进程中的主旋律。乡政府作出过难能可贵的清点：三提五统时，乡里所收的教育附加费一分不少返给学校，上面下拨的教育经费一分不少用于教育事业，每到年终，尽管乡财政经费不足，但教师们的工资是一分不少地兑现。每年教师节和六一儿童节，乡党委政府领导都要分组分路前往各学校慰问师生，和老师孩子们一同过节……

灵椿一株老，丹桂五枝芳。为了教育，为了龙观乡的振兴，近十年来龙观乡历届党委政府领导对教育可谓情有独钟。

与此同时，成人教育、家长学校、红色教育也得到了迅猛发展。自20世纪末起，龙观乡村村办起家长学校，定期不定期地开展道德、法制、卫生、科技等培训，尤其是近年来随着农村"文化礼堂"建设的不断发展，这些教育使全乡村民文明素养不断提高。

改革开放后，国门大开，在引进先进科学技术、先进管理理念的同时，也有杂七杂八的东西通过书籍、互联网等传媒涌入，整个社会环境呈现驳杂色彩，名之曰"多元化"。这些驳杂的思想意识形态已十分现实地影响到我国青少年的思想和心理健康，从而导致青少年理想信念淡薄，不讲公德诚信，金钱至上，个人利益至上，犯罪率上升，同时出现犯罪年龄低龄化、犯罪方式团伙化、犯罪行为恶性化等趋势。

复杂、多元的社会环境存在有大量反作用力与我们争夺青少年，你讲奉献第一，他就讲金钱至上；你讲集体主义，他就讲个性解放如此等等。面对如此严重的状况，乡关工委组织"五老人员"发挥余热，通过革命英雄主义教育课，成立教育基地开展活动，参观革命史迹陈列馆、烈士纪念园等，对广大青少年进行多个角度、全新方式的红色教育，并掀起"慈孝之星""道德之星"等评比活动，促进社会和谐，从而使红色教育的春风纯净青少年稚嫩的心灵，让他们在私欲面前有清醒的辨析力和强有力的抵抗力；更有青少年在红色教育春风的哺育下，自觉投身社会实践，在智慧和汗水的付出中茁壮成长。为此，龙观乡关工委、离退休干部党支部先后获得全国先进基层关工委和先进集体荣誉称号。

民心归大朴，发展争教育。龙观乡经济社会发展离不开教育，她为我们展现了一幅壮美的画卷！

卫生事业也得到了加强，卫生院占地面积 5000 余平方米，建筑面积 2000 多平方米，职工 40 余人，设有预防保健科，全科医疗科（内科、外科、妇产科、儿科），医学检验科，医学影像科，X 线诊断专业，超声、心电图等科室，拥有多普勒彩色 B 超仪、全自动血生化仪、五分类血球计数仪、X 光透视机、尿液分析仪、心电监护仪、心电图机、微波治疗仪、红外乳腺诊断仪、多普勒胎心仪等先进设备，年门诊量达到 7 万余人次，比新农保实施前无论是门诊量还是业务量都翻了一番多。

实施新农保，不但是对小康社会认识的一次飞跃，也是对各级干部执政能力的直接考验。实践证明，发展新农保，构建农民医疗保障制度已成为全社会的共识，我们要坚定不移地把新农保这项工作一直做下去，越做越好！

2005 年 8 月，投资 485 万元的乡自来水厂投产，日供水量达到 500 吨，使全乡 90% 以上农户用上了清洁干净的自来水。之后，对几个高山村、深山村建造了标准的小型自来水厂，从而，使全乡 12000 余村民都用上了卫生、清洁的自来水。

自来水进入千家万户，使农民的生活方式和生活质量发生了巨大的变化。农民纷纷购置了洗衣机，安装了热水器，用上了冲水厕所。饮用水水质全面改善，因水质导致的疾病也急剧减少，提高了农民的健康水平。

党和政府的关怀，正如一泓清澈的泉水沁人心脾，使老百姓的日子越过越甜美。

回顾这十年，是紧紧依靠历届党委政府坚强领导，干部群众齐心协力，推动龙观事业前进的十年；是真心实意为群众办实事、做好事、解难事，维护好、实现好、发展好群众的根本利益，促进龙观人民逐渐富裕安康的十年；是坚持深入实际，调查研究，集思广益，科学决策，勇于面对解决困难的十年；是坚持一手抓群众思想工作，一手抓依法打击违法行为，妥善处理社会各类矛盾，营造龙观和谐稳定的十年。

展望未来的十年，龙观乡将坚持以科学发展观统领全局，严格按照区委、区政府关于"质量新鄞州"建设要求和乡党委政府提出的"美丽乡居，清新龙观"目标，紧扣"稳中求进、转中求进"这一战略，抓牢转型升级这一主线，激发开拓创新这一动力，强化惠民富民这一责任，办实事、惠民生、促和谐，围绕原生态山水休闲旅游基地创建、开展美丽乡村建设和进行和谐龙观构建这三大中心工作不断开创龙观发展新局面。

第二辑

悠悠家乡情

春节的记忆

爆竹声中一岁除，春风送暖入江南。随着一阵又一阵熟悉的爆竹声响起，又是新的一年。不知是自己上了年纪，还是现在的春节年味越来越淡，似乎对过年提不起兴趣，也没有过去的忙碌劲。若不是这几天那些时隐时现的爆竹声，我还真忘记了又要过年了。

小时候过年的情景似乎还在眼前。农历十二月二十日一过，各家各户就开始忙碌地准备年货了，杀猪宰羊，杀鸡杀鹅……大人们奔鄞江廿三市购海鲜，赴樟村廿六市买大白菜，还不忘给我们小辈们捎上一套新衣、一双新鞋……忙得不可开交。而我们这些长不大的孩子，盼望着年三十的早点到来，同时也盼望着年三十早点过去。因为年三十夜大人们会给压岁钱，正月初一清早起床，不仅会有新衣新鞋穿，还可去邻里串门"拜世"，在大伯大妈家拿点糖果，在大叔大婶家拿些糕点，客气的还给一二角"拜世钿"。还有过年儿歌，也记忆犹新：小孩儿，你别馋；过了腊八就是年。腊八粥，喝几天；哩哩啦啦二十三。二十三，糖果粘；二十四，扫房子。二十五，磨豆腐；二十六，去买肉。二十七，宰公鸡；二十八，剃头发。二十九，舂捣臼；三十夜，熬一晚。

上中学时，虽然不会再去串门"拜世"，但新衣新鞋父母亲宁愿自己穿旧衣，也会想方设法给买的。那时候，我还用书本上学来的知识，向大人、向小孩子们讲些过年道道：为什么要贴窗花、贴对联，贴"福"字，并对那个倒向贴的"福"字来历讲得头头是道。说是有个长工在大户人家帮忙贴春联时，因不识字把福贴倒了，管家见了连连说"福倒了"，主人一听高兴极了，以为是"福到了"。还有过年习俗，相传古时有一种叫"年"的兽，头长触角，凶猛异常，长年深居海底，每到除夕爬上岸，吞食牲畜伤害人命。因此，在除夕那天，村村寨寨的人们扶老携幼逃往深山，以躲避"年"的伤害。有一年除夕，从村外来了个乞讨老人，因乡亲们都各自忙碌，没有人理会他，只有村东头一位老婆婆给了老人一些食物，并劝他快上山躲避"年"，那老人把胡子撩起来笑道："婆婆若让我在家待一夜，我一定把'年'赶走。"老婆婆继续劝说，乞讨老人笑而不语。那一夜"年"真的没有侵袭，老婆婆平安度过了除夕。从此，人们就有了"过年"习俗。说得大人们连夸我聪明，小孩子们跟着"哥哥，哥哥"叫个不停。

中国人过春节已有4000多年的历史，关于春节的起源有多种说法，但其中普遍接受的说法是春节由虞舜时期兴起。春节一般指正月初一，是一年的第一天，又叫阴历年，俗称"过年"；但在民间，传统意义上的春节是指从腊月的腊祭或腊月二十三或二十四的祭灶，一直到正月十五元宵节，其中以除夕和正月初一为高潮。

关于春节诗篇，记忆犹新的有唐代李世民的《守岁》："暮景斜芳殿，年华丽绮宫。寒辞去冬雪，暖带入春风。阶馥舒梅素，盘花卷烛红。共欢新故岁，迎送一宵中。"明代文徵明的《除夕》："人家除夕正忙时，我自挑灯拣旧诗。莫笑书生太迂腐，一年功事是文词。"等等这些不朽名作，伴随我度过青年时代"读书破万卷，下笔如有神"的历程。

现今，岁月蹉跎。经历从少年走向青年，又从青年走向中年后，进入"准老头"时代，怀旧意识更加强烈，是时代在发展还是我这个"准老头"跟不上时代？我无以回答。就拿春节来说吧，一些年轻人似乎在弘扬传统文化，但你们是否想过"取其精华，去其糟粕"，如以祭祀祖神、祭奠祖先、除旧布新、迎禧接福、祈求丰年为主要内容的活动，有的真是搞得不伦不类，"拿来主义"现象实在太多。中国人弘扬的传统文化是带有浓郁的各民族和地方特色的文化，而且一个地方有一个地方的特色，历史悠久、流传面广，具有极大的普及性、群众性甚至全民性的特点。年节是除旧布新的日子，年节虽定在农历正月初一，但年节的活动却并不止于正月初一这一天。从腊月二十三（或二十四日）小年节起，人们便开始"忙年"：扫房屋、洗头沐浴、准备年节器具等等，所有这些活动，有一个共同的主题，即"辞旧迎新"。年节也是祭祝祈年的日子，古人谓谷子一熟为一"年"，五谷丰收为"大有年"。西周初年，即已出现了一年一度的庆祝丰收的活动。

后来，祭天祈年成了年俗的主要内容之一，而且，诸如灶神、门神、财神、喜神等诸路神明，在年节期间，都备享人间香火。人们借此酬谢诸神过去的关照，并祈愿在新的一年中能得到更多的福佑。年节还是合家团圆、敦亲祀祖的日子。除夕，全家欢聚一堂，吃罢"团年饭"，长辈给孩子们分发"压岁钱"，一家人团坐"守岁"。元日子时交年时刻，鞭炮齐响，辞旧岁、迎新年的活动达到高潮。各家焚香致礼，敬天地、祭列祖，然后依次给尊长拜年，继而同族亲友互致祝贺。年节更是民众娱乐狂欢的节日。元日以后，各种丰富多彩的娱乐活动竞相开展：耍狮子、舞龙灯、扭秧歌、踩高跷、杂耍诸戏等，为新春佳节增添了浓郁的喜庆气氛。因此，集祈年、庆贺、娱乐为一体的盛典年节就成了中华民族最隆重的佳节。而时至今日，除祀神祭祖等活动比以往淡化了许多，年轻人将年节除夕变成了"打麻将"过夜，有的干脆出游去玩了，将长辈们晾在一边，这与传统文化是相悖的。

春节是中华民族优秀文化的传统载体，蕴含着中华民族文化的智慧和结晶，凝聚着华夏人民的生命追求和情感寄托，传承着中国人的社会伦理观念；所以，我们一定要大力弘扬春节所凝结的优秀传统文化，突出辞旧迎新、祝福、团圆平安、兴旺发达等等的主题，努力营造家庭和睦、安定团结、欢乐祥和的喜庆氛围，推动中华文化历久弥新、不断发展壮大。

家乡的炊烟

炊烟，对居住在江南小镇的人们来说，并不陌生。那时，每当早晨或者黄昏，如果你行走在乡村田野上，老远就会看到一座座青灰色旧瓦房上升起袅袅炊烟。这是乡村一道独特的风景线，它曾给乡亲们带来过欣慰和希冀。

对于炊烟，倘若你不深入那些村落，不深入那一间间屋子，不深入一家人相聚的一日三餐，很难体会到它的滋味。它不同于庄稼，不会长在田地里，而是长生在屋顶上。而制造炊烟的是普普通通的土灶和稻草枝柴，它通过土灶烟囱飘向天际。炊烟对于我这个土生土长在农村的人来说，太熟识了，它是二十世纪六七十年代农村生活的象征。

透过炊烟，我可以闻到四处飘逸的饭香，引发对生活的眷恋和向往；透过炊烟，我从中深深懂得了有炊烟就有村庄，有村庄就有人家，有人家就有生命的存在；透过炊烟，我还懂得了父母亲的点滴汗水怎样瘦了自己的筋骨肥了田间的谷穗。所以，有了炊烟就有安宁和温饱，有了炊烟就有繁衍和生存。

可是，在那个头脑发热的年代，炊烟竟成了农民伤心的往事，土灶被拆了，米缸被倒净了，全村只剩下一口大锅的老虎灶，农民先是喊着"放开肚子吃饱饭，鼓足干劲搞生产"的口号涌向食堂，又渐渐地把裤腰带一圈圈勒紧，村子里不再有温暖的笑声，炊烟死了。那时，我曾断言：在农村，没有炊烟的时代，定是饥饿的年代；没有炊烟的日子，将是死亡的日子。现在看来，我的这一观点，只适合用于贫穷落后的昨天，而不适用经济腾飞的今天和明天。

今天，农村发生了日新月异的巨变，不说现在吃穿不用愁，也不说村居民宅从茅房到瓦房，从平房到楼房，从楼房到别墅，不断更新换代，就说这滋润过我童年生活的炊烟已悄然与我们告别，电和燃气代替了稻草和木柴，新颖洁美的电饭煲、燃气灶替代了古老朴素的土灶。走在家乡田野上，已看不到高高矮矮的烟囱和袅袅飘升的炊烟。但可以望见曾经贫血的农田，因阳光的灿烂而焕发满面红光，贫穷的村庄，因乡亲们科技致富而变得多姿多彩。遥望村庄，我这个曾经被炊烟激动过温馨过幸福过，至今还深深眷恋着炊烟的人，不禁为眼前这没有烟囱没有炊烟，遍地高楼林立、屋顶鎏金瓦闪光、巷道绿枝成荫、居民笑逐颜开的村庄而欢欣鼓舞……

蚕豆的记忆

蚕豆熟了，儿时对蚕豆的记忆又一幕幕显现在脑中……

小时候，我家住在一个名不见经传的小山村，那里的农村家家种豆，房前屋后几乎都种蚕豆。蚕豆生命力极强，在肥沃的田野中，在贫瘠的瓦砾中，在低山缓坡上……它都能生长。冬天播下种子，霜冻雪压下孕育发芽，一旦春天来临，便苗壮成长。碧绿的枝、碧绿的叶，开出紫中夹黑的小花瓣，像是郁金香花朵，煞是好看。淡淡的花香弥漫在空中，正是春姑娘的气息。采一片绿叶，含在嘴里，能吹出"嘟嘟嘟"的清脆之声，和着春燕的呢喃、布谷鸟的鸣唱，汇成一支美妙的春天之歌。

油菜花结籽了，麦苗儿抽穗了，蚕豆也就结上豆荚了。细细的小豆荚，一节一节，如一条条小蝈蝈爬在枝杆上，煞是可爱。蚕豆才长成半熟，我们便忍不住要去偷摘了。趁大人们都去田里劳动的时候，邀上三四个小伙伴，悄悄地钻进篱笆，钻到田坎边，钻在低洼处，躲在豆林里，边摘边吃。嫩嫩的豆儿，绿莹莹，水灵灵，翡翠般，鲜中带甜。不过，每次总不敢多摘，怕父母责骂，毕竟，豆荚还未长壮呢！

田里的青蛙鸣得欢了，蝈蝈唱得动听了，蚕豆也终于长壮了。每听到摘豆，我总是喜上眉梢，自告奋勇地挎上竹篮，箭一般地奔向蚕豆地。小手摘酸了，摘疼了，豆篮沉甸甸的，拎不动了，但心里喜欢。回家后，搬一把小凳子或小竹椅，挨着奶奶坐下，腿上放一只大号蓝花碗，开始剥豆了。我剥豆荚，奶奶剥豆瓣。剥豆瓣，我不会，没有奶奶的手劲。奶奶边剥豆瓣边讲着好听的故事，如《蚕花姑娘》《蚕豆与豌豆传说》等，还有《七步诗》："煮豆燃豆萁，豆在釜中泣。本是同根生，相煎何太急。"我边听边剥，剥得差不多时，就玩起来游戏：用一条一尺见长的小竹棒，穿起一个个豆瓣壳，像一只只蝈蝈爬在竹枝杆上。在十只手指尖上套上豆瓣壳，并又开十指做鬼脸状，当奶奶正聚精会神地剥着豆瓣时，猛然冲向奶奶面前，"哇"地一声，吓得奶奶一跳。奶奶总是拿起竹棒、柴枝之类的东西，边骂边笑嘻嘻地追赶着打我。我趁机便一溜烟地跑掉了，与小伙伴们玩耍去了。

蚕豆可当粮也可当菜，又是农家孩子的零食。有了蚕豆，饭桌上的菜丰富多了：炒爆豆、油焖豆、盐水豆、咸菜炖豆、笋丝软菜豆羹等。最高兴的是，母亲为我们煮香喷喷的豆瓣糯米饭了，剥一大碗豆瓣，用油煸炒，倒入糯米，撒一把盐，拌匀。这样，软绵绵、咸滋滋，吃起来满口清香，其味无穷。有时，要是晚上放电影，母亲总会炒上二三斤蚕豆。我总是衣袋装得满满的，与小伙伴分享着一边看电影，一边嚼着香脆的炒豆，这是我儿时最快乐的事了。

如今，童年早已过去，但童年的一切，包括蚕豆的记忆，永远是那么美好。现在，我生活在集镇，蚕豆是一年四季都能买到和吃到的，可那味，已没有了儿时的鲜美和香甜……

电视机的变迁

　　每当走进大大小小的商场，看到那一台台品牌繁多、花样新式的电视机，多彩的画面里放着精彩的节目，我都要停下来欣赏一番，感慨和回忆一番我与电视机的故事。记忆中的历史，常常因为在人的心底烙下深深的印记而久久不能忘怀。

　　20世纪70年代初，那是一个物质生活极为贫乏的年代，在农村有电视机可是件稀罕物。记得上高中时，离我家有好几里路的人民公社里买来了一台电视机。一天晚饭后，我们年龄一般大的年轻人带着好奇前去那里看电视。快7点了，那台电视机还被管理员锁在进入公社大门厅堂内一个高高的柜子里。透过框子玻璃，我看到电视机上面盖着一块大红布，而大门外的操场上已挤满了几百号大人和小孩，近邻的自带凳子坐着，远道而来的站着，那场面就像平时看露天电影一样，大家都是来看新奇的。由于管理员迟迟不开柜子，可把我们给等急了，因为不知那块红布下的电视机到底是个啥模样。终于到了播新闻时间，管理员总算打开柜子把电视机和那个柜子一起搬到了操场上，揭去红布露出电视机原形后，才知道是一台12寸的黑白电视机，当时也不知是个啥牌子，谁也没有问管理员，只是尽兴地看电视，直到那个漂亮的女主持人说"再见"。那时的电视机只能收一套节目，且信号极差，管理员不时要爬上屋顶去调弄一下用毛竹竿一根根接起来的天线，并大声喊"现在清楚不?"直到下面的人大声喊"清楚了!"管理员才下来看电视。回家的路上，大家议论纷纷，都有一种羡慕的感觉，我在晚上还做了电视梦呢。这就是我平生第一次接触电视这玩意儿，用乡亲们的话说："多奇怪，那里能出人出声。"

几年后，我在工农兵大学毕业后去部队参军，驻扎苏北，条件较差，连队没有电视机，直至80年代初，上级发了一台14寸黑白电视机，当时正赶上中国女排出征日本，在异乡奋力拼搏世界杯。我和战友们一起拥挤在礼堂熙攘的人群里，翘首观望那电视直播的比赛实况，品味着腰疼腿麻脖子酸的滋味，沉浸在孙晋芳、郎平、杨希、陈招娣等中国健儿驰骋球场、挥洒汗水、为国争光、首次夺冠那激动人心的情景里。同时，心中多么渴望能拥有自己的电视机，因为我马上要解甲归乡了，可以坐在家里惬意地欣赏精彩纷呈的节目。

是年，我解甲返乡，农村实行了联产承包责任制，农民慢慢富裕了，有电视的人家也就多了起来，我的所在村也有三四户人家买了电视机。当然，那时最多的还是12寸黑白电视机。虽说电视多了那么几台，但看电视的人也越来越多了，年幼的，年轻的，中年的，老年的，怀抱孩子的……他们吃过晚饭就早早地拿着自己的小板凳到有电视的人家去，一边和正在吃饭的主人家说着话，一边等着电视节目的开始。有时，白天干活期间，碰到有电视的乡亲，就会问一下晚上放不放电视？要是人家答应晚上会放，便高兴的比吃了蜜还要爽，顿时干劲更足。有时到了晚上，电视信号差，只有令人讨厌的雪花和让人心急的声音，不见人影，这时就会有人自告奋勇地爬到树上摆弄天线，直到画面清楚了才下来。不久，我进本公社工作了，对我这个电视迷来说，礼拜天只要回家，天还未黑就早早吃过晚饭，走这家串那家，看起来似乎在走家访户了解民情，实际上，我是哪家有电视就走访哪家，如该家在放电视便坐下来观看。有时若父母亲在生产队干活回家晚了，我便不吃饭到近邻家看电视，直到我妈再三催促，才跑到家里盛上一碗饭菜端着边看边吃。那时，电视里刚刚开始放映香港武打片《霍元甲》，那用粤语演唱的主题歌"昏睡百年，国人渐已醒，睁开眼吧……"时光虽然一晃30多年过去，但那《万里长城永不倒》的旋律依旧萦绕于耳际心间，让人刻骨铭心。我总是直到电视屏幕上出现了"晚安"二字后，才会意犹未尽地起身，恋恋不舍地回家。电视透着一份亲切，一份温馨，一份期待，一份温暖。于是，我暗下决心，说什么也要有一台自己的电视机。可那时，电视机十分紧俏，需要凭票购买，而名牌电视机更是凭票也买不到，得走后门才行。

　　1984年，我妻子花了400多块钱托人买了一台当时还算时髦的飞跃牌14寸黑白电视机，上面还罩着一个漂亮的电视机套，新婚那天作为嫁妆搬进我俩的新房，好家伙，可把我高兴坏了。从此，我不再跑到别人家去看电视了。但我也心疼啊，这台电视机价格差不多是我一年的薪水啊。那时，我印象最深的是看第一部日本电视连续剧《血疑》，剧中"幸子"的扮演者山口百惠，成为我们年轻人的超级偶像。此后又陆续播出的《上海滩》《西游记》也"火"了一把，不论大人小孩，到了时间扔下手中活，放下手中笔，早早坐在电视机前等着看，一时间年轻人中还兴起了一阵武术热。电视剧《上海滩》中许文强的潇洒、冯程程的漂亮，敲开了多少少男少女的心扉，打开了人们对外面世界的向往。

　　时光荏苒，几年过去了，生活变好了，我手头上也有了余钱，第一件事就是让黑白电视机"下岗"，于是买了一台17寸"夏普牌"彩电，使画面变得五颜六色，更加逼真。当时日本电视剧《排球女将》正在全国热播，邻居们将我家围得水泄不通，我干脆把它搬到门口晒场上，让大家共同欣赏。那个叫小鹿纯子的女主角表演的"晴空霹雳""流星赶月"的精湛球艺、经典动作，至今让我难以忘怀。后来，农村基本普及了彩电，谁也不会因为看电视而走家串户了。在田里劳累了一天的父母，吃着晚饭，看着电视，全身的疲劳消失在一片欢乐的笑声中……

1993 年，我把家搬到了乡政府所在地，嫌"夏普"画屏面太小，把它送给了老岳父，换了一台 21 寸"金星牌"彩电。几年后，因儿子的房间里没有彩电，就把"金星"给了他，自己又买了一台 25 寸"西湖牌"高清数字彩电，前几年，随着液晶电视的普及，又买了一台 29 寸的"TCL 王牌"液晶彩电。可随着科技的进步，那台我眼中的大彩电没多久就成了淘汰品，市场上紧跟而来的"等离子"时尚电视出现了，等我攒足了钱想买一台时，却又发现别人早已买了壁挂式电视。唉，我自叹思想观念的变化赶不上科技的进步，不买了，等等看还有没有什么高科技的电视产品。

电视曾经代表一种时尚的生活方式，谁拥有了电视，就拥有了高质量的生活，电视同时也在一点点地改变着我们生活的休闲方式。如今，电视早已进入寻常百姓家，融入了人们的生活，许多家庭已经拥有了二至三台甚至更多的电视机。有资料表明，全国居民每百户拥有彩电量已超过 130 台，成为大家电普及率最高的产品。从很多年前一个村一台电视机到现在这个水平，电视机发展经历了四十年，而伴随着它变迁的又岂止电视机本身。电视缩短了时空距离，把我们和精彩的世界紧密地联系在一起。电视机的变迁，印证了我国三十多年来改革开放所取得的跨越式发展，也记录下了我们人生每天走过的艰苦创业路和幸福生活的印记，但它只是改革开放三十多年来人民生活发生翻天覆地变化中的一个小小缩影。

盛夏的童年记忆

南瓜花还没有完全凋谢，山间残剩的栀子花还隐约在枝叶间，盛夏，就像一个个风风火火的小伙子出现了。太阳裸露着它的整个身体，把地面照得透亮透亮的，人站在上面如虚晃晃、热辣辣的火球。

到处都是放射着微绿色的光，山上的树木，田野的庄稼，地上的野草，庭院里的藤蔓，都像一群精神旺盛得无处发泄的野小子乱窜乱跳。走在路上，突然感到有太多平时不在意的浓绿，撑开它们巨大的手掌，如一把把伞布下一路阴凉。稍一回神，你就会发现满耳都是知了的欢叫声，紧一阵，缓一阵，像二胡的颤音在空中飘荡。那些技艺高超的乐手，一个个正伏在枝叶间卖力地吹拉弹唱。此时，我想起骆宾王的《咏蝉》诗："露重飞难进，风多响易沉。无人信高洁，谁为表予心？"便觉得蝉是高洁之士。

在童年的记忆里，家乡的蝉完全只是戏耍的玩物。找一根长长的细竹竿，一头用铅丝或竹丝扎一个圆圈，在圆圈里粘满蜘蛛网，然后举着"武器"向树叶间伸去，总有一两个笨蝉被俘虏，在网里挣扎着拼命地"知了、知了"叫着。我是粘知了的高手，一般一个下午常常能得二十来只。每每粘到后，我总是先把它们的翅翼剪去一半，然后用手指刮它们的腹部，让它们发出叫声。会叫的雌知了，我把它装在布袋里，不会叫的雄知了，我把它放了，因为这样的知了不好玩，如哑巴一样，没有多大意思。回家后，我把所有的成果摆在桌上，看看比比，在此起彼伏的知了声中，可以磨上半天时光。到了晚上，我习惯地把知了们送进妈妈时常用的妆奁盒，因那个盒子密不透风，到了第二天打开一看，往往十有八九已奄奄一息了。后来，我听说用铅丝把知了穿起来，在火堆上烤了吃，味道极好。就照此法做了，果然是香绝脆绝味道鲜绝！现在想来，依旧回味无穷。

"那个飞舞水袖的少女／在水面和河堤之间飘飘而起／在她银白的纱裙中／我们感觉到了鱼在水里游动的快感。"想起十几年前的诗，随口念着，突然感到童年时最难忘就是在水中戏耍。隔着水一样的混沌岁月，那些"游水"的往事也随水花飞溅而来。

在太阳还没偏西时，就按捺不住从家里偷偷溜出来。一到河边，发现已有不少小伙伴在水里打仗了。于是，不管三七二十一，直接从岸上扑下去，像一个炮弹爆炸一样，溅起的水花让人睁不开眼。还来不及回神，就有更多的水涌来，紧接着呐喊声四起，好像到了真正的战场。于是，赶紧躲，索性一个猛子扎入水中，从另一个方向钻出来，才喘口气躲过那些"死党"的水箭。记忆中的"水仗"就是这样热闹刺激。村里几乎所有的孩子都没有大人教，自己学的游泳。有的托个脸盆，有的抱个塑料壶，还有的套个拖拉机、手拉车的废气胎，一个个像蜗牛一样在河岸边荡漾。等到有感觉了，胆子就大起来，慢慢荡漾到河中央，想加入另一伙。不料，不是脸盆不小心进了水，就是废弃胎突然瘪了，心一慌更把持不住，就沉下去了。好在还没喊救命，就有几个高手游过来，七手八脚地拉住沉水者，一起托出水面，托得很高很高，一边让他呛水，一边安慰几声，把他拖到岸上，便完事了。

就这样在水里泡着闹着，从日头高照，到天色昏黄。这时，劳动回来的大人们也聚到河边来了。男人们拿着毛巾搓澡，女人们淘米洗菜。各种骂声也传来了，骂自己的孩子快上岸，骂哪几个野小子把河埠头弄得乌七八糟，骂所有浸在水里的小孩把河水搅得又浑又臭。记得有一个四十几岁的女人最喜欢骂孩子，常常说自己的儿子八九岁就帮着大人干活了，像我们这般大的小子，还整天泡在水里，弄得像个泥猴似的。我们听了都很生气，恨不得抓起一把烂泥扔在她脸上，封住她的嘴。不过，她说得也没错。我们上岸后，看见自己裸露的皮肤毛孔被黑乎乎的泥浆粘住了。有时抬头看同伴，发现对方的嘴角都抹着黑黑的一层，像长了胡子，于是赶紧用湿毛巾浑身擦一擦，唯恐回家被父母痛骂。

这时，空中常有低飞的蜻蜓，身子很长，一对薄翼泛着红色。它们像一群逃犯，没目标地乱闯乱撞，撞得我们被水灌住的耳朵嗡嗡作响。伸手随便一捏，那些笨家伙就老老实实在我们手中，像一朵羞涩的花。等我们松开手，它们就拼命高飞，在半空密集，像雷雨后的彩虹。

夏天的井水，是世上最好的尤物。那水特别阴凉柔顺，好像真丝绸缎在风中滑过肌肤，让人永远念想。三四十年前，在老家村子里有一口大井。一到夏天，井水又凉又清澈，像个避暑仙洞。邻居们不但打水洗衣洗菜，还拿它当天然冰箱，我们几个孩子最喜欢做的便是在井里"冰汽水"：在一个干净的塑料瓶里倒满凉茶，放几粒糖精，摇晃几下，然后用一根细长的绳子系住瓶口，放入井中。等午睡醒来，把塑料瓶提上来，拧开盖子，轻轻呷一口，只感到一股凉透甜透的液体流入喉中，直滚到五脏六腑，给体内燥热的细胞洗一个凉水澡。一些家境好的人家，则把西瓜装进网袋，吊下去在井里"冰西瓜"。等捞上来切开，红瓤黑籽，放在嘴里脆凉脆凉的，那个味道甭提了！记得村里有个爱美的少女，常常啃完西瓜后，把瓜皮敷在脸上，说是这样可以美容。我傻傻地想，原来她细嫩光滑的皮肤就是这样喝西瓜井水得来的呀。

如今，隔着近半个世纪的悠长岁月回首，突然觉得童年的夏日就像这蜻蜓一样已成为梦中的彩虹。但是，我还是无比感激童年是在乡村度过。否则，在这记忆的画板上，一定会缺少好多绚丽鲜活的色彩。

复写纸的变迁

　　改革开放已有 30 多年了，回顾 30 多年间办公用品从复写纸到无纸化的变化，真让人感慨万分！

　　复写纸是 20 世纪 70 年代办公必备用品，对当今的年轻人来说，可能已经是个模糊的记忆。它是一种上附蜡与油墨膜的纸，用于两张纸间的转印，使原始稿件能得到复制文件，在 18 世纪由英国人发明。我接触到复写纸还是在读小学时，那时这种东西极为稀少，山区孩子能得到一张复写纸，比得到一本新书还稀奇。它可以用来复写文字、图画，孩子们都把它当宝贝，一张复写纸能反复使用几个学期，直至完全不能复印为止。

　　1978 年，我从工农兵大学毕业，应征入伍到部队成为一名文书兼报导员，因经常要写材料和通讯稿，每份材料都要留底，经常要用上复写纸。80 年代初，我解甲归乡后，有幸成为人民公社的一名干部，任文化站长兼报导员，所从事的工作都与写作有关，更是与复写纸结下了不解之缘。

　　那时，我们公社干部文化程度大都不高，会抄抄写写的更是凤毛麟角，我虽然只上过工农兵大学，但也算得上是个知识分子了。所以，公社领导的报告、汇报等材料大多由我来执笔，因有的材料要留底，所以必须用复写纸。而复写纸稀少，显得比较珍贵，一般都由文书来保管，如果要用必须由领导审批后到文书处领取。记得有一次，我在用复写纸写材料时，因为匆忙，写的时候出了错，撕纸时不留意撕毁了一张复写纸，就随手扔到地上。这一幕恰巧被公社党委书记看到，他马上跨进门，严厉地批评我："你知道这复写纸多珍贵吗？要一分半一张呢！年轻人，要注意节约啊！"说着，他从地上捡起复写纸，拍掉灰尘，拼好后又郑重地交给我。的确，那时复写纸是办公室的主要"消耗材料"，但公社供销社很少有存货，公社办公室需要用，得事先通过领导打招呼，与供销社商量订货后才能保证供给。

复写纸伴随我走过三个年头后，1983 年 6 月，宁波市实行政社分设，人民公社改为人民政府，因为乡里要搞选举，便买了一台油印机。我第一次见到用蜡笔刻字的油印机，心情十分激动——如同战士"鸟枪换炮"一样欣喜若狂。因为用蜡笔刻一次，它就可以印上百张同内容的材料，节省了很多"劳动量"。

我用了一个星期时间，把工作报告、选举办法、选票、选民证等材料用蜡纸进行刻写，并用了一整桶油墨，花了两天一夜时间，用手工推印出了一万余份相关材料，油墨粘了一身，手臂酸痛得一个多星期还抬不起来。新当选的乡长为此特意给我放了一天假，其实，我在心里还在暗自庆幸着：虽然累了一点，但如果用复写纸，恐怕十天半月还完成不了呢。

又过了几年，乡政府办公室设立文印室，买来了铅字打字机、复印机，配备了专业打字员，我这个以"爬格子"为生的"笔杆子"，虽然要写的材料比以前多了不少，但工作反而轻松了许多，只要我把材料写好交给打字员，后续工作除了校对就没什么事了，空余时间还可下村辅导一些群众需求的民间表演艺术，创作一些说唱、戏曲、小品、诗歌、散文等文艺作品。

90 年代末，电脑打字成了新宠，我在不断学习中学会了电脑打字、打印、复印和一些简单的文档处理、电脑程序编排等基础知识，还考取了浙江省计算机二级证书，与电脑为伴后，终于使我体验到了什么是高效和快捷的工作效力。

近几年来，随着上级政府对农村文化工作的加强，乡政府投巨资建造了文化娱乐中心，文化站有了集娱乐、健身、休闲、办公等于一体的文化大楼，文化站、图书馆单独购置了电脑、打印机、复印机等办公信息自动化设备，我在办公室里只需鼠标轻轻一点，就可以上传下达各种材料，完全脱离了纸和笔。

复写纸，在当今办公无纸化流程中，已经成了模糊的记忆，变成了办公用品科技发展中的一抹历史痕迹。

窗外的雨

清晨，一阵嘀嘀嗒嗒的雨声惊醒了我的睡梦，悠悠睁开惺忪的眼眸。窗外，天空雨蒙蒙，大地灰沉沉，看上去有些灰暗，有些沉重……轻轻掀开身上的被子，感觉空气里似乎也弥漫着水气，那一缕缕湿润，好像沿着皮肤蔓进心底。不知不觉，思绪被夹带着雷声的夏雨敲开……亿万雨滴如珠，万千思念为情。起身，站在窗前。窗外那纷纷扬扬的雨点，像是一支欢快的乐曲，缓缓激起心底思绪的涟漪……

远方的大地，雾茫茫一片。风雨中隐约可见湿透了的树干在不停地摇动，树叶随着摇摆发出低吟的沙沙声，不知是树干在呻吟，还是树叶在欢唱？有人说，最美的风景不在雨中，而是在躲雨的屋檐下。记忆里突然蹦出那年与梅在屋檐下躲避大雨的情景，思绪如雨滴荡起的涟漪，一点点扩散，向着往事蔓延，那里有快乐，有悲伤，却都那么美。

在一个春暖花开的季节，作为摄影爱好者的我时常背着相机在山坡、在田地、在果园……捕捉春的美景。突然，一场不期而遇的大雨把我逼进了一个山舍的屋檐下。不多时，一个亭亭玉立的女子也来到了这里躲雨。雨中的邂逅相遇，看似浪漫，其实让人感到尴尬和狼狈，因为我俩都成了落汤鸡。

春雨洒落的飘逸，夏雨倾泻的畅快，秋雨飘落的缠绵，冬雨飘零的幽寒……这一切的一切，在季节的轮回里展现着她的多情。就像一个亭亭玉立的女子，温婉地诉说着自己故事里的青涩、热情，缠绵、心殇……也像一个潇洒俊逸的吟游诗人，微笑着将一个个多情动人的故事传到世界的每个角落……

我一直喜欢一个人在雨中漫步，不论是在绵绵细雨还是在滂沱大雨中，不管是有伞还是无伞。自从与梅相识后，一改一个人在雨中漫步的习惯。每每有雨时，我们出双入对。有伞时，淡然听雨打在伞上的声音，听心的声音；没伞时，任雨轻轻落在身上，让心静静融入这万千雨丝中，想着彼此所想的故事，念着彼此所念的恋人。其实，不论天空下的是绵绵细雨还是滂沱大雨，天空还是一样的天空，雨滴也是一样的雨滴，所不同的，只是看雨的人由一人变成了两人，念人的心彼此交融。

今天的雨，也唤醒了我孩提时代的雨中情思。那时，我还是一个懵懂的小屁孩，整天安安静静地坐在教室里认真听老师讲课。一天上午，雾蒙蒙的天空飘来丝丝细雨，我的心随着雨点的跌落脱离了老师的视线，连那眼睛也跟着转向了窗外……那细雨，如成千上万只活泼可爱的小精灵从天而降，在大地这个美丽的舞台上跳起了精美绝伦的华尔兹；那细雨滴落在低矮的屋檐下，和着无语的寂静落在浅浅的土地上，敲打出浅浅的疼痛，仿佛听见那小草"哎哟"的叫喊声；那细雨滴落在枝繁叶茂的参天大树上，那婆娑的树叶顿时又多了一份亮丽的姿色，在雨中楚楚动人……突然"啪"的一声，老师手里的"告训板"敲打在了我的小脑袋瓜上，它可不像细雨落在头上那样轻柔酥软，那疼痛让我猝不及防，只能毫不情愿地继续听着老师嘴里传出的像唐僧的紧箍咒一般的喃喃声。

放学的钟声准时敲起，穿过那烟雨蒙蒙的校园上空轻轻萦绕在耳畔。奇怪，它不像平时那样刺耳，不招人待见，反而变得悠扬动听了许多。是那细雨悄悄对它说了些什么吗？我想问一问老师。可一想起她拍我的那一下，我就不想问了。

雨，不大，却阻挡了孩子回家的路。可是，我不怕。从一棵低矮的梧桐树上摘下一片硕大的叶子，充当了雨中的伞。脱掉母亲专门为我做的新布鞋，光着脚丫子，头顶一片梧桐叶奔跑在乡间的小道上。那田边的树叶郁郁沉沉，摇摆着酥软的身体抗击着风雨的侵袭。

雨，藏匿了一声声清脆的鸟鸣。雨，亲吻了一朵朵娇嫩的小花。凉风袭来，那花儿像被风儿咯吱了一下，浑身痒酥酥的，忍不住笑得前仰后合，一不留神，衣服落了一地，只剩下一个光秃秃的枝头在雨中摇曳。田里干涸已久的青苗，仰着尖尖的小脑袋，尽情地吮吸着这救命的甘霖。那样满足，那样喜悦，轻摇倩影，靓丽多姿。

羡慕那些在雨中欢腾的生灵，索性扔了那片无用的梧桐叶，与细雨一起嬉闹，一起奔跑在回家的路上，每个脚步落下的地方，便会开出一朵晶莹剔透的小水花。不经意间，春天早已用她那双纤细的巧手把我描摹在了童年的细雨中，模糊成为遥远的一幅素描。

岁月在指尖中滑过，光阴一闪已然过了近五十载，当年那个光着脚丫在雨中奔跑的懵懂小屁孩，如今成了两鬓斑白的准老头，那可爱的"小精灵"也似乎成了一个来自于亘古时代的凄婉女子在千年叹息后留下的眼泪。呵，轻柔如梦似幻的细雨，你可曾记得我对你那深深的眷恋与不舍的情怀，多少次，我在梦中又回到你的怀抱。我想，在某年某月的哪一天，当你再次降临到我的生命里时，我会扔掉雨伞，闭上双眸，张开双臂，轻轻地触摸你的呼吸，在你的呼气与吸气之间闻着那青草淡淡的清香和土地的芬芳。在苍茫的大地上静听你轻敲青砖黑瓦，静听你点落梧桐，好好享受这一份难得的静谧，洗涤那日渐浮躁或沉默的心。

如今，我不再在雨中忙着赶路，而是放慢、放轻了脚步……我不想惊扰这份灵动与俊逸的气息，也不要支离你的浪漫与美丽，与你一起荡漾在诗意氤氲的空气里。我知道，人生中的雨不会像你一样来的清和静，打在人身上，像薄荷一样清凉舒爽，沁人心脾。它有夏雨的狂暴猛烈，摧残着人的身躯；也有秋雨的缠绵悱恻，在凄风苦雨中让人心迷失方向，不知所措；更有冬雪那样刺骨的寒冷，冰冻了人的灵魂。无论它们以何种面目出现，我都不会低下高傲的头颅，不会停下向前的脚步。岁月的积淀，已让我拥有了一双隐形的翅膀，带着它我将会在人生更大的风雨中奋力搏击！

雨，淅淅沥沥地下了一上午，那哗哗的雨声，似乎在奏着一曲动听的音乐。独坐窗前，望着纷飞的雨丝，竟然也想随着雨儿高歌。那纷飞的小雨啊，似乎又带来了我久违的快乐，竟然让我控制不住敲击键盘的冲动，想发泄我胸中不可遏制的关于雨滴的点点情思，点点思索……

雨，让人又多了一份愁绪，引人遐思……我会在雨中漫步，携伊人的小手巧笑依然；会和着雨的节拍闭目吟诵徐志摩的《再别康桥》，而后又故作深沉的极有韵律地摇头晃脑；会撑着一把油纸伞，走进戴望舒的笔下，希望逢着丁香一样结着愁怨的姑娘；会对未来慷慨陈词，直抒胸臆，满腔激昂……我多想能变回王子时代，再续一段浪漫佳缘，即使自己已变成丑老头抑或是癞蛤蟆。

伴着飘飞的细雨，人生似乎更多了一份思索：宠辱不惊，闲看庭前花开花落；褒贬不露，笑望长空云卷云舒。就让自己以此为铭，开朗，豁达，快乐！因为有此心态，花甲之年也充盈着喜悦！无视外界的纷争，沉醉在自己的世界：充实，静谧，洒脱……无事时，看看书，上上网，听听歌，写写文字，在键盘声里找寻快乐，在 OK 厅里焕发青春……

淅沥的小雨，给我带来了人生的千种情思，万种感叹！孩童、青年、中年，我已步履蹒跚地走过，因为看得开，所以生活给我更多的是快乐！不经历风雨，怎能见彩虹？善待生活中的风风雨雨，那都是我们人生旅途上一笔不小的收获！愿你我的人生经过风雨的洗礼，更加炫目，更加洒脱！愿你我未经历的黄昏，在风雨的见证下，披荆斩棘，行云流水的生活着！

　　窗外的雨，还在洋洋洒洒地下着，我的思绪随着那雨滴不断延伸着……

家乡的水泥路

在广袤的农村大地有各种各样的路：大路、小路，弯路、直路，沙路、泥路，鹅卵石路等，纵横交错，星罗棋布，有平坦的，也有崎岖的，但我却深爱着家乡山村屋弄的那条水泥路。

那条水泥路未建前，村口屋弄大都是黄泥路，少许铺着石板的，算是城里的大马路了。这里，晴天，整日尘土飞扬，屋宇楼舍内的桌椅板凳要抹一层灰；下雨天，路况更糟，经过大量雨水的冲刷，变得坑坑洼洼，泥泞不堪。行人走在上面，一不小心就会跌个头破血流，浑身泥巴。人们受尽了黄泥路的苦难。

党的改革开放春风吹进农家后，人们的生活水准好像芝麻开花节节高，兜里的钱一天比一天多了起来，便想起了修路。村里一号召，人们出钱的出钱，出力的出力，男女老少都兴高采烈地干起来，不到半月，村村弄弄都浇上了水泥路。记得竣工的那天，许多村民还自发买了鞭炮庆祝了一番，这在近十几年来也是少有的。

现在每当旭日东升，村民起床开窗，第一眼见到自己用辛勤的汗水浇灌的水泥路，路面闪发出锃亮亮的光芒，心里就会发出愉悦的微笑。

夜晚的水泥路，又是一番迷人的景色。那一眼望不到边的路灯，特别惹人注目。白炽的荧光照耀着行人微笑的脸。夏夜，一对对恋人漫步在乡间的林荫小道，甜甜蜜蜜的笑声给水泥路增添了旋律。冬夜，踩在白雪铺地的路面上，通过白炽的银光灯映衬，一对对恋人像一座座移动的雪雕，给水泥路添色增景。

每当夜幕降临，我站在四楼的阳台上，望着闪耀的万家灯火，那明亮的水泥路，就像一曲绿色轻快的小夜曲，吹动着我的心田，于是，内心久久不能平静。我想：沉睡了几千年的农村黄泥路该由水泥路来结束历史了。随着农村改革开放的不断深入，我们一定要把你变成一条跨越新时代的致富路，让你去追寻潮流，去追寻美好的未来！

呵！家乡的水泥路，我为你骄傲，更为你感到自豪！

乌鸦的记忆

  乌鸦，对上了年纪的人来说都记忆犹新。它全身乌黑，个头与渡鸦差不多。在江南，每当晚稻收割季节就会有成群结队的乌鸦在收割后的稻田里觅食，有时还会啄家养的鸡仔为食。而人们由于对乌鸦的偏见，碰到它，总认为会有一种不吉利征兆，觉得乌鸦会给人带来灾难。因此，农民们一见到乌鸦就会大声地驱赶。那时，对乌鸦的恨，我也有与现代诗人胡适笔下《老鸦》自诩的白话诗同感："我大清早起/站在人家屋角上哑哑的啼/人家讨嫌我，说我不吉利/我不能呢呢喃喃讨人家的欢喜！/天寒风紧，无枝可栖/我整日里飞去飞回，整日里又寒又饥/我不能带着鞘儿，翁翁泱泱地替人家飞/不能叫人家系在竹竿头，赚一把小米！"

  "天下老鸹一般黑"是曹雪芹在《红楼梦》提到的，老鸹就是乌鸦，是北方人对乌鸦的俗称，而南方人对乌鸦则称为"老鸥"。由此衍生出"天下乌鸦一般黑"。现实中，天下的乌鸦并不一般黑。据科学家考察，乌鸦在地球上分布很广，全世界共有41种乌鸦，其中我国有7种，它们的羽毛虽以黑色为主，但或以黑白相间，或黑中泛蓝，或黑中显绿，或黑得发紫，各有区别。比如在华北常见的白颈鸦，脖子上就有鲜明的白色颈圈；北方常见的寒鸦，除有白色颈圈外，胸腹也是白色；生活在西藏的渡鸦，翅膀和尾翼的羽毛都有蓝紫色或蓝绿色的光泽；只有名为大嘴鸦的乌鸦，才是黑不溜秋的，通体黑色。可见，天下的乌鸦并不是一般黑。

身处江南，小时候乌鸦到处可见。对乌鸦，因受大人们的误导，我们几个小伙伴见到古树杈上有乌鸦窝，便会攀爬树干去捉窝里的蛋或小鸟；若树干太高，便会用长长的竹竿去捅乌鸦窝；在河道上若有乌鸦觅食，便会捡起小石子向乌鸦扔去。一阵"哑、哑、哑"惨叫声后，乌鸦们受惊吓飞向自认为的安全地带，停在树枝上还不停地叫……然而，到了20世纪80年代初，随着经济建设为中心的高潮到来，在"一切向钱看"大环境下，稻田荒了，河道树没有了，山秃了，满山的砂石拥入溪流……乌鸦走了，在寒冷的冬天，再也听不到乌鸦的叫声了。

一晃过去了30多年，当乌鸦成为一种记忆时，国家出台了环境保护政策法规，各级政府在"绿水青山就是金山银山"感召下，地绿了，水清了，山茂盛了，鸟儿飞来了，乌鸦回家了……绿郁葱葱的田野山岗、波光粼粼的河道溪流、绿树成荫的家前屋后……到处可见乌鸦，还有白鹭、麻雀的飞翔及欢叫声。成群的乌鸦、白鹭停在树枝上，点缀着满眼的绿；清澈的河水里，鸳鸯在水中戏耍，荡漾着清波。原本炊烟袅袅的乡村被现代化的炊具毁灭成为记忆后，山坳间难得遇见的几缕炊烟就变成了一种奢望……

夕阳西下，当听到那久违的乌鸦声，看到那一群群乌黑乌黑的老鸦停在古树上欢叫时，我的思绪便随着乌鸦的叫声而回到了30多年前：这成群的乌鸦是不是从浙东鄞西山区龙观——我的家乡飞走的，也许是的。但转而一想，那是不可能的，我知道野生乌鸦的寿命最长为13年，饲养的乌鸦最长也只能活20年。那是不是它们的后代，或许是从别处迁来的，我回答不上来。据当地老百姓说，这些乌鸦回到老家已经有好多天了，它们正在这里安家栖身，繁衍生息，培育后代。我不知道别处的环境是否和这里30多年前一样，开始恶化，留不住乌鸦，以至于乌鸦不辞而别，到处流浪。尽管许多人说国人环保意识加强，空气质量指数也在提高。因为我知道，乌鸦"不能叫人家系在竹竿头，赚一把小米!"的，它们对生存环境的要求是相当高的。

乌鸦不仅对生态环境有相当高的要求，它的记忆力和聪明才智也相当惊人。国际上许多专家做过实验，对乌鸦的"聪明"及记忆力都作出了充分的肯定。如英国剑桥大学的比较认知学教授妮可·克莱顿发现西丛鸦经常会从学生的饭盒里盗取食物，还偷偷地藏起来。而且通常很快又回到这些藏匿点，重新转移赃物。"它们做过贼，于是就疑心别的鸟也是贼。"更有趣的是它们藏匿食物时，如果当时有别的鸟在场，它会趁那些鸟不注意时迅速藏好食物，或把嘴插进地里欺骗对方。可见，乌鸦的"聪明"很大程度上是在要心眼的过程中锻炼出来的。它们要与生活在这个世界的其他动物、人类斗智并生存，竞争并发展，形成了适应环境需要的类似于社会中人的具有普遍性的习性和智力。

华盛顿大学的研究员做过一个实验，在校园里捉了一些乌鸦，做上标记，加以称量，再把它们放走。之后他们发现，那些被放走的乌鸦在校园里一见到他们，就会冲着他们哇哇大叫，并用翅膀扑打他们，即便离开一段时间再回来，那些乌鸦仍然记得他们。《时代》杂志刊出一则封面故事，说有一只倭黑猩猩，自出生起就被当成人类小孩一样抚养长大，会使用384个单词，具有语言理解能力。采访时，它与记者边喝咖啡边聊天，显示了迷人的风度。

其实，乌鸦比倭黑猩猩更聪明。如在制造工具方面，南太平洋岛上的乌鸦，最喜爱的虫子生活在极窄的岩石缝里，它们便衔来一片尖尖的树叶，再用它的啮和爪子组成一个原始的钩子，将美餐钓上来。

乌鸦的智商令人叹为观止。在英国，一只秃鼻鸦用冒烟的雪茄屁股把藏在它们翅膀下的虫子给熏了出来。伊索寓言里的故事，几千年后，在剑桥大学的实验室里变成了现实：事先没有做任何训练，一只秃鼻鸦气定神闲挑了一块石头扔进瓶子里，大小重量都恰到好处。我们不得不说它们具备一些基本的物理常识。在日本，乌鸦们发明了一种绝妙的吃果仁的办法：把坚果丢到车道上后飞到一边等汽车开过，等红灯亮时，他们再飞到马路中央安全地衔走那些被车轮碾碎了的果仁。或许这并不奇怪，2004 年克莱顿教授比较了乌鸦与黑猩猩的大脑得出结论：两者大脑与身体比例相当，智力上足以比肩。今天人类统治地球也许只是一次进化的偶然，可以做另一种假想：我们有可能生活在一个由乌鸦统治的星球里，而人类知识可能成为乌鸦的聪明玩偶。

乌鸦在世人心目中的地位不一样。许多国家将乌鸦当作神鸟。日本古书记载，日本统一战争时，天神曾派乌鸦为天皇引路，破解迷阵，因此日本人奉乌鸦为"立国神鸟"。加拿大传说乌鸦曾为大洪灾幸存者指引陆地，衔来火种，因此视乌鸦为指引者。英国传说"如果伦敦塔里所有乌鸦都离开，不列颠王国将会崩溃"，故以乌鸦为守护神，政府在伦敦塔饲养乌鸦。北欧则传说乌鸦站在众神之主奥丁的左右肩膀，经常替他巡视天下。斯里兰卡视乌鸦为"神鸟"，人鸦和平共处。而在中国人的心目中，乌鸦却形象丑陋，是种不吉祥的动物。中国有句俗话："乌鸦头上过，无灾必有祸。"有个贬词：乌鸦嘴。还有个成语：乌合之众。鸦鸣，在中国被视为凶兆，是灾难即将发生、大祸临头的预警。一般人均极其忌讳、嫌弃、厌恶乌鸦，避之唯恐不及。因此，现代诗人胡适就创作了《老鸦》一诗，形象地描绘了乌鸦的狼狈处境。

其实，乌鸦就是一种普普通通的鸟，世人对其好恶如此悬殊，原因恐怕不尽在乌鸦。乌鸦叫声嘶哑、单调，令人骇然、悚然、讨厌。其食物以昆虫、植物果实种子为主，也喜食腐肉，好攻击掠噬其他鸟类雏鸟和鸟卵，亦让人爱恨交加。秦汉以前，中国人并没有讨厌乌鸦，反而将其视为吉兆，有"乌鸦报喜，始有周兴"的说法。汉代董仲舒曾写道："周将兴时，有大赤乌衔谷之种而集王屋之上，武王喜，诸大夫皆喜。"这个"大赤乌"就是乌鸦。然而，也就是从汉代开始，中国人对乌鸦的观念开始转变，逐渐将乌鸦视为邪恶的代表。到唐代，乌鸦主凶的说法在民间普遍认可而盛行。从现代科学认识上分析，应该说，乌鸦与好事或厄运并无客观联系，它无法预知事物的发展变化，也不可能预报喜事或灾难的发生。所谓吉兆凶兆，完全是一种时代心理文化的附会与反映。

乌鸦不能昭示吉凶，但在鸟类中，它的智商并不一般，非常聪明。许多人小时候都曾读过一则《乌鸦喝水》寓言：说一只口渴的乌鸦看到窄口瓶内有半瓶水，它能将小石子投入瓶中，使水面升高，从而喝到了水的故事。科学家经反复实验，证实这是千真万确的事情，乌鸦的确大都具备这种智力。科学家还观察到，乌鸦很大胆，敢于接近人类，跟随人类活动，但也非常机警，对持枪的人尤为警惕，一见即飞，边飞还边张望。乌鸦记忆力很好，秋季会储藏食物，冬季能自己找出。

明代医学家李时珍在其《本草纲目·禽部》记载了一个乌鸦反哺的故事，"慈乌：此鸟初生，母哺六十日，长则反哺六十日"。据说乌鸦年老体衰，不能觅食或飞不动的时候，它的子女就会将食物衔回嘴对嘴地饲喂，一直到老鸦死亡。这就是乌鸦反哺。乌鸦反哺与羊羔跪乳、卧冰求鲤一样，成为儒家推崇的孝德典范。曾历经康熙、雍正、乾隆三朝的清代官员邓钟岳在处理一桩沈氏兄弟家产纠纷案中写的批文援引过乌鸦反哺的典故，读来令人感慨，是一篇不可多得的妙文。"鹁鸠呼雏，乌鸦反哺，仁也；鹿得草而鸣其群，蜂见花而聚其众，义也；羊羔跪乳，马不欺母，礼也；蜘蛛罗网以为食，蝼蚁塞穴以避水，智也；鸡非晓而不鸣，燕非社而不至，信也。禽兽尚有五常，人为万物之灵，岂无一得乎！以祖宗遗产之小争，而伤弟兄骨肉之大情。兄通万卷应具教弟之才，弟掌六科岂有伤兄之理？沈仲仁，仁而不仁；沈仲义，义而不义！有过必改，再思可矣！兄弟同胞一母生，祖宗遗产何须争？一番相见一番老，能得几时为弟兄？"

可见，乌鸦理当让世人刮目相视，天下的乌鸦真是的的确确不一般，但愿它再也不会成为记忆。

如今，乌鸦来了，不知喜鹊何时能来老家报喜……

多彩的秋天

清晨，打开窗户，飘进一阵凉爽的风。舒适，流遍全身。让人突觉夏日已经离去，阳光不再炎热。

田野，纷纷坠落的黄叶；随风，翩翩飘舞；冥冥中，听到了秋天的脚步声……

蓝天白云间，一群大雁整齐划一地飞过天空，蔚为壮观。远处的青山，隐隐约约，浅黄淡绿，再也没有春天的浓墨郁绿。

秋天是清高的季节，也是收获的季节；秋天是充满惆怅的季节，也是填满深沉的季节；秋天是情思的季节，也是沉淀成熟的季节。走进秋天，没有了春天的优雅；走进秋天，没有了夏天的炽热；走进秋天，走进了一个喜悦丰收的季节。

一阵风儿吹过，一片黄叶飘落，落在了摊开的书页上。仔细端详，清晰经脉的树叶，经过了春天和夏天，那是时间和大自然的见证。

秋天是金黄色的，金灿灿的阳光照耀大地，把村落、田间、行人……照得一片金黄。

丰收的秋天，田野上到处是收获的歌声。金浪翻滚的麦田，遍地盛开的向日葵，一片欢乐与微笑。

香甜的秋天，果园里的果子熟了。黄灿灿的橘子，红彤彤的苹果，金灿灿的香蕉，黄澄澄的梨头，紫檀檀的葡萄……挂满枝头。

多彩的秋天，花园里成了缤纷的世界。红的、蓝的、白的、黄的、橙的、紫的花朵，争相斗艳。

秋天，让人懂得了生命的真谛，让人懂得了心情愉悦的美丽。这种美丽是庄稼地里沉甸甸的收获，是挂满枝头的果实，还有经历了风雨后满园盛开的花朵。

秋天，风儿渐渐有了凉的感觉。静静地坐在窗前，任思绪飘扬。秋天，让大地变了颜色，让大自然换上了美丽的外衣。

庄稼地里，金黄的玉米一片连着一片；红色穗子的高粱，在微风中摇曳；大豆随着风儿哼着小曲。蔬菜园子里，鲜红的西红柿一排一排站立着。果园里，满是丰收的景象。硕果累累的秋天，透着丰收的喜悦，五彩缤纷；田野里一片金黄，瓜果飘香，让人陶醉。

秋天，是诗意的世界，心情如天空一般，晴朗飘逸。走进秋天，听一首秋天的歌曲，写一首秋天的诗。

秋风飘过，稻谷沉甸甸的清香，玉米棒子的清香，还有花生香喷喷的味道，红薯的脆甜味道，混合成了秋天特有的馨香。香味随风飘荡，写成了秋天的诗。

黄色的枫叶，红色的辣椒，五彩缤纷。蓝蓝的天，天高云淡；秋韵湖水，水清透彻；秋虫唧唧，秋蝉鸣叫。小桥流水，夕阳灿红。在这个秋日的午后，任思绪飘远，写下秋天的诗歌。

听秋天的雨，写秋天的诗。用心体会秋天细腻的自然美丽，满山的花、草、树、木……在风中，在水中。

秋天的傍晚，风儿轻轻，吹人心醉。秋雨缠绵，清晨如诗。风，拂面而过，静静的，凉凉的。还有泥土的芳香，花儿的清香。

秋天，满是感动，大自然处处是诗意。缠绵的诗歌，秋天的诗歌。

秋天，凉爽的风，从窗外飘来，芳香扑鼻，还有果熟的味道。神清气爽，听一首秋天的歌曲。天宽地阔，秋天的气息从容豁达，瓜果蔬鲜，阳光明媚。

秋天，是清新的诗歌；秋天，是动人的歌曲。秋天，是醇美的红酒；秋天，是绚丽的云朵；秋天，是成熟收获的季节。

秋天，让人向往，令人陶醉。漫天落叶的浪漫，几分收获的喜悦，就在秋天这个季节里。

秋天，是大自然色调的真实展现，清新淡雅，果实成熟，金色的稻田。红色的枫叶，丰收的背后，体会到艰辛和汗水，使得这个季节更有韵味。

秋天，万紫千红，奇花异草，大雁南飞，群鱼迁徙，生命轮回，而思绪随秋风飘远。走进秋天，阳光，温暖不耀眼。

湖水波光粼粼，泛着点点的光芒。蓝色的天空中，一只雄鹰翱翔在天边，时而高时而低。枫叶和湛蓝澄澈的湖水，在微风中轻轻弹奏，富有韵律和美丽。枫叶很红，满山遍野。

枫叶上，写满了诗韵，红色浸透了秋的湛蓝，绵绵如丝，细腻如泥，浪漫而释怀，枫叶飘逸而洒脱，没有喧嚣和功利，享受着大自然的青睐，享受着天籁和泉水的洗涤，心也潮湿了，喊着被大自然感动的泪水，凝望着那一片片飘飞的枫叶，悄然又轻盈，写满岁月的痕迹。浓浓的秋意，淡淡的美丽。

枫叶的红，深邃明澈。红如秋叶静美，优雅不失朴实。高尚不失平易，境界慎美。飘落的枫叶，在山间、在溪水、在蜿蜒的江河，呼唤泉水，呼唤河流，写满这枫叶，让风儿捎给远方的情人。

秋天的雨，细腻、凉爽。枫叶被雨水冲刷过，青翠欲滴，澄澈迷人、红的醉人、红的揪心。清爽的风吹来，满山秋天的惬意。

秋天的阳光，明媚，缠绵。闪着水银的色彩，小草匍匐在绿叶上，一种沉醉和清馨绕着你不肯离去。枫叶在秋天里窃窃私语，阳光透过森林照在地上，让人向往。

秋天和晚霞，自然里的蓝色和琥珀，枫叶红了，这是天籁的呼唤。彩霞和夕阳浸透的枫叶，一幅情景和诗意的画图。拾起一片枫叶，珍藏在秋的日记里。

　　走进秋天，追逐秋风和枫叶，层林尽染的群山，牵挽夕阳和晚霞，银丝被枫叶染透的美。走出秋天，感叹自然的颜色如此的朴素，没有修饰，没有点缀，只是深沉和厚重，只有温暖与愉悦。秋天的颜色是最本色的，没有虚化，没有娇媚，没有春的柔与夏的火热，没有冬天的坚强，有的是沉淀和升华……家乡的秋天就是如此美丽、清爽、舒适……

葡萄熟了

初秋，漫步田间，那挂满枝头，晶莹剔透的葡萄，让人垂涎欲滴，唇齿留香；更让人心儿陶醉，悦目怡情，思绪飞扬。我愿变成一粒小小的葡萄干，去追寻那风花雪月的浪漫。

初秋的夜晚，繁星满天，葡萄架下，微风拂过，丝丝清凉，抬头张望，透过繁茂的枝叶，月亮和星星洒下的淡晖斑斑驳驳，星星和月亮讲述的故事糅合着葡萄的清香，让人心醉。猫儿们似乎也喜欢凑热闹，在我脚边绕来绕去，偶尔飘下来的叶子，也会让它追逐一阵子……眼光穿过葡萄架，山脚下的村落楼房里、农家房间里透着柔和的光亮，农人们正围坐一起吃着香喷喷的晚饭，也有看电视新闻、读报刊的，而主妇们一扫一日的疲惫，看着儿女家人欢畅、愉悦、微笑……瞬间，一股家的温暖的味道流淌在心田。

月色淡淡，清影蒙蒙，寂静得让人心动。葡萄架下，我似乎听到了牛郎织女幽会的情话。原来，一粒葡萄干也有属于自己的风花雪月！捧一杯香茗，在氤氲的茶水里回味过去的时光。她说，一直在葡萄架下，没有听到牛郎织女的情话。原来这情话，都被葡萄裹藏着了，我便羞涩地翩然浮沉着，荡涤着经年的沧桑。她说，原来沧桑下是如此的剔透，我便遗憾当年她错过了我那般的风情万种。

了却沧桑，洗尽铅华，流干所有的泪。叶子黄了，葡萄熟了，它不再是夏日的青涩，而是飘逸着葡萄酒的浓香。我把所有的情感，凝结成一颗颗葡萄，只为她能来采摘。而当她无视地走过，黄叶在纷纷飘落。所有的泪都流淌在心里，因而，这一颗颗葡萄更饱满，更晶莹，更剔透。而我仍然要挂在高枝上，执着我的守望。

初秋的葡萄园，葡萄架层层叠叠，花果树木点缀其间，村舍农家错落有致。葡萄游乐园里浓荫蔽日，流水潺潺，葡萄香甜，歌舞迷人，令人心旷神怡，流连忘返。

初秋的雨，说来就来，滴滴答答地打在葡萄架上，也滴滴答答地敲在我的心坎里，这雨似乎是葡萄酿成的酒，有股淡淡的香甜。这样的雨天，把自己蜷缩在家里，蜷缩在窗前，让自己的身心舒缓下来，似乎难以满足情思。于是，打一把雨伞，静静地坐在葡萄架下，听着雨声，看着雨打在葡萄上又顺着葡萄落下，在眼中变成了淡紫色，然后变成了香甜的葡萄酒。我醉了，醉在了这个葡萄成熟的光阴里。

清晨，推开窗户，一切皆清澈而悦目。远眺，葡萄叶泛着青翠的绿，葡萄果悬着、挂着，或青、或紫，一颗颗挂着清晨的潮润，间或一两只早起的鸟儿在葡萄架上徘徊，然后偷偷在葡萄上啄上几口，便兴奋满足地喳喳叫着自己的同伴一起来享受这天然的美食。此时，漫步其间，空气清新，田野沉静，只有初秋的光影和眼前的场景在眼中温润，只有鸟儿的欢叫声和葡萄生长的声音在耳边萦绕。在这静好的岁月里，时间已凝固，心如静水，没有丝毫的涟漪，心身沉醉在葡萄般浅紫色的光影里。

山村路边有一处葡萄架，碗口粗的葡萄藤蔓缠绕在专门为它搭建的树枝上，高大的架子下，一串串葡萄晶莹剔透，挂满小路的上空，这几株葡萄应该有些年头了。葡萄架下石墩上坐着一位老人，看上去应该八十有余了。老人说不记得是哪年哪月栽种的，只记得小时候，每年农历七月七的晚上，总会藏在葡萄树下，傻傻地等待着牛郎织女的相会。

"银烛秋光冷画屏,轻罗小扇扑流萤。天阶夜色凉如水,坐看牵牛织女星。"年少时,每到七夕节,我总是要在葡萄架下去等待相隔着几千年前的那个神话故事。母亲遥指着天际两颗闪闪烁烁的星星说,那就是牛郎织女,今夜要到鹊桥相会……那时,我朦朦胧胧总以为神话故事就是发生过的真事。于是,每年七夕之夜,遥望星空,只恨身无双飞翼。想象着天上的牛郎织女凌虚飞渡赶赴鹊桥边,银河浪涌,喜鹊鸣旋,夫妻相见,诉不尽的相思,道不完的离愁,只可惜聚散匆匆,泪眼凝眸,便是断肠人在天涯。再说,在旁还有那吹眉瞪眼、恨意忌生的王母娘娘监管,只困惑她千年的横加阻隔怎么就拆不散这一对"叛经离道"的人儿……

神话故事听多了、看多了,总觉得仙凡相恋都没什么好结果。后羿嫦娥、七姐董永……不是骨肉分离,就是有情人难成眷属。盈盈尺水间,终日不得语。就连虚荣的嫦娥也长叹:碧海青天夜夜心。也只有李商隐能窥探出她偷灵药的悔意,只可惜悔之晚矣。都是一些神仙眷侣,腾云驾雾,婀娜妙曼,可谓是人中之龙凤,却又最终都成为一些痴男怨女,徒添一些风月佳话让那些文人骚客们舞文弄墨而已。

那些神话故事终究已经久远,久远得都淡出了纪念他们的节日。现今的七月七,这个洋不洋、土不土的中国情人节,被一些所谓玫瑰、巧克力装点的情人们搞得不西不洋了,其潜意识里,这只不过是用来纪念一些值得纪念的人和事,寄托一种美好的祝愿而已。事实确也如此,在这样温馨浪漫的乞巧日,除了爱情我们还能纪念什么呢?只是在这月朗星繁之夜,又经不住唏嘘:葡萄架下空对月,试问伊人归不归?

人生路漫漫,无奈的人生就像一棵葡萄树。有人像甜甜的果,有人像苦苦的根,也有人像涩涩的叶,更多人像淡淡无奇的花,平凡而又平淡地过着日子。

葡萄的根是苦的,黄黄的根像黄连,尝一口苦到心里。人生又何尝不苦？只是大家苦在心里，闷在嘴里。人生苦短，人们就是在苦难中挣扎，在苦难中煎熬，在苦难中磨炼。苦是家家有的事，又能向谁倾诉？何况这大千世界诉苦又有谁听？

葡萄的叶是涩的，涩得让人口水都咽不下去。老百姓过日子，哪有不涩的道理？再苦涩的日子也得过，即使苦涩得张不开嘴，也要伸直脖子咽下去。茫茫人海谁能给你评说？

葡萄的须是酸的，淡淡地酸，从上到下渐渐的酸，尝一口从喉头酸到心底。人生的辛酸事太多了，太多的辛酸让人滴泪。生活的辛酸是人生留下的脚印。

葡萄的花是平淡无奇的，没有香气，没有艳丽，以至于不少人不知道葡萄花是什么样子。人们的日子大多也是这样平淡，平淡到在这个世界上有我不多无我不少。我们就是在这平淡中一天天过，一年年过。前面的路还很长，我们还是要这样平平淡淡地往前走。

葡萄的果是甜的，紫色的，黄色的，粉红色的……让人看上一眼就从心里往外甜。人生也总是这样，有了成果心里当然甜。把这丰硕的成果放在最耀眼的地方，高高地挂满枝头。只是世界上过甜日子的人有多少？

人生就像一棵葡萄树，让我们把人生的苦深深地埋在地下，把人生的涩珍藏在叶子中，把辛酸和希望拧在一起攀向天空，把人生的甜高高举起挂满枝头。因此，作为普通的大众百姓还是平平淡淡、平平常常过一生的好。

香甜的猕猴桃

深秋时节，正是猕猴桃成熟季节。那一串串、一缕缕的猕猴桃，就像那绿色的宝石装点在山山峦峦、房前屋后、山坡路旁。路过田野、山坡、小径……那伸手可摘的猕猴桃，伴随那清爽酸甜的凉风，顿觉气舒心旷，舌底馋涌。

春天，猕猴桃的枝条像紫葡萄一样长在架子上，进入夏初便会长出新芽，缠着架子往上爬，直到结果为止。到了秋天，猕猴桃架上挂满了果实。那椭圆形的猕猴桃，像鸡蛋一样大小，绿绿的，黄黄的，遍身长满毛茸茸的细毛。熟透的猕猴桃，摘下剥皮便可吃，又甜又软，那里面绿色的或红色的果肉，布满芝麻大小的籽粒，轻轻一咬，果汁顿时流淌嘴角，舌头上沾满了汁水，或变绿或变红了。而没有成熟的猕猴桃又苦又涩，难以进嘴。

猕猴桃号称"水果之王"，它含有丰富的维生素，营养价值非常高，它还可以做成猕猴桃干、果汁、酒等，可以长时间保存。有的人喜欢吃香甜可口的草莓，有的人喜欢吃酸甜可口的广柑，有的人喜欢吃甜滋滋的樱桃……而许多人唯独对猕猴桃情有独钟，包括我。

猕猴桃，有拳头那般大，也有鸡蛋那样小，但它的形状基本上都是椭圆形的。从侧面看，它是个圆柱体；从两端看，它是一个圆形。它的表面长着密密麻麻的棕色的绒毛，摸一摸，糙糙的，感觉刺刺的，让人非常不舒服。但用鼻子闻一闻，有一股淡淡的香味。

猕猴桃有个特点，它必须在没有完全成熟的时候就得摘下来，否则等到完全成熟时就会从藤上跌落下来。因此，我们在超市里买到的一般都是没有完全成熟的猕猴桃。它虽然也可以吃，而且吃起来也一样香甜可口，可是，吃完之后，舌头就会感觉麻麻的，像是不小心吃了花椒似的。如果等到它完全成熟时再吃，那就不会有这种感觉了。

喝着四明山的山泉水长大，对故乡的猕猴桃饱蘸着一片深深的情思。那时，老家的山上长着许多猕猴桃，为了解馋和温饱，秋风一起，我们经常邀小伙伴到山上去采摘尚未成熟的野生猕猴桃，咬一口，那果子又酸又涩，有时肚子实在饿得荒，也就不管三七二十一闭着眼睛会硬生生地吃下去，直至吃得牙齿生疼，酸得合不拢嘴。然而，望着那满载而归的篮子，心里总有一种满足感。到家后，将青涩的猕猴桃埋在龙糠桶里，一个星期后，那青涩的猕猴桃飘出一股淡淡的清香味，剥开桃皮，那绿茵茵的果肉特别诱人，当我的兄弟姐妹和父母吃上自己辛勤采摘来的猕猴桃时，我的心里总有一种涌动的喜悦。因为，在那"深挖洞，广积粮"以人定量的年代，能让猕猴桃充粮填饥，也是为大人们承担生活艰辛的一种劳作。上世纪70年代末期，我半工半读工农兵大学毕业，离开家乡参军到了部队，在异乡，晚上睡觉仍然常常做着"猕猴桃梦"。当我回乡探亲时，遇上猕猴桃成熟的季节，总要背上箩筐去过把采摘野生猕猴桃的瘾，并饱饱地吃上一顿，此时就仿佛又回到了那个孩提时代，勾起对家乡的沉思。

记得70年代末的一个春上，我回乡探亲，正赶上猕猴桃花开季节，走下班车，进入山村，只见满山遍野，一片繁白，颇有"梨乡三月飘雪花"的意境，纷纷扬扬，洁白如玉的朵朵小花，开在青松、绿杉、红枫等树枝上，真让人感叹不已，美极了。初来乍到的人，远望这一奇特的景观，还真的弄得你懵懵懂懂。走近一看，才知道那是猕猴桃的枝枝藤藤攀附在树上，盘根错节伸展开来，花朵一开，自然变成一棵棵奇特的花树。前来接我的家兄对我说，家乡地处四明山区，气候、日照、雨量和土壤等生态环境条件都很适应猕猴桃生长，便有了这自然美景。

光阴似箭，日月如梭。转眼进入了新世纪，在上级农科部门的指导下，祖祖辈辈以种粮为生的农民，开始向土地、山坡要效益，种植起猕猴桃等经济特产，从普通猕猴桃到现今的红心猕猴桃，经过多次改良，农业效益不断提高，亩产可达到1000公斤左右，每亩土地产出从原来的400元至今达到万元以上，红心猕猴桃已成为当地水果专业户主要的收入来源。

中秋时节，走进一家水果专业户的猕猴桃园，眼前的景象使我心都醉了。那一丛丛、一簇簇攀附在架上的一株株猕猴桃，叶片碧绿，又深又浓，而在绿荫中，透出一个个椭圆形的猕猴桃果，悬挂在藤枝腋下。那叶片、那果实还带着玲珑透剔的滴滴露珠，闪烁着晶莹般的绿光。那一丛丛猕猴桃，宛如一串串耀眼的绿宝石，在金黄色的阳光照耀下闪闪发亮。

漫步在猕猴桃林里，看着那繁忙采撷丰收果实的人们，真让人眼花缭乱。随着金秋季节的一阵阵凉风吹拂，不断地飘来一股股清新入鼻的果香味，也不时传来一阵阵爽朗的笑声，那是一支雄浑而轻快的田园协奏曲……我望着堆成小山似的猕猴桃，如痴如醉地站着。突然，不知是谁唱起"我们的家乡，在希望的田野上……"那歌声随着前来装运猕猴桃的卡车在公路上飞驰，也带着乡人美好的理想奔向远方……

在离别红心猕猴桃种植园基地时，园主说"欢迎你们再来！"我们都异口同声地回答："我们还会再来的！"

啊！家乡的猕猴桃，像一串串珍珠玛瑙，似一缕缕碧绿的宝石，点缀着家乡的山山峁峁，更装点着四明山区富饶美丽的明天。

呵，猕猴桃！它以特有的风味而风靡世界，成为水果市场中最受欢迎的一种新型水果。

菊月赋

菊月，农历九月，菊花盛开的时节。每当这个季节，人们总会结伴携友踏野赏菊，在赏菊中情不自禁地感受着名人的诗句。喜欢舞文弄墨的我，更是如此。这不，国庆长假，阳光明媚，我又一次背上我的情人——尼康800全幅相机，踱步田野，赏着漫山遍野盛开的金黄菊花，让思绪飞扬。

南方的秋天，未到菊月已是千姿百态菊花盛开的时节。任意地走在田野上，那菊花迎日怒放，迎风摇曳，满眼都是；一团团浅红的似火，一丛丛粉白的像雪，一片片嫩黄的如画。远视、近观、蹲身，多角度，细细观赏菊花，总会让人情不自禁地吟诵起"咏菊"，从晋唐宋明清到近现代诗人名句，如屈原的"朝饮木兰之坠露兮，夕餐秋菊之落英"，杜甫的"寒花开已尽，菊蕊独盈枝"，陶渊明的"采菊东篱下，悠然见南山"，陆游的"黄花芬芬绝世奇，重阳错把配萸技"，唐伯虎的"故园三径吐幽丛，一夜玄霜坠碧空"；到毛泽东的"不似春光，胜似春光，战地黄花分外香"，董必武的"名种菊逾百，花开丽且妍"，陈毅的"秋菊能傲霜，风霜重重恶。本性能耐寒，风霜其奈何！"……美丽的花朵，诗词的意韵，总让人唤起那美好的回忆。

"秋霜造就菊城花，不尽风流写晚霞；信手拈来无意句，天生韵味入千家。"李师广的《菊韵》，又一次展现在眼前，真是创造了一种朴素的美、自然的美。似乎吴刚捧出的"菊花酒"飞入寻常百姓家，开怀畅饮迎接着菊花盛开时节的到来。似乎也听到了风子的《秋声》："廊下阶前一片金，香声潮浪涌游人。只缘霜重方成杰，梁苑东篱共古今。"在田野，在村落，在山间，似乎只有白居易《咏菊》："一夜新霜著瓦轻，芭蕉新折败荷倾。耐寒唯有东篱菊，金粟初开晓更清。"元稹的《菊花》："秋丛绕舍似陶家，遍绕篱边日渐斜。不是花中偏爱菊，此花开尽更无花。"走在夕阳下，那菊花泛着金光，给人有一种淡淡的幽思，正如李商隐笔下的《菊花》："暗暗淡淡紫，融融冶冶黄。陶令篱边色，罗含宅里香。几时禁重露，实是怯残阳。愿泛金鹦鹉，升君白玉堂。"

　　菊月，菊黄了，花香了，人醉了。菊月，风轻了，云淡了，心爽了。菊月盛开的菊花，以她独特的魅力，在秋风的轻抚下，争奇斗艳，粉墨登场，她那婀娜多姿的情影，胜过了隆冬里的腊梅，赛过了夏季里的月季，压倒了春天里的群芳，独树一帜，秋菊不愧为花魁之首，在浪漫的秋季里，演绎着自己醉人的风采，舞动着娇媚的独特篇章，用她那特有的气质妖惑你，煽情你，撩拨你，让你对菊花情有独钟，由此产生一种依依难舍的家乡情怀。

　　莫嫌秋容淡，黄花分外香。在许多公共场所的休息室、客厅里，在千家万户的庭院里、阳台上，到处可以看见五彩缤纷而又娟美无比的菊花。一朵朵一簇簇，掩映重叠，争奇斗艳，溢彩流光，散发出一阵阵扑鼻的清香。此时，菊花不畏寒冷，不随众草同枯，凌霜傲放，喷芬吐芳，点缀着整个金风劲吹的深秋季节，一幅秋光绮丽的菊花盛景，把人们再度深浸在菊香缭绕的享受之中。正如郭沫若祝愿的那样："花不凋零根不死，东篱岁岁茁新生。"

　　菊花盛开万紫千红，秋来秋去风情万种。我喜欢秋风里舞动的菊花，更喜欢秋风中弥散着菊花香的溢味，浓浓的，怡人心扉；因为她能让人引发幽幽家乡情思。秋雨醉人，秋色怡人，秋风萧瑟时，秋菊芳郁起，思念随秋风与一阵阵菊花的清香飘然而至。

在这萧萧瑟瑟的秋韵里，是谁在秋风中长叹，又是谁在秋雨中呢喃；是谁在弹奏出一串忧伤的音符，又是谁帘卷西风黄花瘦？晓风残月，杨柳岸边，是谁孤影独行，又是谁用柔美缠绵的文字，把我的思念堆积？邂逅在苏北的"大熔炉"里，无法忘却小曹这份真挚情感。

流星划过的天际，是我对你长长的思念。遥望清幽的月色，遥想三生的约定，是谁负了那一世柔情，碎了一地相依的情话？夜静，心醉，花容倦，细水潺，纤手抚琴，音符飘荡在你为我高唱的音韵里；情思倾泻在你为我染指流年的文字里。灯火阑珊，残月漫敛，千年情缘怎可一梦倾还，满笺墨残，道不尽离别心酸，却不得不转身翩然。

寄情一曲，轻将心声吐露。你是我流年里的那一阕芳词，眷眷柔情，喃喃私语，随着岁月的飞舞，心扉上为你写满温馨的思念，纵悟尽一世情长，空蒙境遇惹新伤。我错过了你，还是你错过了我？与你，与我都在暗壁独茕，从此天涯两寂寞。

孤鸿南归，流星消殒，寂寞成殇，点墨成痴，演绎风华绝代，独奏曲终人散，尘缘化茧，往事如烟，悄问落花何处去，可知月色几时明？秋天的气息氤氲了灿然的菊花，蒹葭苍苍，白露为霜，落霜压菊，静闻菊香，欣赏菊蝶飞舞，陶醉在色彩斑斓的秋色里，浑然想起那些辗转在岁月中离去的情影，谱写了我锦瑟的年华。

解一缕思念的长绳，打开冗长的时光隧道，你像一滴滴清透的心雨，滴落在我思念成殇的心房；你像一层层旖旎的涟漪，在我的心湖泛起。从此，轩窗前，水寒烟，青纱掩去了笑脸；夜幽暗，花无眠，倚着阳台，思绪蔓延，琴音散落了温馨的香案。读你留给我深情的文字，敲碎了我思念的心灵。仿佛你的文字优雅地变成一串串飘动的音符，让我迷醉在这个缠绵的秋韵里。风起夜谧，谁依旧锁面浅眠，欲语却潜。此时，多么期望清风携着飘动的音符，连同我思念的泪滴，穿越时空，抵达你的心灵。

凝视着你那一行行婉约清丽的文字，流溢出的柔柔情愫，犹如绽放的秋菊，你用千般真情吟出它的芳香，我以万般柔情唱出它的芳华，用回眸的眷念浸透它的烂漫，并携一缕秋风，掬一汪明月，裁一方宣纸，用思念的泪水当墨，用纯真的情感作画笔，为你描出一幅永远温馨幸福的心画，签上你的名字，保存在我的心坎直到永远。

似水流年芳尘去，鬓老心残思似休。重执彩笔断肠句，滴滴浓墨伤心间。

一路走来，尘世的花开，岁月的苍茫，寂寞的呼吸，渗透清风拂过的呢喃，最终，我只能用默默祝福，来代替所有的忧思。

在秋风中，富丽华贵的牡丹、端庄大方的君子兰、香气迷人的茉莉、婀娜多姿的月季都已经低下了头，只有傲立风霜的秋菊，她勇于和风霜搏斗，不管天气如何恶劣，她却依然枝繁叶茂，生机勃勃；她那坚强的精神，仿佛与寒冷搏斗，那坚韧不拔的精神更可贵。

五彩缤纷的菊花，千姿百态，有的像海葵，花瓣弯弯曲曲；有的像绣球团团，环抱一起，最吸引人的悬崖菊，朵朵怒放，像亭亭玉立的少女拖着裙带。近看，菊花个个红的像火，黄的像金，层层叠叠的花，聚在一起，像一个个小线球，花蕊像一个可爱的小蘑菇。白色的花朵更情趣，单层叶瓣稀稀落落，像一片晶莹的雪花，绿色的花蕊像一个个小蚕卵，挤着美丽。那菊花从花盆垂挂下来，像一条长长的瀑布，真是一派雄伟的气势！

呵！菊月，你用奉献装扮美丽的祖国；呵！菊月，你让我思绪绵长延伸。我爱菊月，更爱苏北亭亭玉立的初恋；我爱菊月，更爱家乡那傲立在风霜中的菊花！

枫叶红了

入秋的夜，悠远而绵长。不知何故，冥冥中，又梦见了那片枫叶。披衣下床，拨亮台灯，不知不觉又将那本珍藏多年的《第二次握手》翻了出来。这是一部"文化大革命"期间流行的手抄本代表作，被列为禁书。读高中时，从朋友处借阅此书后，被主人公苏冠兰、丁洁琼、叶玉菡缠绵的情爱及献身科研事业的故事所深深吸引，便用一昼夜的时间将它抄了下来。《第二次握手》伴随我走过了高中、大学及军营生活。1979年作者平反，作品公开出版后便购置了这部书并珍藏至今。

打开扉页，那片发黄的枫叶从书中抖出，似秋风般地飘落，悠悠地落下一片红。记忆的大门，随着红叶的落地打开。她陈旧，仍有着阳光的气息，火热而浪漫，弥散满室的书香；恍若隔世的梦，拈手仍有秋霜的暖。在梦的更深处，晚霞染就的枫叶，染红了阳光尘封的天空，残阳的枫叶映衬着云蒸霞蔚；在心的更深处，缓缓地流过日色的斑驳和月色的幻影，流出一个心的天空。心空里有片枫叶在飘落，那是落在地上的一片秋风般的红叶。

苏北洪泽湖大堤上的那片树林，日影月现地裹着那绯红的枫叶；金色的光柔和着月色的红透，映衬着湖边两个情影——我与英。笑靥里映着湖光，在林中斑驳，落下轮回的记忆。而记忆穿梭于苍莽的枫林，长箫呜呜，书声琅琅。"行到水穷处，坐看云起时"，蜿蜒枫叶流红，洄湍的湖水边，古朴的亭台楼阁静静地倒影于日影、月影，枫影、树影，白云、湖面，都是一片红透的笑靥，还有泛着的红叶，粼粼波光。

"梦里寻她千百度，蓦然回首。"就是那片红枫叶，在书橱里，在珍藏的日记里。每当我看见那片叶子，就会忆起无尽的思念。因为在那枫形的叶片上，蕴涵着我流逝的岁月，也蕴涵着我那温馨的回忆。

回首大学时代，在一个深秋的季节，枫叶开始变红。登在高高的四明山峰远眺，满山枫叶犹如红雾迷天，朝霞流丹，云蒸霞蔚般极为壮观；游历近观，枫叶与松柏相互点缀，红绿相间，瑰奇绚丽！置身其中，瞬间情绪为之一变，心情舒畅，精神焕发，什么忧愁和烦恼，全然消失，感到的是整个世界那么的美丽！倏地，一个清丽的倩影在红枫下款款而来，她可谓是唐代诗人杜牧笔下的"远上寒山石径斜，白云生处有人家。停车坐爱枫林晚，霜叶红于二月花"，那样的亮丽。我的心情不知是"踏秋赏景看红叶"，还是在寄情豪抒看美女，那少女如秋天的枫叶——最美的"花"。她叫梅，艺术班中专毕业，虽然没有杨柳的婀娜多姿，也没有桃李那样绚烂多彩，更没有芙蓉那样妩媚多情。但是，她有不畏风霜寒冷的风骨和不可征服的气质，鲜艳中透着高洁，深沉中拥有热烈，红不炫耀，寒不改志，活得无忧无虑，坦坦荡荡。她以红色显示生命的灿烂，温婉练达，把美丽留给人间。

梅与红叶，可谓是"西山红叶好，霜重色愈浓"。那时，我不清楚究竟是风霜染红了枫叶，还是少女招来了风霜？但是，有一点是可以肯定的，在这红叶漫山之中，梅的出现，让我找寻到了内心片刻的激情与骚动，让心投入到了自然的怀抱。我抚摸着枫叶，细心观察着梅的一颦一笑，心波会无比荡漾，激情会燃烧烈火。梅与秋色，在眼前汹涌；梅与秋声，在耳畔鸣叫；颦笑的秋味，在心头陶醉。

红尘扬波三十载，秋风劲，又到枫叶红遍时。也许成了习惯，每当枫叶红了的时候，我都会情不自禁地打开书橱，拿出来自四明山上的红叶和洪泽湖大堤上的红叶。那两片红叶，不知是什么样的思念驱使我，要把过去的时光铭刻在那色彩斑斓的叶片里，还要用她来寄托未来的梦幻。与其说枫叶给我以享受，还不如说枫叶给我以青春的回忆。两片枫叶，在秋天孕育出了一个火热的夏天和秋天，她给我带来新的愁肠，也给我增强了对现今幸福生活和美好未来的信念，不断鼓励我去开拓、去奋斗！

常言道，花开花谢，曲终人散。我却始终只能以一个遥望的姿态，看着她们消失在逐渐苍老的岁月里。情海骚动的青春或许是一生的追求和宿命，于我，可能是一个遥不可及的梦。尘烟飘落，寂静的天空下，倔强地行走情海。也许有太多的不舍与偏执，也许有太多的无奈与叹息，当初的誓言太完美，相思已成灰弥漫了枫叶的世界。而风狂叶秋，鲜血渐透了我对她们的期待，千里彼岸，我带着希望冲出重围在那片泪海中却看不见她们的身影，但我总想飞过万水千山回到她们身边，然而三十余载总难以相遇。离别相思苦，惦记暮秋愁，只是视线渐渐模糊了她们的容颜；眼泪和溅出的血结成那片黄色枫叶，赶在冬天来临之前埋葬所有记忆的来路。

多少往事成追忆？多少花事已流离？写在人生边上还没收尾的日记，枫叶已经悄悄遮盖。我守在梦中被记忆复活的枫叶林中，等一个被思念深刻的寓言，一段段飘远，飘远……走在梦境与幻想的边缘，我遗落在古道莲池旁苍老而纯真的祈愿，在无数只白鹭震翅腾飞的瞬间，化作一缕虔诚的青烟。那些反复纠缠迟迟不愿坠落的细小叶片，终究还是在时间的召唤里离开了自己守望了一生的栖宿成终点。追梦的人都希望自己的梦想成起点，可是现实却偏偏让我们没能如愿……

站在这个硕大的舞台前，不要问我当年的祈愿留下了怎样的悲欢，带着怎样的思念？不要问我当年的心情里，有多少深深浅浅的眷恋，片片枫叶，片片忧伤……空空荡荡的树枝间，我静静地用手掌托起她们的身躯，静静地凝视着她们的容颜。后来才发现，其实我只是一个这般不堪岁月的变迁，在命运中沦陷，默默地凝视着那片浩瀚而空洞的蓝天。青春就是疯狂地奔跑，然后华丽地跌倒。青春这一跤跌下去，无论以怎样的姿势跌倒在哪里，都不算什么。人生的遗憾，不是曾经跌过多少跤，而是不曾疯狂过，不曾奔跑过。

青春，一旦典当，便永不能赎，不要等到迟暮才去悔恨。我知道，我又在漫长的告别中又错失了太多的美好画面，画残阳，画明月，画风涟，如花美眷；写忧伤，写心事，写缠绵，花落满肩。一个又一个的梦想，被我亲手埋葬在这个秋天里。追梦的人，却成了孤独的守望者。望着一片又一片的枫叶飘向空中，最后成碎片……然而，我还是在这碎片记忆中找到了自己，在剡溪江边的武岭门外，遇到了新的一片红叶，她就是芳。

"日暮秋烟起，萧萧枫树林。"枫叶是十月的诗言，那黄中带绿的颜色浸透了毫无生气的天空，在暮色的映衬下显得更加缠绵婉约。凝望着一片片随风而逝的枫叶，悄然，寂静，掠过岁月痕迹，烙印着秋天的斑驳，有一丝悲怆和凄怨延伸秋的释怀；一种旋律一丝禅音，在洗尽铅华的时刻，在朔风里回荡。

"缓缓掉落的枫叶像思念，为何挽回要赶在冬天来临之前，穿越时间两行来自秋末的眼泪，让爱渗透了地面，我要的只是你在我身边。"枫叶不懂得那些镶嵌进夕阳里的沧桑，也不懂得那漂泊在长亭之外的思念，只是沿着那条通往天堂的路径不曾回头。我知道，芳是懂得的。她说，当红色枫叶再开成一片海的时候，她就悄悄来到了我的身边，她在证明秋天离开的黄色枫叶会带着我对她的思念步入爱河，在等待的残垣断壁中替我寻觅远去的身影。她似一团火，渴望暮秋的黄昏繁花似锦；其实我也是。人总有老的一天，但心态不能老；心态老了，那才是真正的老矣。

再有来世，莫失莫忘。漫山遍野的红枫，在风中摇曳，绚烂的色彩，迷茫的双目，在漂泊的时间海洋里静静游荡。记忆在模糊，述说着古老故事的红枫在褪色，激荡着的不再是年少的情怀，平静中多了几分成熟，多了几分深思。虽然幼稚的脸颊写满了天真，可心却不在年幼。也许，在这个世界上有一些事情只有在回忆里才看得清，看得懂。如今，红色的枫叶已逝去它的赤红，岁月在流逝，留下的已泛白。闭上双眼，遥远的黑已变成无望的白。残留在手中的枫叶，写满了往昔的沧桑，我的悲欢离合。如今，青春摇曳着风铃，又唤醒了我年轻时的知觉。心呼唤，梦之手，托起被遗弃的毅力，被遗忘的信心。我不要无聊地度过生活，无聊的面对一切。那不是真我，也不是我想要的生活。不想看到颓废的自己，茫然的未来。

凝望这一地红枫，却是芳的身影，耳际响起的依然是青春的呢喃耳语"枫叶红了！"凝望这一树红枫，芳的倩影在随风轻舞。闭上眼睛，是我们相拥而舞的瞬间。我们拥抱得那么紧，那么热烈地相吻，生怕时间在瞬间拆散彼此。情至深时情自然。举杯相庆，共同祝福，这一生难得的慰藉，是彼此那一种心灵的契合，心灵的相拥。

好久没有了这种心的颤动；好久了，没有这种泪眼模糊的冲动。这一山的红枫，这一地的红叶，是我对暮秋的牵引，还是上天的有意安排？只是这满山满地的红枫叶才知道。

枫叶红了，让我终于找到了愉悦的感觉！枫叶红了，却勾起我对远在他乡初恋的愧疚和思念！更珍爱眼前那片红霞似火的枫叶，她芬芳，她青春……在这深秋的原野，我的心还在浴火如春的跳动，但愿这红叶永远不要凋零！

柿子熟了

在秋风起、秋意凉、秋叶落的季节里，独自一个人缓缓走在乡间的小路上，深深吸引眼球的还是那满山满坡的火红的柿子。盛放在乡村的那一树红似火的柿子，美的自然，美的盈实，透着一种喜气，这是山乡特有的秋韵。

驻足山坡、田野，看那一串串火红的柿子挂在枝头，在风中摇曳，舞动着自己成熟的形体，仿佛要从树枝上一跃而下，口水不知不觉自然流了下来。伸出双手，一手压下挂满灯笼似的枝丫，一手摘下一颗熟透了的柿子，尝一口，甜到心里。心花被这自然赋予的美景所触动，拿起相机一阵狂轰滥炸，天下美景似乎全被装入镜框中，留住秋天，留住这透着香甜的火红。脑际又忆起儿时正月十五闹元宵的情景，用一根树枝或竹子杆挑着灯笼，游村串巷。此刻，树枝上摇曳的串串柿子像极了年少时元宵挑灯巡游的欢乐，美乐交融！

漫步田间，欣赏着眼前的一片红，让人情不自禁地蹦出了"晓连星影出，晚带日光悬。本因遗采掇，翻自保天年"赞美柿子的诗句，或许被刘禹锡的诗所打动，眼前的美景与刘禹锡的诗交融，真是美不胜收。

小时候，老家村前屋后、田野山坡有好多柿子树，当地人称吊红，现在想想也是，它是在树枝上吊着红的。但不能一采摘下来就可吃，因为刚采摘的柿子味道并不可口，涩涩的，吃多了舌头会有一种厚大的感觉。因而，采下的柿子一般都要放在米糠框里一个星期左右，将涩味去掉；或用籽蔴杆插入柿子，将涩味抽掉，这样的柿子剥皮吃，味道甜美、可口。年少时，由于生活困难，时常吃不饱饭，打从柿子开花起，就盼着它早点结果成熟。而小伙伴们未到柿子成熟就抢着去采摘，山坡上的柿子是无人管理的，当地人称"野柿子"，谁采摘归谁。有时山坡上的柿子采摘完了，小伙伴们还去偷农户种植在房前屋后的柿子，被发现后，便会招来一顿谩骂，我们总是一笑而逃之。

如今，经过改良的柿子再也不用米糠或籽蔴杆去涩，大批种在山上或山坡田野的柿子成了人们休闲游玩的旅游地，过去无人问津的四明山上的柿林柿子园，已成了稍有名气的旅游胜地。曾驱车前往那里，漫山遍野的柿子，红了半边天；人山人海的旅客将整个山村围得水泄不通，比过年还热闹，柿子给山民带来了富裕，柿子给山民带来了喜庆。融入柿子林，柿子的清香在心中飘荡，我们习惯了在浮华的俗世里为自己寻一方角落，这里便是要找寻的一方休闲乐土。我是乡村树上的一颗柿子，有着火红的心，走得再远，也离不开生我养我的树干。

眼前的柿子林，让我想起曾经的恋恋，曾与梅一起在这老柿子树旁许下诺言：

"你真的爱我吗？"

"嗯，真的爱你，等我事业有成时一定娶你。"

"万一你事业不成怎么办？"

"我对天发誓，我所做的一切都是为了咱们有个美好的未来。"

"我信你，咱们的明天一定是一个美好的未来！"

……

然而，我们在老柿子树下许下的诺言，终究没有实现。那一年，我弃笔从戎走进了大学校，而梅如她说的那样，每天在老柿子树下眺望远方，等待着我的到来。春风拨弄着她的秀发；夏草倾听着她的美好和失落；秋叶封盖了她的身躯，却遮不住她哀哀的苦思；冬雪提醒她又过去了一年。

忽然，有一天她哭了，哭得很伤心，泪水沁湿了老柿子树的根。哭过之后，她背起重重的行囊，消失在我曾经走过的路上。临走前，梅写了许多的相思，把它装进了"约定瓶"里，从此，天涯一方。

几年后，我解甲返乡来到这里，独自坐在老柿子树的身边，忽然想起了什么，翻找到了那个约定瓶。打开约定瓶里的信条，看着梅给我写下的种种，眼泪如河水般流个不停。我在感受着，感受着梅曾孤独徘徊过的脚步，感受着梅心中那份不逾的倔强，感受着梅绝望的伤痛。风吹散我的泪水，也吹散了梅倔强的期盼。

我带走了约定瓶，或许我要想念那个等待过我的梅，又或许我要把梅丢到过去的记忆里。

又过了几年，梅回来了，身边跟着一个帅气的绅士。梅翻找着约定瓶，可是怎么也找不到，在地上刨着土，石子扎破了她的手指，鲜红的血液混在泥土里。然而，她却不停地刨着土，眼泪、鲜血、泥土混合在一起。

现今，梅虽然离开这里多年，但她的心一直在这里守着，守着那份在空中消散的诺言。每当柿子熟了的季节，她都要来到这老柿子树下，默默地站上半天。

老柿子树感慨道："几十年了，我一直守护着你俩的爱恋。因为你俩的期盼，我有了心；又因为你俩的失言，我丢了心。"

老柿子树结满了红澄澄的柿子，像红红的灯笼，充满火热、喜庆、祥和，也充满苦涩、无奈、失落。我摘了一颗柿子，放在嘴里，又甜又涩。甜的是，这老柿子树，曾经让我感受了这份爱恋的甜美。涩的是，这老柿子树，曾经让我俩彼此苦恋了半辈子。吃着吃着，眼睛湿润了，原来尘封几十年的爱情是这么的甜美与苦涩。

品咂柿子，余味让我勾起了对老家柿子的向往和对老家生活的回忆追寻。

我老家在鄞西山区，在那个以粮为纲的年代，并无果园的印象，有也无非是村子里各家各户院落内外，西家栽几株桃树，东家有几棵梨树或有一树红艳艳的石榴花，还有居住在山坡的人家，山脊田畔散落的杏树、毛桃和柑橘，所以小时候对水果的记忆，除了翻墙爬树偷摘人家的桃子、梨子、柿子，就是稻子收割时节满山坡寻着摘猕猴桃、毛桃……

柿子树，在家乡是最普通最常见的果树，通常生长在房前屋后，或沟坡地头，上好的田里是没有它位置的，怕它的树冠，歇得树下的庄稼纤弱矮小，减了产，所以田地里洇出的柿树苗，早早就会被锄地的人拔掉或用锄头斩草除根。只有那长满荆棘的坡地或地头上才有它们高大婆娑的身影。

每年初春，干枯嶙峋的柿子树，在经历了寒风的梳理和冬雪的沐浴后，枝头悄悄冒出绒黄嫩绿的叶子，像青青的毛毛虫，小心翼翼地探出头来。此时，在柿子树背阴的树杈处，还积着没有融化的冬雪。这些幼弱的嫩叶，在不经意间，把翠绿的色彩披满了树身。柿子树上，除了单片生长在枝头的老叶，还会在枝头簇生呈四角形状的新叶子，不久就会绽开四角形的鲜黄色花朵，花蕊嫩黄可爱地点缀其中，随着柿花凋谢，紧接着就会生长出那青色的柿子。果繁叶茂，柿子过于稠密时，树下会掉落了一地小小的青柿子，这是自然的优胜劣汰，或许是柿子树自觉执行的计划生育，确保了成熟柿子健壮硕大。

柿子树，在不结柿子的时候，满树缀满墨绿泛着亮光的叶子，丰满厚实，富于质感，浓浓的绿意遮蔽包裹着嶙峋横斜的枝杈。老迈的柿子树，稳重厚实，像慈祥的老人，稳坐在村落田野，那鳞状的树皮包裹着树身，枝繁叶茂，给村落覆盖了绿色，给田野竖起了屏障，浓密的树叶遮挡住了太阳灼热的目光，在树下营造出一片阴凉。夕阳西下，那经历一天暴晒，曾经清爽滋润的叶子好像被烈日抽干了水分，变得干巴蔫萎。次日早晨，满树的绿叶又是精神抖擞，英姿飒爽。

深秋时节的柿子，满山遍野红成一片，烘托渲染得树上的叶子红艳艳的，秋风过处，东飘西荡地凋落下来，还真有深秋红枫的韵味。此时，删繁就简、果繁叶稀，一树树柿子，都涨红了笑脸，和着树叶哗哗的掌声，在向行人致意，在向这个季节得意地炫耀、虔诚地献礼。

秋是水果的花季，红玛瑙般的苹果、紫水晶般的葡萄、黄宝石般的梨子，都足以让人垂涎三尺。但我却独爱柿子，它们红灯笼一般地挂在树上，照亮了我的眼睛，点燃了我的心。

柿子像可爱的孩子，红脸蛋，青帽子，一如无忧无虑、无拘无束的幼童。剥开它的外衣，火一般的红中似乎略有晶莹，红得艳而不俗。轻咬一口，绵软醇厚的感觉令人温暖而又安心，每吃一个，心头便多了一盏灯笼，一把火，心房变得明亮而温暖了。

曾经看过一部电视连续剧《橘子红了》，主人公以自身的经历反抗封建婚姻制度而演绎的有关觉悟与抗争的动人故事。虽然是个悲剧，但对人生有很多启迪。我写下《柿子熟了》除了怀念，还有许多酸甜苦辣的记忆……

柑橘黄了

入秋了，柑橘黄了，被屈原的《橘颂》吟黄了；黄得光艳，绿得诱人，似屈原掌心的山魅，让人幸福。

深秋了，柑橘黄了，被冰心的《小桔灯》照黄了；黄得清亮，绿得润泽，似冰心手里的桔灯，让人渴望。

暮秋了，柑橘黄了，被沈从文的《长河》浸黄了；黄得晶莹，绿得剔透，似沈从文笔下的秋韵，让人陶醉。

人们可能会说，他们是一群文坛的疯子。我说他们若被人认为是疯子，那就离成功不远了。屈原成功了，当他"疯疯癫癫"跳进汨罗江后，尽管他不是王侯；冰心成功了，从她"疯疯癫癫"地宣告"有爱就有了一切"后，尽管她与非议相伴；沈从文成功了，在他"疯疯癫癫"地开始讲述湘西"希腊小庙"神话时，尽管他后来不再"从文"。

秋天了，柑橘黄了，《橘颂》离开了，《小桔灯》走了，《长河》留下了……

《橘子红了》，讲述的是一个发生在中国清朝末年的江南小镇上，由容家大太太和佃农秀禾为代表的传统女性，以自身的经历反抗封建婚姻制度而演绎的有关觉悟与抗争的动人故事。这部曾经轰动一时的电视剧，我没有完整地看过，我也不喜欢片子里那些陈腐烂谷子、拖沓冗长的爱情故事，但我喜欢那个阳光四溢的名字和剧情里那些刻意渲染的唯美画面——被光和影艺术化了的橘林，像一个遥远而飘忽的梦，氤氲着我或明或暗的记忆。

在这个深秋的季节，田野缀满了黄灯笼似的成片柑橘林，它饱满，丰艳，金黄辉碧；紫色的烟雾从橘林深处升起，橘叶墨绿，橘子橙黄，衣着光鲜的果农在大绿大黄中穿行……

童年时，老家有成片的橘林，还有稀稀疏疏散落在村前屋后的果树，是孩童们一年四季翘首遥望的风景。但最让我羡慕的还是那两棵长在堂房叔公屋前菜园里的如遮阳伞一般的柑橘树，那两棵橘树像叔公的聚宝盆，每年秋天都挂着沉甸甸黄闪闪的橘子，不仅让孩子们垂涎三尺，也让大人们眼红。但叔公生性孤僻，为人小气，可能是终身未娶的缘故，七老八十的人了，火性子爆发起来九头牛都拉不回来。谁要是摘了他的一个柑橘，他的天就像塌下来一般，吓得我们这些十几岁的孩子不敢回家吃饭，害怕遭到大人们打骂。有一次，不知是谁趁叔公上山干活时，拿了根竹竿去他园子里打柑橘，叔公回来后，看到散落一地的枝叶，心疼得又骂又跳又闹，竟然拿着柴刀和竹竿在村子里抑扬顿挫地骂了一昼夜。有了这一招，叔公的柑橘园从此再也无人敢去"问津"了。

"掩映桔林千点火，苞霜新桔万株金。""一年好景君须记，最是橙黄桔绿时。"唐代诗人白居易和宋词大家苏东坡的名句，似乎又萦绕脑海中。柑橘黄了，趁着周末，我一个人背着相机又漫步在田野与山坡上，这也许是我参加工作30多年来的习惯，或者是一种爱好。面对满园沉甸甸的果实，一阵秋风拂面而来，轻轻的、爽爽的，不禁令我思绪万千。秋是一个繁花凋零、安静的季节，诗人笔下的秋，有时是凄凉的，有时是快乐的。我想，安静是秋的主旋律，但秋，又是热闹的。我喜欢阅览秋天的景色，更喜欢秋天的热闹和忙碌，那是丰收的季节。

秋风清，秋月皓，秋果香；秋风萧瑟，秋叶飘零。是欢乐？是离绪？是惆怅？面对秋之景致，突然想起一代伟人毛泽东那铿锵有力的诗词："一年一度秋风劲，不是春光胜似春光。"还有那南唐后主李煜一种无奈和悲叹的词："春花秋月何时了？往事知多少？"雄才大略的伟人与碌碌无为的君主的胸襟毕竟不一样。而我看到更多的是风起云涌，沧海变幻；失去的是旧时光阴，换来的却是沉甸甸挂满枝头的累累硕果。桂花香了，菊花开了，稻谷熟了，柑橘黄了，大地醉了。丰收面前的回忆，是红红火火走过了长长的夏，蓬勃的生命承受了烈焰、风雨，雷电的考验，思念的河流涨满潮水，季节的门口堆满一地的沉思。

望着田野与山坡上黄灿灿的柑橘，我的思绪飘飞。记得童年时，听大人们曾讲过"柑橘"故事由来：东海边有一位老药农，经常到海岛采药为老百姓治病。有一年秋天，老药农摇着一叶扁舟来到一个无名岛，走着走着，忽然被远处山谷里的一棵绿树吸引住了。这棵树像一把大伞，绿叶层层，金黄点点，已经秋天了，依然生机勃勃。他沿着嶙峋的岩石来到谷底，发现那棵树跟自家屋边种的橙子差不多，枝头缀满了小巧的累累金果。他随手摘了个果子放到嘴里，感觉汁多味甜香气扑鼻，比那橙子还可口。老药农高兴极了，就把树上果子全部摘下带回家。老药农发现金果的消息在村里传开了，许多人登门拜访看稀奇，老药农殷勤地接待，并拿果子叫大家尝尝，只是不敢叫他们多吃，他自己也不知道这果子的特性。几天后，奇迹出现了，两个邻居的孩子，原来面黄肌瘦，吃了果子后，脸色变得红润了。老药农心里捉摸，这果子不但味道好，而且是良药呵！后来，他们把金果栽种在自己的园地，没过几年，园地里的金果树郁郁葱葱，芳香四溢。吃了金果，百病不生，延年益寿。人们便把它奉为吉祥之果，称为橘果。

现今，随着年轮的增长和知识的积累，对柑橘有了更深层次的了解。柑橘是我国特有的水果。据古籍《禹贡》记载，4000 年前的夏朝，柑橘就已被列为贡税之物。到了秦汉时代，柑橘生产得到进一步发展。而唐宋时代，柑橘则已分布于中国现今大致相同的生产区域，各地也开始向朝廷纳贡柑橘。明清时期，柑橘业已发展到商品生产时代。而早在两千多年前，爱国诗人屈原就在故里写下了《桔颂》名篇。据专家研究，柑橘起源于云贵高原，途经长江而下，传向淮河以南，经过广大农民长期栽培，成为了人类的珍贵果品。15世纪，葡萄牙人把中国柑橘带到地中海沿岸栽培，后来又传到拉丁美洲和美国，尔后走向世界。我国的柑橘不但是一种甜蜜的水果，还成为了友谊的使者。中国人民创造了很多伟大的历史，我为自己生长在这样的一个国度而感到自豪。

山坡上，鸟儿清亮的叫声打破了我的思绪。环视四周，到处都是沉甸甸的果实，我顺手摘下一个柑橘，掰开后把果瓣放到嘴里，甜美极了。满心的陶醉，满脸的灿烂，全暴露在山坡与田野间。

柑橘，三四月份开花，满树洁白，一片又一片的橘林将整个村庄、田野、山坡淹没在浓郁又清新的香气里。养蜂人来了，蜂箱成一字形在橘园空地上摆开，那些蜜蜂如早晨出操的士兵，整齐划一、成群结队、浩浩荡荡地飞向橘林，在花蕊里忙碌地嘬吸，嗡嗡地歌唱。那时，我们这些小屁孩也紧随其后，偷偷地摘几朵橘花，用舌尖贪婪地舔着那残留的一点点甜蜜，借以想象着吃糖的幸福。当橘花变成了一个个挤挨的小小的青涩果实时，总有许多羸弱者从枝头掉下来，这些沾满泥土的颗粒却成了孩子们争抢的财富。天还没亮透或白天趁着管理员不在时，我们就像幽灵般的神色匆匆地从这片橘林穿越到那片橘林，眼睛骨碌碌地转，指头像鸡啄米似的迅速捡起那些小橘粒，往小布袋或是塑料袋里装，谁下手快谁就是赢家。回到家往晒箕上一摊，晒干，等上门收购或送到供销社去卖，换来的钱就可以贴补家用了。偶尔，父母也会发一点善心，给我积攒花。至今还清楚地记得，我曾用整整一个季节的劳作，第一次为自己换来一本长篇小说《林海雪原》。捧着这部小说，让我有种前所未有的欣喜，真正兴奋了几个昼夜。

"七月七，分干桔。"意思是到了七月初七，橘子开始分瓣了，也意味着快要成熟了。小孩子嘴馋，有时会忍不住偷偷地摘个青涩的橘子，还没剥开就已经淌出口水了，嚼上一口，直酸得龇牙咧嘴。到了农历九月，午后阳光暖洋洋的，仨俩同学一起上学时便会悄悄地绕到自留地里拣摘几个正仰着脸晒着太阳、美得晕乎乎的已经泛黄的橘子，在田埂上一路晃荡着美滋滋地享受着那橘子的酸酸甜甜。

绿色的生命，绿色的希望，让我的梦留在枝头，留在田野的守望里，风切开果实，轻叩丰收之门，容我慢慢享受生活的甜蜜。忽然，一个橘子从树上掉下来，刚好砸在了我的面前，捡起掉在地上的橘子，使我不禁想起牛顿"苹果落地"的故事。一天傍晚，牛顿在苹果树下乘凉，忽然有一个苹果从树上掉下来，刚好落到他的面前，牛顿觉得很奇怪，苹果为什么会掉在地上，而不向天上飞去呢？他发现所有的东西一旦失去支撑必然会坠下，继而他发现任何两物体之间都存在着吸引力，而这引力更与距离的平方成反比。在"苹果落地"的启发下，经过专心思考和研究，后来牛顿发现了"万有引力"定律。他在科学上能够取得这么多的重大成就，不是偶然的，这是他善于观察思考，勤奋刻苦钻研的结果。牛顿虽然是位伟大的科学家，却从来没有骄傲自满过，他谦虚地说："在科学的道路上，我们只是一个在海边玩耍的孩子，偶然拾到一块美丽的石子。至于真理的大海，我还没发现呢！"其实，生活亦是如此，只要我们善于观察，勤于思考，努力奋斗，便会有所收获，有所成功，有一片属于我们自己的小天地。

看着手中的橘子，我极力思索，然而，脑海中仍是一片茫然。看来，不是每个人都可以成为牛顿的。

酸甜苦辣的人生，就如满园金灿灿的柑橘，不经受隆冬的蛰伏，春的萌动，夏的成长，风霜的击打，哪有秋日婆娑曼妙的身影。柑橘的香气弥漫了嗅觉的冲动，柑橘园里翻飞的喜悦，叽叽喳喳的笑声，欢快的比翼，轻盈就煽动了飒飒的秋风。我知道秋收过后，接踵而至的是冬天、春天和夏天，再到满是收获的秋天。季节的轮回，是辛勤的播种，然后看到繁花似锦，再到累累硕果尔后储备的一个过程。我愿意怀揣着美好，踏秋而行；我愿意蜗居在狭小的陋室里，默然相守，寂静欢喜，让等待不再是等待，让想象不再是想象，让所有的心恋在柑橘黄了的季节里，明媚如花，清淡如水……

又到银杏叶黄时……

深秋了，四明山下的银杏叶黄了，银杏树上的果子成熟了，瞧一眼，就会让人馋涎欲滴。

银杏，是宁波西乡人的一种叫法，很小的时候就知道。现今，许多人叫银杏为白果，这可能是舶来品种的缘故，大都是成片种植的，树枝比较矮小，不像古老的银杏树，高大挺拔，若要去摘果子必须爬上树竿用长长的竹竿进行击打，才能采摘到果子。

小时候，老家村前有几棵千年银杏树，高大挺拔，傲立苍穹，枝繁叶茂，郁郁葱葱，树冠如盖。每棵树杆直径二尺多的银杏树，树叶间透出一颗颗、一串串金黄的银杏果，像一串串黄灿灿的金柑，似一个个不停摇摆的小铃铛，诱引着我心中荡漾起丝丝甜蜜的喜悦，让人浮想联翩，馋涎欲滴。只可惜那几棵特大银杏树属"大户人家"私产，我们这些小屁孩无法问津。因而，每每放学后，我们这些调皮的孩子都要特地去那里转转，看看有没有主人，如无人便用小石子击打银杏，几分钟时间就能打下几十颗果子，捡拾后马上离开。然后，捡拾柴火或去正在烧焦泥的灰堆中煨烤，不一会儿，那果子就会爆裂，剥去果壳，绿茵茵的果仁味道好极了，一来可以解饥，二来可以解馋，真是一举两得。大人们说，小孩子不能多吃银杏，每岁只能吃一颗，若多吃了人要被药晕的。我们都信以为真，一般不会多吃。

那时，我们经常听大人们讲那古老的传说：很久以前，在古老的山村，有一天来了个可恶的妖魔——蝙蝠精，它施展魔法到处肆虐作怪，大人小孩疾病时时缠身，家禽家畜不断神秘失踪。洞察世事的观音菩萨为普度众生，救百姓于水火之中，从九天仙界派了一位美丽善良的银杏仙子下落凡尘专为百姓降妖除魔。仙子化作一棵银杏树长在了单身青年金柑的门前，受到了敦厚善良的金柑精心护理，多情的仙子也暗中悄悄地照顾金柑的起居饮食。朝夕相处，日久自然生情，这对多情的青年男女在互表爱慕之心结下了秦晋之好。为给当地的百姓做好事，还村民一个安宁平静的生活，决定珠联璧合，合力同斗恶魔蝙蝠精，经过一番殊死搏斗，杀死了蝙蝠精。从此，古老的山村恢复了往日的平静，为了让银杏的果实永远为村里的百姓祛病除灾，强身健体，为给村里的子孙后代带来永远的幸福和安康，也为了生生死死永远在一起的爱情，他俩相约甘愿化作雌雄两株银杏树，根枝相连，永远扎根于山村。

传说是美丽的，现实是残酷的。几年后，由于村里年轻人要结婚建新房扩展地基，把村前这几棵千年银杏给铲掉了，从此，老家再也没有了古老的银杏树。好在上高中时，每月要途经的皎口水库下樟溪河畔的蜜岩古村旁还有几十棵古老银杏树，给我有些许的欣慰。

银杏树，我们根脉相连的亲人，它珍稀，却常见，遍地都有它的伟岸。穿过无穷无尽的岁月，经历数不胜数的沧桑，让我知道了银杏树的难能可贵，与它们相知相交，就能源源不断地获得温暖和力量。倘若跌倒了，身旁还会长出苗壮小苗，那老银杏树会伸出一双"精神救赎"的手臂，引领小苗从地上爬起来，然后，对它耳语："站直喽，别趴下！"

银杏树有这个能耐，给点泥土就能活，哪怕是荒郊野岭，哪怕是不毛之地，它都长势很好。对于扎根式生长，它的适应性很强，强得让人感到不可思议。与那些过于计较生存环境的树种相比，银杏树显得是个另类，它种下就能活，不需要专门的照顾和打理，像野孩子一样，好养，经得起风吹雨打。这要归功于举世罕见的遗传。远古时代的冰川，没能完全毁灭银杏树，有的在美丽的化石中求得永恒，有的存活于世，成为不朽的"活化石"。

放眼这个世界，任何生命都有存活的周期，或者说，难以逃过大限。对于地球上最聪明的人类来说，"人生苦短"这四个字，包含着太多太多的悲怆与沧桑。延年益寿、长生不老，是一代又一代人的共同梦想。然而，岁月长河自在滔滔，无数代人所付出的努力叠加起来，不啻于大海捞针，所取得的效果只相当于细微的针尖。"人生不满百，常怀千岁忧"的背后，是无奈，更是期待。

寿比南山，对银杏树来说，只是小菜一碟。漫漫长长的岁月，在它面前，统统是小字辈。拿抗核辐射能力来说，银杏树是来者不拒，毫发无损。二战期间，日本广岛和长崎的原子弹爆炸，给所有生物带来的是灭顶之灾，只有银杏树安然无恙。它净化空气、土壤和水源的能力，可谓是首屈一指。

银杏树的叶子和果实可入药，无数代人向活了千岁的它讨教长寿的秘籍，也就在情理之中了。因而，许多老者晨练时，对着年事已高、依然年轻的银杏树吐故纳新，打拳踢腿。似乎这样一来，就能获得银杏树的长寿基因。人类寿命的不断升高，当然有着银杏树的一部分功劳。别的树种轻飘飘，唯有银杏树浑身上下沉甸甸。银杏树，引领着一茬一茬人类，直奔"寿与天齐"这个宏大目标。闪闪发光的使命和责任，让它气贯天宇的同时，下接地气，养生着我们内心的辽阔与苍茫，生动得如同大师笔下的油画。

春的生长，夏的垂荫，秋的醉人……银杏树，真是擅长蝶变的魔术师。秋天，辞树的黄叶，一片比一片黄，每一片都是灿烂的华章，最后汇成了一片黄土地，一块黄皮肤，一群黄种人。遍地金黄，遍地财富。无论是缀在枝头还是躺到地上的叶子，如同吨金精细打造。浩浩荡荡的银杏林，给硕果累累的收获季节，添上了浓墨重彩的一笔。

顺手捡起一片金灿灿的叶子，合于掌心，闭上眼睛，放空自己，让它成为掌中宝，继而成为心尖上的宝贝。倚靠在一棵银杏树上，让树与人悄然合一，让脊梁与脊梁相映成趣。把含有叶子的手掌放在胸前，紧贴自己的心跳，似乎听到了蝴蝶清脆的呼吸，那是庄子的逍遥游，更是入世的精神与有出世的态度。呵呵，我顺其自然做了一回形象代言人，从心灵深处，发出热情似火的邀请……摇落银杏果，纷然如雨。这遍地的财富，让银杏树成为传说中的摇钱树。我不是诗人，却写了一首赞美小诗：

当深秋的祝福，

在辽阔的大地上无限铺展，

银杏树开始支付全年的酬金。

一片片金黄的落叶飘下，

就如一块块金币悠然坠地；

银杏果像是镀银的金锭，

秋天变得无比丰饶……

千年银杏树，冲刺万年景。它的身躯像沙漠中的胡杨一样，屹立千年不倒，倒后千年不腐！生是银杏树，死是英雄树，留在世上的物质和精神财富必定抵达丰沛，抵达卓越，抵达波澜壮阔！

银杏熟了，漫步在果实累累的大树下，呼吸着清香的空气，让人怡然。

银杏熟了，灿烂的阳光，湛蓝的天空，悠悠的白云，一片金黄的大地，一幅美丽的画卷。

秋风萧瑟，时光的温差渐渐凸显，寒意开始袭击我们的肌肤。悄然入冬，如剑似戟，直指苍穹。我带着惊喜，分享着银杏林一片金黄，融入其中，一切都是暖色调，每一片叶子都有着火焰的斑斓，期待来年，又是一番枝繁叶茂、硕果累累的景象。

满目萧瑟天渐冷，又到银杏叶黄时。银杏树四季都是美景，那黄灿灿的银杏叶子，在阳光照耀下金光闪闪，如同黄金打造出的金叶子。也许你匆匆而过，没有静下心来注视她的容颜，其实在这个季节里，她是最美的风景……

板栗爆了

秋天时节，在大街小巷、村落里弄……总能闻到一股甜甜腻腻的栗子香味，那一颗颗褐色的小家伙俏皮地爆着脸，引诱着路人前往观赏、品尝，也吸引着笔者停下匆匆的脚步，悠悠思情，随着飘香而飞扬……

冥冥中，记起古人："栗，五方皆有，其肉质细腻，糯性粘软，甘甜芳香。"被称为"天之良果""东方珍珠""果中上品"等美誉。在《本草纲目》中也有"补肾之王，美容……"等许多功效记载。板栗的食法更是举不胜举，板栗烧鸡、糖炒栗子……这小小的板栗，安静内敛的外表，也许不如丹桂红枫那样引来许多游人的赞赏和慕艳，但大自然给它丰富的"内涵"给人有许多启迪：外表的美丽所吸引人的兴许只是瞬间，而富有的内在才是跻身繁杂社会的王道。

板栗，属阔叶乔木高大果品树，喜光性强，强枝结果。在我国历史悠久，品种资源丰富，地区分布广泛。它的果实像一只只活生生的小刺猬拥抱一起，那密密麻麻的刺，总让人敬而远之。板栗，成熟后会自动爆裂，小心翼翼拨开外衣，那是褐色壳的果实；剥开褐色外壳，剥落掉一层薄薄却不失坚实的膜，里面即是黄白色的肉，生吃鲜甜可口，熟吃淀而不粘。

小时候，生活清贫。当温暖的春风把大地从沉睡中吹醒的时候，板栗树开始长出一片片嫩绿的叶子，慢慢地穿上一身绿色的盛装。端午节过后，板栗树开始美化自然，把自己打扮得更加美丽。它给自己挂上一簇簇像粗绒毛线一样的花儿，花是淡黄色的。当微风吹来的时候，朵朵花儿轻轻地飘动着，散发出一阵阵扑鼻的清香，真叫人陶醉。那些勤劳的小蜜蜂，也嗡嗡地从各地赶来。

夏末秋初，栗树上挂满了一个个小刺球，这时刺球是柔软的，一点儿也不刺手。过了一些时候，小刺球变成了深黄色的"小刺猬"，你要是摘它，它会刺你的手，这就是成熟了的栗苞。虽说它浑身是刺，看起来挺可怕，但它是板栗树献给人们的礼物，让你尝个够。

走进野生板栗林，万籁俱静。坠落在地的栗子，将一切敢于挑战它尊严的生灵扎得千疮百孔，即使自己的桀骜不驯注定要受伤，也决不埋首，堂堂正正立于世间，何惧妖魔鬼怪。它安居草丛，与枯叶为伴，寂寥踱日；但它不诉寂寥，不语孤独，即使只有自己独舞，也开心有加。

午夜，沥沥雨点在滴答中成曲，落在并不晴朗的栗子上；月上梢头，忧伤在长空蔓延，和墨黑的天幕交织缠绵，偶尔的思绪随星星闪烁，若隐若现地落在栗子上，有些苍凉；初晓明月，薄霜覆盖其上，栗子没有怨天尤人。当阳光慵懒的在山头伸了伸懒腰，照在栗子果刺上，尖尖上的露珠反射出晶莹的七彩光芒，它开怀的欢笑，独舞。看来，它的世界，一切都充满欢乐，永无止境的欢声笑语。有阳光，它便灿烂；有流水，它就泛滥……

沉思在板栗前，思绪悠悠绵长。生活的艰辛正如这板栗，它先是拿刺恐吓你，让你望而却步；接着让你看到它诱人的坚壳，失去耐性的人就戛然而止。但总有那么些人拼命地去试图敲开它坚硬的外壳，可惜看到的是毛茸茸的表衣，最后只有敢于剥开表衣的人，才能品尝到香喷喷的"板栗肉"，那味道让人永远忘不了。其实生活就是如此，若不坚持到最后，不剥到最后一层，你又无法知道它是鲜美或是苦涩。也许你感觉自己在做着无用功夫，可是不去尝试，又怎么知道结果？不去选择，不去付出，又怎么能在那么多的机会中找到属于你自己的芳香？如果说，吃板栗是一种享受，那么，剥板栗是一种心情。因为我知道，生活总有一种滋味让人留恋，总有一些东西让人甘心付出。因此，也越来越爱在闲暇的时候买一袋板栗，热腾腾的甜腻，总有体验不完的生活在其中。

"八月梨子，九月楂，十月的栗子笑哈哈。"眼下正是时令干果栗子飘香的季节，栗子的香甜，邂逅了桂花醉人的清香，勾引着人们那蠢蠢欲动的胃觉。与其说在口中相约缠绵，还不如说让人体验一把栗子的味道。

板栗的 N＋1 道好菜，诱人馋滴。糖炒板栗那种甜甜香香的味道，仿佛让人感受到了秋季果实收获的满足，只是这样吃着朴素又简单的美味就有了浓浓的满足感。不过饕餮之徒，对于味觉的追求永远不会止步。他们要把这一粒粒小家伙做成各种佳肴各种口味，像魔法般变出更华丽的成品。正如星级餐馆大厨所言，在秋季，一个厨师，就算你在砧板上砍杀过千军万马，如果你没烹饪过板栗，那也只能落得个二流厨子的称号。

蒜蓉炒板栗，它是最能防病的。丰富的维生素＋大蒜强大的杀菌力量，最适合这个秋季，该给身体排排毒，输入新能量了。板栗是人们与李杏桃枣并列称谓的"五果"，其所含的维生素 C 比公认含维生素 C 丰富的西红柿还要略胜一筹。

板栗在中国家大业大。南方板栗个大，香气和甜味都淡，主要做菜用，因而称菜栗；北方板栗个小，糯性大含糖量高，主要是炒食用，尤其以燕山山脉所产板栗最为出名。当然好吃的栗子绝对不是大个头，这不，燕山那一带所产的栗子，除了好吃，就以个小出名。然，广州人却另辟新径，称栗子为"风栗"，大抵是因为风干的栗子最美味的缘故吧，而我们浙东四明山下的板栗南北都兼之。总之，板栗一家一脉相承，一举一动都折射着来自大户人家的修养。

板栗，长在山坳里，不声不响地为人们献出自己的一切。

秋季到了，板栗爆了，我爱家乡的板栗，我爱富饶、美丽的家乡。

家乡的秋蝶

　　枫叶漫山红似火，黄花遍地满眼金；秋色冷艳蝶恋花，再随秋风舞一回。秋蝶，家乡清新、飘逸、美丽的标记。在这个暮秋季节，不论是"五龙潭"、"中坡山"的旅游胜地，还是田野村落路径，那山溪涧壑，那菊花丛中，那残花黄叶上⋯⋯秋蝶，或一簇簇或只单形孤的飞舞、吸食、汲水，她们招展着游人或山民愉悦的心身。彩蝶，她是爱情的象征，装扮着春天的美丽，描绘着秋天的火红。

　　暮秋，村落、路旁、山上、田野⋯⋯树木凋零；片片飞舞的黄叶在秋风中扭转、翻滚，东栽西撞。漫步其间，脚下遍地是凌乱的枯黄，触目处，皆是冷寂和萧条。微风起，一片似颤动的叶子闪入眼帘，原来是一只秋蝶，薄薄的金黄色的羽翼，一如脚下的枯叶，经络清晰可见。她躺在枯叶上，爪子着叶，双翅缓缓抖动，几欲挣扎着飞翔。又一片叶子飞来，原来仍是秋蝶，瘦小的身躯歪躺着，细细的爪子蜷曲着，时而静止不动，时而缓慢地张开，弯曲，再张开，好像极想抓住什么。那羽翅随风使劲地扇动，细微的鳞片，片片滑落，随风飘散；细小的爪子更是不停地抓来抓去，有好几次摆正了身躯，最终还是疲惫地歪躺在枯叶上；静静地躺着，似沉睡一般。

　　可怜的秋蝶，她是否也沉醉在自己飞翔的梦里？她是何等的逍遥，吮清晨的甘露，汲花蕊的芳醇，百花枝头都是她快意的身姿，花朵更是最钟情于她的情人。那娇艳的花朵，正对她含情脉脉呢！可如今，情人随秋风凋零，零落成泥；她也似乎要随之而去，以满腔爱意去追随曾经的相许；还是在奋力重整飞翔的羽翅，在这萧瑟的暮秋，再做一次快意的旅行。秋风再起，吹起了秋蝶身下的枯叶，那秋蝶也随这枯叶，悠悠的飞起，消失在一片金黄里。我揉了揉涩涩的眼眶，眼前分明是蝶舞的花海……

昨夜西风凋碧树，今晨醒来已暮秋。那飘逸的，不肯沦落的，不屈的秋叶，如一个个涅槃的秋蝶，洒脱中并没有华丽的转身，留给我的是一阵怅然。走进家乡的秋色五龙潭、中坡山景区，风拂面，一丝丝细，一丝丝粗。风在激荡中也吹拂着我，那些离愁都在呼啸声里被荡尽，连一把苍凉也握不住。望不尽的，是秋风带雨的离愁，些许的沮丧和忧愁从遥远无边的天际升起。远处的秋色如淡黄的草色，飘忽缭绕的云霭雾气掩映在初升的阳光里，我看着落叶，犹如失去羽翼的秋蝶落在茫茫的旷野上，那是她在生命中最后一次蜕变，是生命中极致辉煌后的隐遁。

看着这些落叶舞着，如一些旋律在跳跃；那些轻盈和着落，是一首首无言的诗写在苍穹的暮秋里。我想起古人蝶恋花词牌，也许从这里追溯"恋"字的从属，是花恋蝶，还是蝶恋花？从溪涧蝴蝶泉你可以知道，蝴蝶是会飞的花，花是梦中的蝶。在文人骚客诗意的慧眼中，那溪涧蝴蝶泉是山乡烂漫起舞的性灵之地。梦之蝶摆脱了尘世的纷扰和羁绊，飘逸与遗世而独立，逍遥于自由的伊甸园。

化蝶是人性的回归，我知道那些古典中的蝴蝶夫人，化蝶中文人赋予的爱情真谛，意象中既是一场悲剧也是一种欲望的渴望。这或许就是古往今来，普天下芸芸众生最热切和永恒的话题和梦想。我不想旁征博引，也没有婉约尽致的谦辞，只有这暮秋那些飘落的叶子，我不知道它们哪儿去了？或许这些落叶载着蝶的灵魂而去。

写暮秋的蝶，是一种心灵的拷问和残酷。如我所读过的晏殊《蝶恋花》："槛菊愁烟兰泣露，罗幕轻寒，燕子双飞去。明月不谙离恨苦，斜光到晓穿朱户。昨夜西风凋碧树，独上高楼，望尽天涯路。欲寄彩笺兼尺素，山长水阔知何处。"的诗句，这本身就是我生命中半个多世纪的春秋之所领略，又刻意对秋风萧瑟中那凄凄惨惨的意境更加铭心刻骨罢了。对于秋蝶，或许这些也是她们的另一种别离和升华。

　　蝴蝶，在自然界是属于一种特殊蜕变的精灵。她的一生要经过萌动的卵化期，蚕食成长期，作茧自缚成蛹期，破壳化蝶期等各个阶段。我从那些古化石中知道，蝶类生活在距今几万年的远古时代，卵和幼虫以及蛹的阶段占据了蝴蝶一生的几乎全部时间。她们之所以属于蝶类，是因为在蝴蝶的一生中，几乎是在等待和希冀中度过的。在即将结束生命之际才会蜕变成为真正的蝴蝶，拥有着巨大的美丽的只是那脆弱的翅膀。实际上，在暮秋的北方是看不到蝴蝶的身影的，她们以另一种形式存在着。但在江南，蝴蝶在晨露或夕阳中幸福而绝望地跳着，舞着，随着那些落叶在天空中飞翔，然后完成使命腐烂尸体肥沃大地。蝴蝶的一生，只有仅仅的几天。而这仅仅的几天，她必须在纷纭中寻找到可以厮守余生的情侣；而后，就是激情澎湃的相恋相爱，并且还要完成繁衍后代的责任。

　　蝴蝶的一生，相对于广漠的宇宙而言，是短暂和微妙的；对于深深相爱的她们又是多么残忍和令人绝望。几天的爱情，只能用分分秒秒来计算，只能用瞬息万变来描述。虽然短暂，她们却又是那么的满足，在一年的四次裂变中，这是因为她们的爱情得到升华和延续，短暂几天的凝结是她们的永恒。

　　在年少的记忆里，我看到自然界中万物和众生的神奇，从那些画面中也感悟着蜕变过程中的残酷和无情。那些张牙舞爪的黑蜘蛛，在春天里也编织着巨网，它们不择手段网络着可以吞噬的猎物；我看到无数美到极致的蝴蝶误撞在那张网上，被缚住轻盈的身躯，被蜘蛛的扼杀吞噬。这些蝴蝶，她们渴望着爱情；这些蝴蝶，也很想获得爱情。但她们还来不及找到所爱的情侣，就无辜地死去。

蝴蝶的生命是短暂的，死是必然的结局。其实，死也是另一种生，她们庞大的翅膀和纤细的身躯从寒澈的天空中飘落，极致的美丽又那么轻盈，划出的弧线如此清灵，意境既厚重又至美……蝴蝶，在春天的土地上经过严冬和凛冽磨砺，这不仅需要漫长的等待；还要用一生的经历去拼搏守候，去耗尽所有力气从产床诞生，在襁褓里萌动。而我在暮色中看到的是一片片枯叶坠落的尘埃。

对于"化蝶"这个凄美的词，我从古人的传说，从现实生活中人们的爱情故事中知道得很多，而令我不能忘怀的是我童年的记忆中那些鲜活的印象。年少时，我经常去山上玩耍或砍柴干活。每到春天，毛毛虫在树叶上吃食，长到一定程度时作茧自缚，然后在茧中蜕变成幼蝶，咬破茧壳冲出牢笼，变成一只美丽诱人穿越天际的斑斓的彩蝶。每每看到这些彩蝶，我总会宛然一笑，心情也会纯净得到升华。某种意义上如我们的人生一样，而人类的思想中的一些经典，或许也从这些意象中得到启迪。

春天里，阳光下，这些蝴蝶，她们慢慢地打开翅膀，随着阳光的照射，翅膀平滑而美丽。抖动在滑翔中逐渐加剧……终于有一天，她们变成一只只能够飞翔的蝴蝶，这时她们发现，自己的翅膀竟是那么美丽：色彩缤纷的斑点，在晨光中闪着奇异而变幻莫测的光泽，如群星不失璀璨。我想，蝴蝶没有乌龟那样坚硬的躯壳，又没有桫椤那样长寿，她的生命只有一年；她们或许无法改变这个世界，但她们把有限的生命留在这里，这个世界或许会忘记这些曾经的精灵在暮秋——那转瞬即逝的美，没有皓月璀璨，但那种赋予于灵魂之外的精神，将长存在这片土地，这片蔚蓝天空中……

家乡的蝴蝶，在暮秋即将蜕变，尽管以落叶的形式，尽管她生命很短暂，但曾经有过的繁花似锦，谁都涂抹不掉。蝴蝶不属于任何人，也不属于苍穹那瞬息间的饰品和光环，她只属于她自己；属于她诞生的那片深情的土地，属于她曾经飞翔的那片蔚蓝的天空……飘着缕缕白云的天空，显得那样的悠闲。金黄的树叶铺满大地，像仁慈的上帝把一块块金箔洒向人间。秋天的景色映进溪河的碧波，水波上笼罩着冷冷的烟，一片苍翠，一片清冷。峰峦叠嶂的远山沐浴在夕阳里，碧空、江水，水天相连。

　　淋漓细雨洒落在平台庭院，槛栏里菊花稀疏冷落，院子里梧桐黄叶零乱，残雾缭绕如烟，令人情怀凄惨。远望大山溪河，飞驰的暮云昏沉沉，在夕阳余晖中铺展。一只秋蝶慢慢地飞着，有些枯槁，有些凄凉。她怨恨瑟瑟的秋风，冷冷的秋雨，同时也在努力地回忆着曾经的美丽，曾经的绚烂，曾经的欢快。她想到了花儿，想到了花儿时而炽烈，时而又柔情似水的红唇，红得如日出时的朝霞，等待着她的亲吻。一阵秋风吹断了秋蝶的回忆，她从甜蜜的梦境中醒来，看到满地的黄叶与枯草，有些浑浊的泪珠簌簌滑落。

　　秋意越来越深，秋风越来越猛，秋雨越来越凉……垂暮的秋蝶拼出全身力气飞向了那朵往日风情万种、万般妖娆，今天却萎黄枯干的花枝上，紧紧地钳住她，任凭秋风再疾，任凭秋雨再骤，都不能把她们分开。慢慢的，花儿枯了，蝶儿死了，她们的尸体被泥土埋葬了。

暮 秋

　　2015 年的秋天，对年过半百的笔者而言，真是情有独钟。尤其对家乡龙观的秋色，不禁思绪万千，而且羡慕极致。这不，在这个百余天的秋季中，不知不觉竟然陆陆续续撰写了10 余篇和"秋"有关的心情文章。在这些文章中，有对菊花、红枫等景色的抒怀，也有对葡萄、柑橘、猕猴桃、柿子、银杏等一些香甜水果诱欲的感悟。然而，当暮秋悄然迈入了冬月的门槛时，面对那山朦胧，地朦胧，村朦胧……一切都被朦胧覆盖着的窗外景色，笔者又有一番感慨在心头。

　　一杯清茶，氤氲出袅袅的茗香，浅浅地嘬上一口，满以为思绪会进入温润、愉悦、回味、生津的意境。然而，事与愿违，眼前的"朦胧"却将笔者带入了暮秋的涩涩忧愁。

　　江南的暮秋是个多雨的季节，哪怕是晴朗的天气，地处高山的四明山天台山脉，早晨也是雾雨缠绵，将整个四明大山笼罩在一片朦胧之中。若遇下雨天，那"疏雨滴梧桐"实在令人触景伤怀，这"滴"不仅滴在了梧桐叶上，更是滴进了笔者忧愁伤感的心里。因为凄凉，因为离别愁绪，脑际难免会出现宋代女词人李清照的《声声慢·寻寻觅觅》"梧桐更兼细雨，到黄昏点点滴滴"的愁心和愁意——山野，秋色渐尽，一棵棵挺拔冲天的落叶灌木褪尽繁华，翘首遥望着蓝天。田野，丰收的庄稼已尽数归仓。目光触及之处，衰草连绵、水瘦山寒，唯有那星星点点的野菊花在阳光下顽强绽放着，装点着最后的秋意。呵！暮秋，就这样在落叶飘零中渐渐远走了……

回眸秋走过的痕迹，有风雨交加、亲友离去的伤痛，亦有散落在光阴罅隙里的点点逸暖。在山野边赏暮景，边思着秋韵和秋意，边盘点着心底那浅浅淡淡的心绪……蓦然回首，让人慨叹光阴带走了太多的东西。在追溯的记忆里，在思绪的蔓延中，总感觉有一丝丝的清冷。

瑟瑟的风，漫卷了所有的色彩。世界，此时已变得极为安静，静得让人不忍触碰。那袅袅的炊烟，那错落的村庄，那淡淡的流云，那高远的长空……正将一幅疏淡有致的暮秋写意画——慢慢铺展。空气中流动着一丝丝清冷，一丝丝萧瑟；心底偶尔会漫过一丝丝对生命无常、时光短暂的喟叹。但在光阴的转角处，会有一些微温的光亮，它点燃了生命的希望，照亮了风雨交织的行程。

晓风残月，万千繁华已落尽。踱步在大山里，心无比恬静，而曾经走过的风景让人感伤。闭上眼，任由心境陶醉于山乡冬月的飞花与无边丝雨中，藏于曾经走失的过往风景里。顷刻间，丝丝牵念漫天飘舞，云烟深处流落出一条离魂寻归的孤影……

打湿的残叶，在秋风中孤独着。而那孤独却透着梨花雨凉般的清冷，不知以怎样的一种心境去拾去掇静谧在秋尘中的缕缕忧伤？那一抹抹浅薄的云烟往事飘散在轮世的风月中，它一次次沉沦在记忆的渡口，肆无忌惮的任由丝丝感伤涤荡着心门，拨弄着孤伤的心弦，谱写出一曲曲心伤，藏于冬月沙沙作响的红枫林中。

暮秋的雨，淋湿了岁月，苍老了容颜，也让笔者深深地懂得了时光如流，我们没有太多的时间可以去恣意挥霍。节俭光阴，从容度日，且行且惜，是我们需要珍惜的时光。生命如书，时光给许多章节平添了些许暖意，携清风入诗，邀淡月作画，无论平淡还是跌宕，都是无法重新描绘的精彩。

时光的辗转，一如流水匆匆；指尖的年华，渐渐瘦成了一弯眉月。坐在光阴深处，捻一瓣心香，将时光走过留下的清新，翻了又翻，看了又看。走过的路，留下的心情，在心间慢慢开出一朵风雅。丰盈了时光，旖旎了幽香点点。这时，如果你听上一曲《秋日私语》，那缓缓弥漫在空气中柔美的、舒缓的旋律，仿佛又把人带回了秋日落红翩飞的林荫小径。闭眼轻思，耳畔有清风、鸟语、虫鸣，还有秋水潺潺绕过林间。睁眼抬眸，那天空中朵朵的流云，那枝头上铺陈的枫红，那绚烂的诗篇，那淡淡的清香……都会扑面而来。暮秋，真是如诗、如画、如歌、如禅。这宁静而深远的暮秋，这淡泊而残艳的暮秋，怎能不令人柔情缱绻，遐思翩翩?!

　　年轻时，懵懂的情怀，随一阵凉风洒落满地心思；那些风华正茂的时光，枝繁叶茂的青春，正一点一点地滴在时光的流年里，渐行渐远。那些爱过恨过的故事，就把它放在心底，即使岁月朦胧了曾经的容颜，记忆中只剩下几页断章残笺，相信忆起的仍是心底那值得珍惜的眷恋。

　　时常会为一首歌感动，为一段文字或一部心仪的书，心绪翩跹。一首歌，让人坠入情的沉香，难以清醒；一段文字或一部心仪的书，让人跌入爱的漩涡，无法自拔。情爱的历程，走过的路，看过的风景，那些深深浅浅的印迹，那些嫣然如画的过往，串成一串串素雅的风铃，悬于岁月的檐角。在每一个风起雨落的清晨，在每一个日暮烟霞的黄昏，都能忆起时光摇落的淡淡的相思。

　　伫立在季节交替的路口，捻一枚落叶，轻蘸笔墨，寄一张暮秋的明信片给岁月。一纸素笺里，有枫红绚烂的色彩，有碧水悠悠的恬淡，有闪耀在岁月枝头的淡淡清欢，有对生命的遐思和感悟，有对流年的感恩和珍惜。在清宁平淡的日子里，携一颗素简如菊的心，将一腔淡淡的琉璃心语，谱成一阕俊朗的诗行，别在暮秋的眉间。

暮秋本无味，亦没有挥之不去的哀伤，只因世人千忧赋予它太多无奈的惆怅和淡淡的忧思，才使它成为寄托感伤的一种载体，如同一滴哭泣了千载的眼泪，总会浸润世人那浅藏的多愁善感。走进暮秋，走进了一个寂寞的起点，伴着轮回的岁月走尽这空寂的阡陌。

暮秋本无情，亦没有挥之不去的前生丝缕和后世寂然，只因不懂风情的自然将漫夏狂热隆冬的三五分寒意，驳杂在恬淡寂清之中，斑驳了暮秋的色调。暮秋，不再是漫漫长夏狂热的冷却，庄肃严冬寒意的萌发。它有着自己的温度，自己的情感，无须过多干涉，只需卸掉所有的羁绊，静静地去品尝韵味、韵意。借残阳如火的红叶，焚去所有丝缕的牵挂，去领略它绝代风华，百里雅风……

暮秋带给人们的不只是惨淡无味的瑟缩，它的韵脚并不需要刻意地去追寻；田间阡陌，唐风宋韵，随处可见的都是暮秋的踪迹。暮秋即去，初冬将至。红叶与风霜交替的间隙，将所有的记忆锁尽这一片落叶，恬淡的情感，永不散却。

暮秋，已在平淡中行至尽头，虽然有几分无奈的惆怅，淡若轻风的感伤……但愿这泼即干涸的墨迹，将散落的思绪尘封在这一尺秋画中，不要再去想，不要再去忆，不要再沿着来时的足迹，去捡拾那一片散落的伤痛……

今夜月华掠地，万里星辉，将此融入杯盏，饮下这寂寥冷漠的心语——暮秋淡如水，冷暖人自知……

江南的初冬

　　进入立冬，便是初冬了。在寒风的催促下，兀立街上瑟瑟发抖的枫树和柳树，似乎显得那么萧瑟异常；满山遍野的秋叶风韵也似乎荡然无存，秋叶似乎不再美丽……可对家乡江南来说，在这个季节，那一道道黄色的风景，那一团团簇拥的靓丽，那一抹抹灿烂的笑容，仍印在大地里，飘散在群山遍野上，让人如梦如幻，如痴如醉。

　　绿，是江南特有的色彩。初冬，尽管时有寒风掠过，可群山连绵的山野、一眼望不到的田野，总是郁郁葱葱，还是那么的耀眼。若有几棵黄色的树木，让人感觉还是深秋的景象。

　　嵌入初冬的记忆，给人第一感觉是满地的白霜。清晨，寒风凛凛，雾气蒙蒙，苍茫大地一片白色；正午，暖阳融融，光照宜人，宽广大地一片黑色；黄昏，夕阳西沉，山头金黄，广袤大地冷风习习；黑夜笼罩时，它像冷风吹奏的笛声，轻轻地揽上人的臂膀，冰冷的玉手掩盖了人们火热的心……

　　江南的初冬，是神秘的。它让你双唇干裂，容颜枯燥，身躯瑟缩，眼眸期盼……心，似乎深深地被揪动，让你放下了冷傲，卸下了矜持；你会用双手去抚摸大地，并依偎在大地的怀里。你呢喃着，诉说着浓浓的思念；你泪流着，洋溢着心疼与爱意。心中只有一个信念，那就是用自己呵护身心，不求天长地久，只为昙花一现的温暖……

　　江南的初冬，载着那火红的枫叶，装点着跋涉者的心灵。

看那漫山遍野层林尽染，在微风轻拂下，如扬起的脸庞，笑靥如花；似摆动的彩发，动感迷人。它那娇羞的眼神，撩起绵绵的情思，撞击着山的心房。它是那么的美，朱唇轻启，一个个多彩的泡泡飘荡，染遍了这山，浸透了那林，点缀出多彩的天地。

江南的初冬，夕阳被湮没在密林中，半梦半醒。街上的蹀躞脚步，是那冬之韵的美丽和弦；彳亍行走的老人，已将自己装在与世隔绝的套子里；年轻人用电掣般的速度，回避寒流的突袭。

江南的初冬，秋叶带着秋之傲慢的色调，慢慢老却，但仍有顽强的枫叶不舍树的枝干，这许冬之韵律让江南的枫叶恋旧家，任凭风吹霜打，仍屹立不倒。那枫叶，好像还在炫耀自己的火红时代。而柳树随风摇曳，好像有意识地要把叶儿留给秋天，自己孤独寂静地迎接冬天。尽管寒风在追求着苗条的柳叶，可是叶儿偏偏死死地纠缠着，不愿离开它的树干。但用不了多日，那秋叶就会被冬之寒风接走，或许流浪街头，成为无人问津和赏识的流动风景。

江南的初冬，也是希望的征兆，但愿它悄悄地来，静静地离开……

江南的初冬，是个多思的时节；江南的初冬，是个多情的季节；江南的初冬，是个多彩的季节！

冬日的暖阳

冬日的午后，一个人独自静默在暖阳里，没有春日阳光的绚丽俏皮，也没有夏日阳光的热烈火红，更没有秋日阳光的明媚艳丽，任由微风阵阵拂过散乱的头发，轻轻摇曳时光的身影。呵！冬日的阳光，有着它独特的美丽，在温暖柔美中浅显明媚，在悠远绵长里蕴含着淡泊从容。它有着春日阳光的神韵，也有着夏日阳光的红火，更有秋日阳光的深邃。

漫野的植物，因为不同的个性与喜好，在冬阳里展示着不同的美丽，紫红色的叶子贪婪地在阳光里追逐沐浴；暗绿色的针叶植物因其独特的耐寒性，似乎并不介意暖阳的眷恋；最为热爱土地的黄色叶子，急切地铺满了大地……暖暖的冬阳，弥漫在整个村落、溪畔、田野、山麓，山乡的一切都赋予了沉稳与大气，不免让人沉醉其中。那颗易感的心，也在瞬间伴随着那各色飘落的叶子，溢满暖暖的感动。

躺在一块山石上，仰望着天空。天是那样的阔大而高远，此时的我是多么的渺小，仿佛一切的欢乐、痛苦、忧愁、顾虑……一切的荣辱与兴衰，都变得那样的无足轻重。看着这初冬蔚蓝的天，心里感到格外的沉静，整个人似乎摆脱了尘世，进入了旷远寂寥的天空，化入在逸世超然的空灵韵致里。

美国诗人勃莱说："贫穷而听着风声也是好的。"躺在这山野的长石上，领略这天空的博大，静听这天籁的呼吸，让性情得以豁达高旷，让心灵得以清澈明净。只是，那悠悠古道，已觅不见古人飘袂的衣襟；唯有冬日的暖阳，随着清凉明澈的风，洗去岁月的尘埃，微风拂水，荡涤人世的苍凉。

　　柔暖的阳光，透过树木，斑驳地洒在身上，也将周边的景色在阳光中弥漫，幻化成一幅静美的画卷，我就徜徉在这美丽优雅的画卷里，沐浴着冬日的暖阳。躺着躺着，不禁思念起我那已故的亲人。屈指数来，在这20几年中，相继仙逝了一生辛劳的父亲、母亲、岳父、姑姑，还有出生于清朝、受尽封建压迫的亲奶奶、外祖母、老婆的奶奶等7位亲人。泪水暗涌，心底也难免生出切切的疼，深深领悟到了"子欲养而亲不待"这句话的深刻涵义，原来亲人们的唠叨就是世界上最动听的言语，他们平时一个个看似平凡普通的举动，于晚辈却是红尘最深的感动。无论你身在何方，亲人们的爱从不远离，从不褪色。无论你走向哪里，走得多远，都走不出长辈们深情的凝眸和深深的牵挂。

　　日子，在不经意间轻轻地滑落，生命中泛黄的素笺上刻印着时光的雕镂。当我从少年、青年走向中年、准老年时，那或深或浅的记忆总会时隐时现地放进梦里梦外，亲人们的呼唤和叮咛犹如窗前的风铃，曳动成一首首婉转动听的歌。此生，有爱的地方就是温暖的依靠。烟雨红尘，不管在哪一个驿站，亲人们的话语永远都是最真实的温暖，他们的爱永远是晚辈幸福的理由。

　　一路跋涉，一路走来，我的心中一直有一盏温暖的明灯。寒冬里，我依然感觉，有缕缕暖风从心头溢出，轻轻滑过我的眉弯……这个冬天，闲翻书卷，以幸福落笔，且挽亲情之手，撷梅香一缕，让每一天都洒满爱的阳光，绽放出明媚的光彩。我这一生是幸福的，也是辛劳的。虽然经历过"公社化""大跃进""三年自然灾害"和"文化大革命"的苦难，但随着改革开放的不断深入，通过大学的深造，军营的锻炼，30多年来的基层工作，从一个懵懂的青年，现今成为一个有一定造诣的"文化人"，心里不免流露出宽慰和自豪。

流年岁月，因为友情，因为一首快乐的歌，让我心中涌动；一束幽兰的情愫，一直柔软在心底。在无声和有声的情韵里，在咫尺与天涯的牵挂里，在温馨的言语里，在淡淡的墨香里，感受到最真切的心的律动。蓦然回首，那些或明媚、或忧伤的往事在渐渐淡去，而让我永远难忘的是一些友爱的回声，在万水千山间萦绕、盘旋……

时光深处，友情之歌像是一首高山流水般的天籁，伴随着一份淡淡的清香，一直在静静地轻舞飞扬。真想，偷得人生一番娴静，与朋友与知己们把盏围坐，轻数时光，微笑向暖，把流年的朝朝暮暮共度，让美丽的相遇定格成一个个永恒的画面；真想，把自己所有的心情，和朋友和知己们的心语编织成风铃般的丁零，让袅袅余音永远不随风散。不管离多远，我都会紧紧牵住友情之手，珍惜与他们共同走过的每一程山水，将最纯净的光阴留给回忆。

因为友爱，我的生命总有温暖的色彩；因为友爱，冬天不冷。我愿借这一抹缓缓的暖阳，以温婉快乐的姿态，让暗香盈袖，许冬天一季馨香。一叶绽放一追寻，一花盛开一世界。今生有爱，心从哪里经过，鲜花就在哪里盛开。

风雨人生，陪我一起走。我的爱人，你是我幸福的港湾，心中有你，无论走向哪里，我都不会迷失方向。记得六世达赖仓央嘉措有一首诗这样写道："那一月，我转动所有的转经筒，不为超度，只为触摸你的指尖。那一年，磕长头匍匐在山路，不为觐见，只为贴着你的温暖。那一世，转山转水转佛塔啊！不为修来世，只为途中与你相见。"呵，爱人，我愿为你忘却红尘深浅，用真情为你搭建一座温暖的城池，风雨中，我们共撑一把伞，共寻一份暖。我愿为你风情万种，柔情万千，将美好的期许开成经年里最美的缱绻。阡陌红尘，有你便足够！只愿，似水流年里，你我永不相负！

携一季冬之韵，捧一束灿烂阳光，盈一怀暖意，用无比温柔的声音对你说："今生，有你真好！"今日，我想着关于和你在一起的点点滴滴，感觉幸福一直在身边雀跃，只要身边有你，就有春光满眸，花开倾城。

冬日，有暖阳在心中，我眼中的江南山乡就像一首韵律清扬的诗，婉约、雅致。无论我踏步于哪一处，相信我都能收获喜悦和精彩。红尘来去，一方水湄，许我横箫悠奏，兰舟浅渡，让一首首美妙乐曲在年华里静静蔓延。烟水迷蒙处，请许我优雅落步，穿过季节的门楣，牵起一地的旖旎，继续下一个旅程……

漫步于茫茫天地间，面对静止而淡然的山川河流，瞬间觉得自己是多么渺小，也许只是世间一风尘，抑或是一缕云烟，风干了记忆，或许什么都不见了！轻轻地吟一首小诗，将纷乱的思绪平铺在脑海里，极力搜寻，搜寻那些关于流年的氤氲在天际的一抹暖意！

站在辽阔的天地间，手持画板，轻描淡写，寥寥几笔勾勒出远山碧水的轮廓，还有那漂浮在晴空里的被阳光镀过的粉色的不落的云彩！一直以来，执着于一抹无悔的付出里；一直以来，看淡了世间冷暖；一直以来，淡漠名利；一直以来，甘心做一件粉色的嫁衣；一直以来，就这样默默做一帧点缀别人的风景！不求被人关注或在意，但也不想嵌在被打扰的苦恼中！心累了，只想静静地，静静地守护这一抹暖阳，静静地沿着记忆的河床梳理我的思绪，静静地，这样就可以！

逆转时空，也曾看到最美的风景，古道瘦马、驿站箫声、幽林碧野、沟壑险谷、沙场风云……但最让人难忘的依然是那抹暖阳，在前方，在渐被退化的记忆里，无论什么时候，都是暖暖的，暖暖的！在今世渐被物欲利益熏黑的现代人扭曲心境里，这样的一抹暖是多么弥足珍贵！

冬日里，那抹暖阳，是我最留恋的风景。它或许是一个鼓励的眼神，或许是一句温暖的话语，或许是彼此的一种分担，或许是这个冬季最值得你珍惜的一枚风景，抑或是一直在你记忆里久久挥不去的一个人。冬日里，那抹暖阳，不索取你什么，就想静静地享受这份暖意，片刻也行！

枯枝败叶也是一种美丽，当温暖的阳光穿透枝枝丫丫的缝隙时，那一米阳光足以让人感怀。阳光普照之时，万事万物都有它的灵性，懂得付出才会更美，懂得分担才会让人留恋，懂得与人方便，与己方便，才会明白付出与索取的真正涵义！

这个冬日无雪，所谓的那一抹微白，只是大脑杜撰出的一份美丽，还是渴望阳光，渴望人与人的那份理解！渴望在路人需要帮助的时候，给予一份冬日暖阳。

就这样落笔吧，迟暮的雨一阵疾凉，浇在心壁上，透彻心扉的冷！那一池芦苇飘扬在记忆的岸边，絮花还在风中舞蹈……抬首遥望，那一抹暖阳，已渐渐升起，穿透心壁，有一米阳光，直射进我的心湖！

当我守护在记忆的渡口，独自翻开一些往事，不免感怀，就这样忘记吧，是是非非皆尘土，痛到泪流，不言沧桑。前方的风景依旧美丽，翻越，山岸花开无语。向往远方，向往那一抹暖阳，映照碧野山川，普照路人心怀……

冬天，是一个淡而隽永的季节；冬日暖阳，是一抹让人温馨又让人酸楚的光阴，它们从容不迫地叙述着自己的故事。在雪花飘落之前，以淡淡平静的心情走过曾经的小桥，山川——潺潺流水，淌出了不同的声音……

冬日黄昏

　　家乡冬日的黄昏，虽然没有像斜阳下柳绿花红的春日黄昏，残阳如血的夏日黄昏，瓜果飘香的秋天黄昏那样美景，然而，它却有清凄寂寥，让人黯然销魂的别样情致，给人有一种难以忘怀的牵挂与感喟。

　　傍晚的天空，苍穹高远，斜阳尽收它那最后的余晖，几抹苍白与深黄把天边、山间、田野……照得辉光四射。夕阳西沉，余光将一个个急匆匆回家的影子拉得老长老长，而寒风卷着树梢上最后几片残叶，鸟儿扑棱着翅膀，全速地飞向她心爱的小巢，或惊愕着消失在远方密林深处之中。

　　冬日的黄昏是短暂的，从日落西山到薄暮冥冥，你若不留心，它便与你擦肩而过；冬日的黄昏也是飘忽的，从余晖微明到朦胧暗色，你若不全心观察，它便稍见即逝。然而，即便是那短短的一段时光，却让你感受到人生暮年时特有的冷静、成熟与睿智；或者，即便是那飘忽的一瞬，它却毫无保留地释放出生命的极致，从而体味出人生的苦短与倍加的珍惜。

　　冬日的黄昏，大地岑寂，天际寥廓，昏黄的斜阳只一会儿便隐匿西山。当你再次极目远眺，驻足凝听或提神呼吸之时，你是否感到那一丝丝的苍凉与悲壮呢？还有那莫名的思怀与想家，更兼对人生的无奈与珍惜呢！

初冬逸思

大雁旋起黄昏，深沉而悲切；展翅疾飞，难忍俯冲奔跑挚情至爱。霜雪，难道是凝结的雁泪，才那般的晶莹剔透，叶落雁起，只恨秋阳太短暂。凝望着北雁的悲切鸣叫，不禁令人又吟起"秋去冬来北雁鸣，漫天白蝶舞狂风。正似子夜待春晓，一觉醒来尽东风"的诗句。真是节气不等人啊！人们还没来得及享受够秋的收获，秋的暖阳，秋季就接近尾声了。可谓是喜秋的还没喜够，秋天就结束了；悲秋的还没悲够，秋天就远去了。立冬到了，也就是说，从今天开始，冬天就堂而皇之地叩门而入，你不必再有秋的怀想了。在"细雨生寒叶着霜，庭前木叶半青黄"的日子里，河边黄绿相间的野草，山上枯落坠地的红枫，夜半飘降的霜雪，万万千千的萧叶……划着美丽的弧线飘然掉地，落地无声，舞尽而止，慢慢地埋葬了凄凉的秋，天地间唯存的只是一种空灵。

立冬，二十四个节气的第十九个节气，《月令七十二候集解》说："立，建始也。""冬，终也，万物收藏也。"从这时起，水始冰，水面初凝；地始冻，土气凝寒。立冬，一出场就给人们一个下马威。"寒夜客来茶当酒，竹炉汤沸火初红。寻常一样窗前月，才得梅花便不同。"在诗人笔下，冬天虽寒冷，能温暖心灵的事物却更多———一位不约而来的老友，一只红泥小火炉，一杯寒夜里熨烫正好的美酒……还有，一个人可以躲在时间深处，安静而从容地享受着初冬的韵味。

在中国农时节气里，立春、立夏、立秋、立冬似乎是轮流坐江山的四个节气，它们有着自己的规矩，有着郑重其事的态度，也包含着新生的含义。它们是季节轮替的开始，亦是一个转折。虽然在物候上，与上一个季节并无多大差别。但人人都知道，一进入立冬，冬天就正式盘踞在郊野山头，稳坐在街头巷尾了。可不是吗，昨夜今晨的一场秋风雷鸣过后，气温骤降十几度，山村路上已是满眼落叶了；而阳光过后，室内也已经有了阵阵凉意。立冬到了，气温骤降，冬天也就真的跟着来了。

　　立冬，在北方一直有吃饺子的习俗，民间有"立冬不端饺子碗，冻掉耳朵没人管"之说。因为饺子来源于"交子之时"之说，而立冬是秋冬季节之交，故"交"子之时的饺子是不能不吃的。与北方立冬吃饺子不同的是，南方人喜欢吃些鸡鸭鱼肉。随着立冬的到来，天气变冷，南方人的饮食有所调整，一般农家会多吃一些温热补益的食物，不仅能强壮身体，还能够御寒。

　　冬天来了，每个人心灵都想要寻找一处温暖的所在。记得从前，寒冬时，山乡老家许多人家都用火盆取暖，晚上，孩子们一边烤手取暖，一边听老人们讲那古老的故事。有时，孩子们在火盆中放一些玉米粒，爆裂的玉米粒香气弥漫，满屋是温馨的味道。而今，人们的生活水平提高了，室内有了空调，再也不用早晨起床时，把棉衣放到被子底下温一温再穿；再也看不到孩子们围在火盆边嬉笑的场景了，那快乐淳朴的旧时光，早已留在了岁月的长河之中。

　　冬天，在笔者眼里是一幅色彩对比强烈的版画，它有乐趣，有内涵，也有韵味。清晨，有些寒冷但不刺骨。它虽没有春的生机，夏的清爽，秋的含蓄，但它却有着它的沉着。在阳光的哺育下，万物都在孕育着、努力着、奋斗着，期待着一个生机勃勃的春天。初冬的田野，没有点滴的粉饰，透明，一目了然；初冬的雾，来去匆匆；初冬的风，缠绵而有些尖刻，有时和蔼温淳，很少有呼啸。季节就是要经历初冬的一切，才能进入隆冬的风花雪月。

初冬，安详，宁静。走在田野上，很容易走进大地的深处去，与漫天的金光，与那些泥土融合在一起，变成田野上的一粒土，或是一棵树。冬天就这样悄然莅临，万物沉睡，连路旁的草木都在渐渐衰落，只有那"凌寒独自开"的雪梅，傲然挺立。

一片枯黄的叶子，静静地落在身上；看着失色的落叶，清晰的脉络见证着曾经的鲜活。一片片叶子，站在季节的间隙，对这个世界做最后的谢幕，也许是一种蛰伏。因为，那冬天的冰雪里有春的精髓，那冬天呼啸的寒风里有春的乐曲，那冬天的南国里有春的梦想，那冬天的浙东大地上有春的灵魂。一切的一切，都承接了上季的因果，正如生命是一段旅程，一定要用心去感悟！人生没有完美，生活也没有完美，遗憾和残缺始终都会存在，穿越过岁月的风雨，才发觉已经失去的东西很珍贵。然而，世间最珍贵的还是去把握现在，去珍惜这似水的流年。

进入冬天，天空中虽然没有了燕子的呢喃，但一群群叽叽喳喳的麻雀会不时从头顶飞过，它们虽然觅食比往日辛苦，但感觉不到一丝抱怨之声，更感觉不到哀鸣之意，反而听到的全是欢欣之语。它们虽为一日三餐奔波劳累，却总能发出清脆的笑声，尽管在一些养尊处优的人士眼里，感觉他们有点苦中求乐，但谁又能知道它们内心的真实想法呢？它们要求甚少，所以也很容易得到满足，也因而容易得到快乐。

冬天的景色，属于风。它像一缕轻烟，从地平线上升起，轻轻地拍打着雪的窗纸，想有节奏的唱歌。它轻轻地摇曳着纤细的树枝，摘下了最后一片树叶。

冬天的景色，属于霜。清晨，玻璃窗上结满了霜花。它们形状各异，千姿百态，勾画出一幅幅巧夺天工的图案。似苍翠挺拔的"树木"，似开满遍地的"野花"，似海底摇曳的"海藻"……

冬天的景色，属于雪。朵朵雪花漫天飞舞，不一会儿整个世界变得银装素裹。雪花挂满了树枝，光秃秃的树枝变成了银条。雪花飞进小河，河面蒙上了白纱，盖满雪花的小河就像是给大地母亲盖在肩上的一条围巾；雪花落到田野，给庄稼盖上了一层厚厚的雪毯，让秧苗暖暖的过冬。"瑞雪兆丰年"，明年一定是个丰收年。

写过不少的秋风秋雨，为落花衰草伤感过，也为黄花红叶歌颂过，赞美过夕阳晚霞，也为落日黄昏哀悼过。光阴荏苒，岁月轮回，在我们还没有厘清是"愁煞人"，还是"乐死人"的时候，秋天就这样离我们远去了。应该是奏哀乐还是唱颂歌，各人自有各人的看法，各人自有各人的感悟。

正因为有感于此，我的脑海中又不由自主地蹦出："日历今翻是立冬，沉浮往事亦朦胧。十年孤旅谁曾问，一卷新诗苦未工。小草窗前怜我绿，华灯楼外对人红。莫言家困客来少，破屋藏书不厌穷！"的诗句来。呵，立冬，有人为你哀伤，有人为你赞美。而我却将哀伤与赞美混杂于一起，既说不清也道不尽。

因为，立表示开始，冬表示终结，就让新生从立冬开始吧！正如英国诗人雪莱在《西风颂》中说过一样："冬天来了，春天还会远吗?!"

冬天，家乡的雾

　　我的家乡浙东四明山麓，一年四季云雾弥漫，变化无穷。她时而像一个披着淡淡乳白色婚纱的女子，羞答答的，从天而降；她时而像惊涛的巨浪，白羊毛团似的沉重地涌来，把太阳遮住；她时而像海市蜃楼，若现若隐多彩地变化着……

　　抬头眺望高山顶、山腰间……处处飘着白色的朝雾，像千万条待染的白纱挂在空中，犹如有生命的物体，以它奇特的流动方式，贴着山体扩展开来。那雾气好像从地壳中喷出，滔滔不绝从谷底升起。到半空便如海潮，一阵接着一阵扑向地面。然后，缓缓地摆动着，在朝阳下奇异地变幻着色彩。雾，贴在地面上像是流荡的水银，有时如袅袅的轻烟，有时如万顷波涛卷来，有时轻盈如羽衣，有时沉凝如灰烟……好像在掩蔽着自然界所起的变化的神秘一样。雾，飘在河面上，如同挂起了一层纯白的纱罩，一层稀薄的像纱一样的乳白色的气流，在河面轻轻荡漾着，湿冷腻滞地弥漫着……

　　"春雾雨夏雾热，秋雾凉风冬雾雪。"家乡的农谚，把一年四季的雾描绘得逼真透彻。春雾是潮润的，是温暖的，它无声细润洒落在盛开的桃花、杏花、梨花上，酣梦在无数的绿叶上，凝成一颗颗晶莹剔透的露珠；而空气中弥漫着雾送来的草木香气，让多少痴情恋人陶醉于花非花雾非雾之中。夏雾是炎热的，早晨，浓滞的雾色把整个山体、大地隐没。旭日东升时，那雾色游移着、流动着，越来越淡，最后消失得无影无踪。沉睡着的山川全都显现出来，远远近近，全是令人肃穆的、层次分明的、浓浓淡淡的、深深浅浅的绿色。秋雾是凉爽的，那天，那山，那大地……处处都像漫着层凉雾，粘粘渍渍。天上的云是透明的，山上、大地上的雾层，显得干燥而清爽。冬雾是冰冷的，湿润的，让人感觉寒气逼人，寒冷打战。

　　每年第一场冬雾，让人记忆最深刻。秋声散尽，白露初临，雾就在极度蓊郁之际，怡然地拥覆了万物。从澄明万里的长空到丰收静寂的大地，她在那飘逸的衣襟下，安详地找到了归宿。紧接着，用她洁白无私的拥抱，把整个山乡点染上含蓄淡雅的初冬神韵。轻倚围栏，眺望那没有止境的雾海，视线被完全包裹，泛不起一丝的涟漪，忘掉了那些还有边缘的形体，那些好像入睡时听到的声音，即使不熟识油画水彩的我，也能亲切感受到这铺展在眼前的大自然的精髓。一个人即使像荒草一样枯败，但在这雾海里内心依然是湿润的。临风而立，在天地浩宇之间，追忆错落的村庄与清澈的溪流，还有忙碌的人们。这迷蒙的雾，模糊了我的视线，眷恋几十年的乡愁像那罂粟一样盛开，因了寒气的侵袭，遂变得更加剧烈。

　　家乡的雾是那样稠密，多了一份水乳交融的可爱，令人陶醉。曾经想一探究竟这天地间浓烈的冬雾，如何在一夜之间铺满整个大地。当人们在安静的梦中，薄薄的雾气就一层一层从山顶降临，含着山林的气息，重重叠叠铺展在广袤的大地上。家乡的雾，是如何积淀这冬季的精灵，我想这一定是溪涧升腾的氤氲真气，为宇宙留存的人间仙境。

　　漫步在光滑鹅卵石铺就的小径上，那雾气湿漉漉的显得尤为可爱。向着大雾深处走去，路和景物在脚下延伸，回头望，却又白茫茫一片。那翠绿掩映小径深处的尽头，覆盖着一层洁白薄膜，犹如处子肌肤吹弹可破，深深浅浅的脚印，像神奇的韵笔在洁白的宣纸上点开了柔婉的水彩，熨帖着大地。此时此刻，仿佛置身于一个熟悉又陌生的世界，孤独宁静紧紧包围，天地间悠悠然然只影随行。这一刻，心是属于雾的，被晶莹的晨露透射无余，清冷、甘甜，轻轻妩媚着我起伏的灵魂。温煦的阳光犹如针尖麦芒，穿透层层阻隔，照耀这迷雾更加朦胧，薄薄的雾气在陡峭的悬崖上缓慢流动，像蓬莱仙气，像细水波纹，从高到低，由浓到稀，最后，这彻夜凝聚的迷雾成片成片地消散在大山中，凋零的思绪也随即回到充满阳光的世界。

"寒夜凝雾晨薄霜，敷于丛林枝如烟。如霜树枝指八方，寒风轻轻霜枝摇。素衣严冬添雅韵，风景如诗诗似景。"干冷酷寒的严冬，地面冻得硬邦邦。昨夜，霜姑娘羞答答地降临人间，给大地披上了一层白纱。地上、树上、房上……拂满一层白色，纯洁如白玉。院子里的那棵柿子树，在冬日里只剩下光秃秃的枝杈。"朵朵娇容妆玉树，醉眼朦胧一片白。"一层严霜洒落在光秃秃的枝杈上，好像给柿子树抹上了一层粉底霜，把树枝打扮成了冰清玉洁的少女。而那一朵朵霜花黏敷在枝枝杈杈上，文静而不高傲；那一簇簇天然的冰花，犹如精雕细琢落入凡间的洁白仙子，在迷雾中若隐若现……正迷醉于此景时，一只淘气的麻雀落在树枝上，弹落数簇霜花，霜花如雪丝簌簌飘落而下。

在乡间的田埂上，雾气漫漫，一群上学的孩子们穿着五颜六色的棉衣奔跑着。跑着跑着，突然有几个淘气的小男孩快速跑到前面的大树下，合力踹树干震动树上的霜，那霜雪飘落于跟在后面的人的身上，钻入脖子凉飕飕的，招惹后来者追赶嬉闹，作怪的孩童们达到了目的快乐地跑了。看着这些淘气的孩子，不由想起了自己的童年生活。这些作弄人的把戏，儿时的我也曾参与过，现今只是物是人非，那童年乐趣已一去不返了。

望着漫山遍野的冬雾，忽然山脚下的河面上隐隐约约驶来一叶小舟，在雾里云里悠悠荡荡，脑际不禁想起三国时诸葛孔明"草船借箭"的情景，原来这大雾一旦被利用，在军事上起到的作用真是不可小觑。雾越来越大，一辆辆汽车失去了昨日的狂傲，开着雾灯像蜗牛一样的蠕动，不时的鸣笛，告诉赶时间的人们车的存在。而正急匆匆穿梭于雾气中的上班打工族，像一个个白头翁，额头上的黑发变成了白色，眼眉也成了白色，衣服的前身也覆满了霜雪……

晌午，太阳冲破迷雾，让人豁然开朗。不多时，披覆于万物间的霜衣退却而去。冬日的阳光让人感到舒服，暖融融的。那一瞬间，在阳光的照射下，霜花粉饰过的树丛、荒草煞是美丽，素衣给严冬增添了一种雅韵，我拿起相机按下快门，记录下了这一魅力迷人的瞬间。

"胭脂雪瘦薰沉水，翡翠盘高走夜光"，"荷尽已无擎雨盖，菊残犹有傲霜枝"，蔡松年的《鹧鸪天赏荷》、苏轼的《赠刘景文》，让人身临其境地感受到了大自然的魅力，感悟到了这美好的意境。然而，不知从何时起，随着雾的蔓延，竟然"人造"出了"霾"。贪婪的人们，你是否想过，由于你对大自然的无限索取，向大自然排放了大量的污染物，使空气变得不再清新。肆无忌惮的"霾"的到来，让人恐惧，不敢打开窗户，不敢在户外过多地停留。呵，关爱大自然，回报青山绿水，安度每一个季节的美好时光，需要我们人人都献出一份爱心。呵，只要我们亲近大自然，尊重大自然，呵护大自然，合理利用大自然的资源，那么大自然就会更好地回馈人类，清新、美丽、美好的家园，越来越幸福的生活就能实现。

山顶的雾团，在落日的余晖照耀之下，像一顶灿烂的皇冠放射着异彩；河道的远方，蒙蒙的雾气，荡漾着一抹幽蓝；冬雾，像个顽皮的精灵，在施展魔术，挥动着那块奇幻的纱幕迷惑人。家乡的冬雾，像冉冉欢起的袅袅轻纱，飘逸、曼妙；家乡的冬雾，像流动着的透明体，缥缈、神秘而绮丽；家乡的冬雾，像一座模糊的运动体，既飘傲又朦胧……

冬风随感

早上，拎包踱步上班。突然，一阵寒风袭来，不觉间打了个寒惊，双手无意识地攥了攥未扣纽扣的休闲服，似乎不让寒风灌进胸脯。呵，江南冬天的湿风要比北方冬天的干风来得寒冷刺骨，不禁加快了脚步。

"寒风摧树木，严霜结庭兰。"一场又一场的秋风秋雨过后，冬风就登上了大雅之堂。它不像秋风，嬉戏在无尽的旷野上，将野草一遍又一遍调皮地推过来搡过去，使野草变成枯萎黄色，深色的叶子发疯地在树梢间盘旋，呜啦呜啦地叫个不停。最后，让青叶变黄，让松毛变红，将满山遍野铺满厚厚的落叶……

"烈烈寒风起，惨惨飞云浮。"冬天的风，似霜风刀子，一来就给孩子们一个下马威。曾记得，孩提时家境贫寒，很少有耐寒的衣服过冬，那夹着雪花的冬风把我们冻得脸面、耳朵发红，嘴唇开裂，肿得包子似的手脚生冻疮、开皲口，洗脸洗脚时疼得哇哇直叫唤。细嫩的脸蛋，像炎热夏天干裂的田块，五花爆裂，那挂在脸上的泪水是霜风吹似的。晚上睡觉，被窝热时，冻疮、皲口疼痒难受，让人无法入眠。

西伯利亚寒流，使冬风像上了发条的时钟，马不停歇地奔跑着，给寒冷的天气更加雪上加霜。灰白的天空，霏霏细沫似有若无地飘来飘去，光着枝丫的树杆在瑟瑟发抖。发狂的冬风，还在村子里乱窜，拍打着门窗咣当咣当直响，也惹得鸡儿飞、狗儿跳。走在路上，黄沙沙的硬土路、青光光的石板路都被吹得干干净净，可谓是一尘不染。

御寒，是贫穷人家的生存之策。年少的我与贫苦人家的孩子一样，总会迎着呼呼的寒风，跟随父亲或长兄去山上挖那已枯干的树桩，用来烤火取暖。在餐桌底下，用旧镬架起一个火盆，将燃烧得差不多的树桩炭火移至火盆上，这样既不会有树桩燃烧的烟熏，又能使暖气盛满屋子。每当此时，一家子人围坐在圆桌上吃饭及饭后大人们聊天、小孩子们做作业，都觉得暖烘烘的，可谓是其乐无穷。而室外，寒风夹着雪花大片大片地下着，重重叠叠地飘着。一会儿，那雪花堆叠在树上，田地上，石头上，庄稼上，路上和门前的台阶上……描绘出一个安静莹白的世界。真是"长啸出原野，凛然寒风生"。大有"寒风动地气苍茫，横吹先悲出塞长"之势。

冬天早晨的风，像苍龙锐利的巨舌，掠过田野，越过山脉，穿过村落，疯狂地舔食着地上的一切，所有的污浊，荡然无存。

渐入冬夜，风，模糊了山与山、楼与楼、人与人之间的缝隙，勾勒起城与城、村与村、男与女之间的秘密……披衣伫立于阑珊中，满天繁星无语，满目洁白无声。在寂静的夜里，是谁打破了冬夜的宁静？还有谁无眠，在倾听风的声音？又有谁会以爱人的叹息，抚慰我心灵的黑与痛？

蓦然，打开被关闭已久的窗枢。寒风，如汹涌潮水般涌进来。窗帘，轻柔飞舞；书页，猎猎声响；窗外，树枝不断地摇曳、跳舞，那优美的舞姿令人追忆起那段尘封已久的历史，那段令人难以忘怀的情爱。呵，冬夜！是一页被世俗的墨涂黑的纸；冬风，是一支捅破黑暗的笔，春天就躲藏在这页纸的背后。

坐在书房，一阵寒风似乎吹醒了我已封存几十年的记忆。不知不觉打开写字台抽屉，那把尘封十几年已经生锈的钥匙，让我记起了写字台右边最底层的那个抽屉，还珍藏着一本用绒布装饰的相册。打开那本老得发黄的相册，也打开了我遥远的记忆大门，如黄河缺口一般……

这是一张颜色已很黄的二寸黑白照，梅花盛开中站着一个满面春风、亭亭玉立的少女。她是谁？一时记忆模糊。呷一口香茗，点一支卷烟，思绪随清香茶味、袅袅烟圈，升腾。呵，原来是参军前，那个叫梅的女孩送给我的一张"纪念照"。38年了，还珍藏着，是我进入青春期后收到的第一张女孩照片。初恋情人？我不敢肯定。因为到部队后，所谓的鸿雁传书，仅有二三次，也没涉及情与爱的词汇。然，一年后，音讯全无。

往下翻阅，又有几张已经发黄的倩影。她们都是谁呢？脑子不停地旋转，旋转……突然，冬风拂窗，在大熔炉时一幕幕与驻地心仪女孩交往的情景，浮现。小曹，一个可爱的文学爱好者，我们在军地文学研讨会上相识，她可谓是我的文学知己。小凌，一个浴火重生老兵的后代，父辈军人的情结，对我这个所谓能文能武的现役军人仰慕至极，一心想成为"军嫂"。小王，一个性格活泼脑子活络的少女，特别羡慕与敬仰江南宁波和我这个所谓的"文化人"，一心想跳出苏北生活的困苦……

又翻开一页，老屋边，站着一个笑容可掬的少女。那是八十年代初，我解甲返乡参加全国第三次人口普查时认识的一个唐姓姑娘，年方十八，活泼可爱；在某种程度上说，她可谓是我们普查队伍中的一个新兵，也是我的学生。情窦初开的她，对我这个大学生退伍兵，可谓是相思得病。

她是一个乡村女教师——梅，相貌一般，知识丰富；这是一个心仪同事——兰，工作敬业，为人热情；这张是……呵，我尚未成婚时，在工作中、在文学交流中，相识相知相恋还有给我介绍的对象，真是不少。相册的底页中，有我婚后几十年珍藏的"红颜"，她们有文学创作的知己，也有文化交流的知音及工作生活中的爱徒，伴随着我一路走来……

然而，最让我珍藏的还是那同学、战友的照片。高中和大学时代，虽然是半工半读，但我们的同窗情深，不管是北风呼呼的冬天，还是在炎炎夏日，我们一起爬茅洋山，一起走砂石路到长沙潭，真正三年同窗情谊，都珍藏在一张张照片里。在部队大熔炉时，在环境极其坚苦的苏北平原，我们在冬风猎猎中一起训练、站岗、学习、娱乐，在零下20几度中撬开河中厚厚的冰层，打水洗脸，洗衣做饭；四年戎马生涯，整整一千四百余天同吃同住同壕，把青春献给了保家卫国。当年青春亮丽的帅哥少女，如今都成为了"准老年人"，寒风呼啸留下的印痕都刻在了脸上、脑门、两鬓。他们中，有的叫得上姓名，有的记不起名字了，但往事却历历在目，印刻心底。

南京军区12军34师炮兵团是我入伍的部队，它是一支英雄部队、二野劲旅，初建于五十年代初，曾参加过抗美援朝和解放浙东前线"一江山岛"的战斗，六十年代初移防苏北灌南县。1978年3月，我应征入伍被分配在野炮一连（即71分队），当时连队有60年代末入伍的连长指导员，也有我们这些刚刚入伍的所谓的文化兵。回想这四年戎马生涯，我们连队有六十年代底入伍的老兵，也有八十年代初入伍的新兵，兵龄上下相差十几年，他们分别来自山东莱阳，安徽铜陵、繁昌、怀宁、湖北、河南、上海，江苏南京、兴化、宜兴、南通、镇江、泰兴和浙江宁波（鄞州、慈城）、杭州、建德、新昌、嵊州、江山、海宁、黄岩、桐乡、嘉兴、浦江等，至今我还留着他们的照片。面对眼前已经发黄的照片，心潮澎湃。整整35年了，我一直在找寻着……各位战友，你们一切可好?!

寒风夹着雪花拍打着窗户上的玻璃，气温骤然下降，玻璃上结满了冰凌花，那花朵是同学战友的留恋、友情，也是姑娘少女们的情爱和少妇们的情愫，在触摸着万物的呼吸和心跳，而万物也在触摸着风的呼吸和心跳。风的背影，被神灵梦见；

风的忧伤，被月亮打开。风把云雾吹动，露水滋润着大地上的植物，茁壮成长。

踏在原野上，听着脚下"咯吱咯吱"的声响，看着风儿为小鸟梳理蓬松的羽毛，心里不由感慨：冬天的风啊，你来了，春风就不远了。"明月照积雪，朔风劲且哀。"但愿南北朝诗人谢灵运的《岁暮》即将变成春风，吹拂大地。

我在等太阳出来，晒去留给我的那些沉甸甸的相思。但愿这战友情、同学情、知己情、相恋情……随着春风吹拂大地，开花结果。然而，今夜我还是一样失眠。不是因为冬风的呼啸，也不是因为已变老的情爱，而是因为那些让人记忆犹新的故事。有人说，时间可以疗伤也可以淡漠故事。对我而言，那些情与爱已铭刻于梦萦的星空之中，这一生恐怕不能把我的思恋带给该有的归宿了！

冬天的原野

　　冬天，在家乡人眼里，似乎褪去了五彩缤纷的颜色，是一个寒冷、万物凋零的季节，像一片死寂。而对笔者而言，它却别有一番生机，可谓是一个诗意的世界。

　　推窗望去，早晨的原野，铺上了一层薄薄的白霜；屋顶上的黑瓦，也被铺上了薄薄的一层白色，黑色似乎褪去了。漫步村头，田野被一层美丽的白纱笼罩着；田垄边，雾气缠绕，给乡村增添了一份朦胧的诗意。

　　沿着田间的小路行走，一眼望去，庄稼已不再翠绿；叽叽喳喳的麻雀，也不再叫得那么欢快；田野，似乎缺少了往日的生机……冬天，也许没有春的生机盎然；冬天，也许没有夏的繁茂欢畅；冬天，也许没有秋的成熟妩媚。但是，冬天的原野，有的不仅仅只是表面的荒芜，它还孕育着无限生机，只要走近它，亲近它，拥抱它，你就会感到它真是一片生机盎然，诗意朦胧。

　　尽管，已看不到金灿灿稻谷的翻浪；尽管，已听不到丰收时的欢笑。然而，那点缀田边的稻草堆，仍能清晰地回味着收获时的歌声；田间的干草垛散发的清香，俨然就是谷穗的芬芳。虽然，不再有欣荣的春华秋实；虽然，刺骨的寒风冷雨也让人畏缩。但，谁能说在逆风中静静体会丰收的美满，在困境中深深领悟明天的追求，不是最适宜的意境吗？呵，冬天，不会全是枯萎的色彩！

田野中，你看那一株株峻然独立的大树，尽管狂风已将它们的枝条压弯，可它们强劲的枝干仍傲然挺拔，不肯屈服！弯曲的树干在宣示它饱经风霜的悲怆，而那挣扎着挂在枝头，却仍然改变不了旋落的命运的残叶，又是那么凄美地倾诉着风雨的无情！

小水沟里，那一条条小鱼还在游来游去，一片生机欢快。一只蛤蟆趴在水底，正闭目养神，等待着大地回春，爬上岸来。水沟旁，野草的根子正在吸吮大地母亲的乳汁，准备在春天里茁壮成长。那些野草的种子，在大地母亲的怀抱里，也吸足了水分，一旦春天到来，就会发芽生长。

田埂边，黄黄绿绿的长草夹道欢呼着我的到来，偶尔会有黑羽白翅的鸟儿惊掠而起，好奇地停在不远处踱步张望。那微波轻扬的池塘边，一族族嫩黄的野菊将串串挂满花朵的枝条，拂在清冷的池水里，含笑逗着小鱼儿，那调皮的小鱼儿轻吻着美丽的倒影，激起点点涟漪。潺潺流水声中，一群白鹭正不畏严寒快乐地嬉戏，溅起了片片碧绿清冽的水花。而在冰冻的土层下，一条条蚯蚓蜷缩在那里，正等待着鸣响春雷……

站在小径尽头高高的石拱桥上，回首再望迷茫青山掩映下的村庄，黑瓦白墙，青烟袅袅，溶入灰色的天空里。远远望去，正如一幅浓淡相宜的水墨画。不由得让人想起元代诗人白朴的《天净沙》："孤村落日残霞，轻烟老树寒鸦，一点飞鸿影下。青山绿水，白草红叶黄花。"

冬天，也许是残酷的，给万物带来了灭顶之灾；但它也是可爱的，美丽的，它孕育着万物的生长，带来了勃勃生机。我坚信，万物经过寒冷的磨难之后，必然是生命的辉煌！我爱冬天，因为她孕育了顽强的生命力，使世间万物经受了严寒考验。走在纵横交错的田间小路上，看着天空中微红的太阳，心情也会跟着开朗起来。我的内心深处，也会大声疾呼：冬天到了，春天还会遥远吗?！

冬天是升迁情趣的季节，我喜欢冬天寂静的田野，万物掩映在洁白的积雪下，原始的田野是那样的洁净，那样的壮观。远处的山峦披上了白色的服饰，在阳光照耀下，泛起淡淡的清晖；起伏的山峦沟壑，被积雪填充起来，那些褶皱没有了，变得平坦。山川，富有魅力；轻风，阵阵把那些轻纱般的雪花卷起，肆无忌惮地穿行在原野上，在高耸的山峦下蛰伏，堆砌，形成叠嶂，彰显出高大山峦的威武不屈。

　　在那积雪皑皑的山峦上，有多少痴迷于滑雪者飞跃在白色的海洋里，鲜艳的服饰把白色的雪原点缀，犹如那雪莲花一般，绽放在雪地高原上。一道道飞溅的雪浪花，伴随着滑雪者靓丽的身影，从山峦上划下，瞬间消失在茫茫的雪原中。冬天是滑雪、溜冰爱好者的天下，是展示雄姿的最佳时刻，在冬天他们焕发出激情与魅力。冬天，属于这些勇敢者，他们向美丽的冬天发出了挑战，向极限挑战……

　　冬天，虽然寒风劲吹，但寒冷无法阻挡意志坚强的生活者，这是展现英雄者气魄的时刻。面对苍茫大地，生活的强者发出内心世界的呼唤：我爱你美丽的大自然，我爱你美丽的冬天——义无反顾，勇敢投入那冰天雪地的世界里，与神奇的大自然融为一体。在这里把生命的火花点燃，照亮这个绚丽的世界——冬天。

　　冬天有漂亮的雪花点缀，晶莹的雪花那么的多情，妖艳，对称的六角形永远是那样和谐。这些漂亮的雪花来自天宫，是那些不甘寂寞的仙女们采撷于天池畔的花瓣，为了装点美丽的冬天而撒向天际。洁白的雪花摇摇摆摆，摆弄着风姿，展示着天宫神奇物质的魅力，晶莹剔透，富有顽强的生命力，但雪花也有其不容忽视的弱点——怕热。

　　漫天的雪花洋洋洒洒，如万丈白纱从天而降，硕大的雪花随风旋转，摇摆，时而升腾，时而下坠，风情无限，就像舞女狂舞于舞场之上一般，忘我的境界是何等的超然。我赞美家乡冬天的雪花，我钦佩家乡雪花的浪漫妖艳，无约无束，自由升腾在属于自己的世界里，寻觅于自己的理想天地去降落，化作甘霖去滋润那一方水土。

天真烂漫的孩子们，无忧无虑地玩耍在雪花狂舞的天地里，打雪仗、堆雪人……塑造着一个个快乐的家园。无声的雪人，倾听着人间的喜怒哀乐，悲欢离合。在春天里，雪人留下了同情的泪水，融汇于天地之间。雪人的洁白纯洁是多么的可爱，雪人的情感世界是多么的丰富，向可爱的雪人致以亲切的问候，把人间的真爱之吻献给你——雪人。

家乡冬天的情趣是无限的，用热爱生活的情感去欣赏美丽的大自然，接受冬天的考验。走过漫长的冬天，与寒冷抗争，陶冶情操，锻炼机体，培育坚强的生活意志，向人生的高峰攀登，为理想而奋斗，为壮丽人生增光添彩。我不是什么生活的强者，但我愿在这家乡美丽的大自然中，与严寒抗争中，锻炼机体，陶冶情操，超然、洒脱地过好每一天，直至寿终正寝。

怀念江南的雪

早晨，推窗眺望。远处，白茫茫一片。原以为 2015 年的第一场雪如约而至，但仔细观望，却是昨天一场冰冷的雨引发的雾气，缠绕山头。大雪，这个二十四节气中的寒冷季节，应该说是个大雪纷飞的景色。然而，我的家乡——江南一丝雪花也没有。呵，江南的雪，好久未下了，我怀念着，期待着……

回眸，近年来的家乡江南，可谓是没下过一场像样的雪。昨晚，从朋友圈看到省馆王书记发的一组杭州下雪的照片，储存在记忆中江南那漫天遍野、纷纷扬扬、银装素裹的场景，又展现在眼前，似乎变得遥远，遥远得让人有点模糊的江南的雪，又清晰地浮现在脑海里，不禁令人思绪飞扬……

江南的雪，不比北方的雪，年糕粉似的，飘飘扬扬，落地不化。但江南的雪有情趣，有韵味，好似鲁迅笔下的《雪》："……滋润美艳之至……隐约着青春的消息，是极壮健的处子的皮肤。雪野中有血红的宝珠山茶，白中隐青的单瓣梅花，深黄的磬口的蜡梅花；雪下面还有冷绿的杂草……"

江南的雪，优美却富有童趣。"……孩子们呵着冻得通红，像紫芽姜一般的小手，七八个一齐来塑雪罗汉。……目光灼灼地嘴唇通红地坐在雪地里……"由此想起小时候，每到冬天，我们像鲁迅笔下描绘的孩子们一样，总是深一脚浅一脚地走在上学的羊肠小道上，漫天遍野的雪花飘舞着，雪花落在身上、脸颊上，感觉全身心已融入了冬天的雪里。冷风不时地从袖口、从前胸背后灌入全身，我们不但不觉得寒冷，反而觉得惬意。有时觉得不过瘾，还会张开大口仰面去接飘落的雪，那冰凉的感觉好像在亲吻着这洁白的精灵。小伙伴们，你追着我，我追着你，时不时地抓起一把白雪捏成雪球掷向对方，奔跑着，打着雪仗。嬉笑声惊动了雪窟下暖冬的野山鸡，突然一阵突噜噜的声响，从雪雾迷蒙的山坡上飞起……

校园的操场上、草坪上，雪白一片，层层叠叠；通向各个教室的小径，像是一条条纵横交错的袖珍战壕。调皮玩耍的我们不行走在"战壕"里，偏偏另辟小径，两个裤腿漫没在厚雪之中，在教室里抖落一地雪花。那即刻融化的雪花，将整个教室变成一块活脱脱的湿地。

扫雪，是校园里开展的劳动必需课。我们从家里拿来扫帚、铁锹，扫的扫，铲的铲，一年中最大规模的雪仗也由此拉开。有分班级战斗的，也有分男女同学战斗的，或者是不分班级、不分男女同学打混战的。那洁白的雪球不知道从何方射来，又射向何方，纵横穿梭，有的落在了身上，有的落在了头上，还有的不偏不倚正好落在了脸上，引起一场哄笑。那混乱的场景真像"子弹在飞"，嬉笑声，打闹声，打雪仗声，充满了整个校园，开心极了。

雪仗打完了，我们便捧起雪球擦窗户玻璃，清扫教室里的尘土。在嬉笑中劳动，我们没有学习的烦恼，没有考试的担忧，一切的一切都被这惬意、开心、热闹所取代，老师们也被这温馨和谐的场面所感染。一场热闹的雪仗过后，操场上恢复了平静，教室里又大声朗读起"暖国的雨，向来没有变过冰冷的坚硬的灿烂的雪花……"鲁迅的江南《雪》，丰富多彩，"滋润美艳"，再现了美好的童年生活。那富有诗意的语句，使情境更加新颖别致，生意盎然，柔媚多姿，富有感染力和感召力。

我爱鸟语花香的春天，我爱酷暑难耐的夏天，我爱果实累累的秋天，但我更爱大雪纷飞的冬天，因为我喜爱江南的雪，她给人们增添了无限的乐趣。尽管记忆中那厚厚的、洁白的像"千树万树梨花开"，像"大河上下顿失滔滔，山舞银蛇原驰蜡象"那样长时间驻足的雪景，越来越少。但是，我还是特别怀念在冬天的雪中去堆雪人、打雪仗，在漫天的雪舞中大声唱着《我爱你塞北的雪》那种地作舞台、天作幕布的场景。那种荡涤心灵的情怀，那种身心融入大自然的美妙，那种雪的精灵开启心智的点化——都成为了记忆中永远抹不掉的自然馈赠。我们是大自然的孩子，只有融入自然，与自然和谐相处，那对"孤独的雪、死掉的雨、雨的精灵"的体验，会永远进驻在心中。

我期待江南的雪，如期待一个心仪的爱人，尽早地出现在自己眼前。在大雪纷飞的日子里与喜欢的人牵手赏雪，这种心情正如歌手郑源唱的《包容》："冬日恋爱最适合……"冬日，让人总觉得很适合想念，适合把心底里的小秘密书写于素白洁净的纸张上，等待第一场初雪降落时，翻来看看，那些曾经藏于心底甜蜜的记忆。某些遇见，某些想念，在转身之间，曾经甜蜜苦涩的过往，也如纷纷而落的雪花，飘散于心底，氤氲成一朵洁白的花。叹息之间，生命的轮回，从一个冬季飘零到了另一个冬季。

我喜欢在下雪的日子里，一个人静静地坐在楼层阳台上，看着那些白色的花朵，渐渐地将整个村庄、整个院子包裹起来，一片一片，重复地叠加着，直至看不见地面的黑色。记忆里，下雪的夜晚总是很寂静，静得可以听到雪花簌簌而下的声音。每当这样的夜晚，我的思绪总会飘飞，仿佛随着飘雪飞出窗外，与那些白色的精灵一起翩翩起舞。随之，那些浪漫的故事在脑海里闪现。这时，我更期待天早点亮，在拉开窗帘的刹那间，整个世界一片雪白；那些挺拔的大树，在一夜之间换上银装。"忽如一夜春风来，千树万树梨花开。"苏轼的诗句，让人心情变得格外舒畅。

江南下雪的日子，我多么希望与心仪的爱人一起走过，一起牵手，一起白头。那褪去尘世的纷扰，伴着素白的精灵，洗涤被尘世蒙迷的心灵。落雪悠悠，诗意浓浓。我可以与那些大文豪一样，用一支素白的笔，描摹整个银白色的世界，在静谧的角落，独守着一方城池，等待着雪的飘落，等待着心仪的爱人到来。盛一片雪，飘落在掌心，让她在掌心的温度里慢慢化成一滴晶莹的水。守着一份记忆，一段往事，任冬日寒风刺骨，我也不愿离去。

一个人独处光阴深处，满满都是思念。思念一个深深的拥抱，一个浅浅的吻，像是吻着掌心里洁白的雪花。我无法像捡拾枫叶一样，将一片心爱的雪花做成喜爱的书签，藏于心仪的扉页里。轻捻一支笔，用蘸着雪白的色彩在纸张上挥毫落墨，白色是静默的想念，墨色是淡淡的喜欢。用一纸墨色描摹一个冬天，听雪簌簌，银装素裹……

雪，落在心里，落成经久不变的永恒；雪，落在笔端，落成一句句一段段动人的章节；雪，落在眼眸，落成爱人般怜惜的疼爱。雪花飘落的日子里，穿上喜欢的御冬衣鞋，临身于树林中，看雪压枝丫的俏皮，雪落树下的纷飞，在一阕唐诗宋词里追逐她飘零的脚步，踩着咯吱咯吱的声响，将那些华丽的脚步踩成平平仄仄，读来朗朗上口。

雪落大地江山白，风景如画恍如仙。踩着唐诗宋词的韵脚，在寻寻觅觅里寻找一份纯真。当尘世的纷扰惊扰了沉睡的世界，当簌簌的声响惊动了心头的平静，我期待的爱人又在何处呢？立于院落深处，看晶莹的雪花熙熙攘攘，伸手触摸，这是我所期待的。

在这个寂寥冰冷的季节里，我等待着一场雪的飘落，念着一个人的温暖。蘸着浓浓的墨色，在我爱的纸张里，写上喜欢的话语。烦人的想念也变得不再孤单，白色的精灵是我的期盼。你来，我在；你走，我还在。在一座城池里，守着只属于我的白色，蘸着雪染梅花的白与红，将整个冬季，用思念包裹，洁白，晶莹，剔透……

江南的雪，引人遐思，因为她纯洁美丽，让人思绪飞扬；江南的雪，最令人爱，因为她飘逸浪漫，让人不可自拔。江南的雪，像调皮不闲、疯狂潇洒的女孩，漫天飞舞，每一个角落都有她的倩影，最后滋润大地。江南的雪，像梨花，像柳絮，像蒲公英，纷纷扬扬；似窗花，似星星，似仙女，千姿百态。她好轻，好柔，落在脸上、身上，不禁让人打战。呈六角形的雪花，玲珑剔透，好像冬姑娘用她那灵巧的双手精心剪出来的窗花，赠给人间。江南的雪，像仙女撒下的无数碎玉，似百花圣母撒下的洁白小花，她们在空中飘舞着，追逐着，像一朵朵精巧的白菊花。

我爱家乡江南的雪，不仅爱她绮丽的外表，更爱她深厚的内涵。洁净的雪，虽然知道飘落在这个世界的命运，但她还是勇敢地落向大地。她把春的美好，夏的堂皇，秋的富饶，全部温藏在冬的底层。为浇灌过冬的秧苗，不惜把自己的娇躯化为一汪清水，把一切奉献给人间。冬天啊！只有给予，没有索取，不求赞颂，淡泊名利。家乡江南的雪，你外在的素雅与内在的高洁，无一不给人以美的享受，无穷的回味和思索。

山坡上的雪松，仍那样的郁郁葱葱，傲然挺立。她不畏风霜严寒，不怕困难挫折，在任何艰难困苦的环境中，昂首向上，充满勃勃生机，给这个冰冷严峻的大自然，点缀出生命的绿意。傲雪挺立的青松，像那些不怕困难，富有坚强毅力的人，他们正确看待人生，成功面前不骄傲，挫折面前不气馁。任大雪纷飞，任寒风凛冽，仍屹立于山巅，苍苍郁郁，傲霜斗雪，给寒冷的冬天带来了无限生机……在生活中，能经受住种种遭遇和艰难的人，往往会赢得成功。仲尼厄运而书《春秋》，屈原放逐乃赋《离骚》，司马迁宫刑而作《史记》，曲啸蒙冤方著《犯罪心理学》……古今无数杰出之人，为我们做出了榜样。因为他们知道：美丽的浪花，在海浪与礁石的撞击中开放；璀璨的火星，在铁锤与铁墩的敲打中迸发；生命的价值，在艰难与挫折的考验中升华。

人生之途虽然曲折，但前景却风光无限；人类历史虽然曲折，但时代总是在发展和进步。无论人生，无论历史，都是在曲折中前进！挫折、遭遇只是前进中的一个"小插曲"而已。因而，事业上的巨人们，在受挫时是决不会消沉的，因为他们透过暂时的风雨，能窥探到未来的阳光。

每当静静地行走在冰雪之中，畅意的遐想，飘逸的心怀，借着流水的记忆，弹拨一曲忧伤，将情思在晶莹纷呈的雪花之中蔓延，爱的呓语，天空飘落的泪滴，雪中的思念，从灰色的苍穹纷纷而落，从童话里飞抵眼中的甜蜜，缠绵在风雪里，缤纷了这个冬季。我多么希望自己借着鸟儿的翅膀，在碧空无限的天际间，做一次忘我沉睡的飞翔；我多么希望自己在这追风逐云的冰凌上，轻舞飞扬，风雪之中傲然的绽放……

我爱你，家乡江南的雪！

江南家乡的雪，我怀念你，我更期待你……

第三辑

家人与家

我与妻子风雨同舟 30 年

　　翻开记事本，准备将昨天做过的事和今天要处理的事记录一下，倏地，白底红字的台历上记载的数字深深地吸引着我的眼球，那上面清楚地写着"1 月 26 日，农历二〇一四年十二月廿六"，是个"双日"的日子，不知怎的，竟然心里一动。难道这是一个特别的日子？脑子不经意中转动起来。抬头远望，白云蓝天下的青山绿水特别养眼，阳光射线照得书房暖融融一片，远处隐隐约约传来的鞭炮声充满耳窝……在这样的喜庆气氛中，记忆似乎随着时间的延伸，一幕幕上升。突然间，我想起来了。原来，今天是我与妻子结婚 30 周年纪念日——珍珠婚。

　　30 年前的今天，我与相恋两年多的女友携手走进神圣的婚姻殿堂，完成了由一个光棍汉成为一个为人之夫的转变。那年我 27 岁，妻子 28 岁，（其实妻比我大 8 个月）。虽然婚礼没有现在那样豪华，但那俭朴的婚礼也让我终生难忘。

　　那天，我租了一辆三吨货车从老家出发跑了 30 多里地到丈母娘家装新娘嫁妆后，又去接新娘及傧相和阿舅，上下午回来跑了四趟，倒也风光了一把。

　　然而，在风光的背后，我倾注了全部心血。那年，为了拥有一个自己幸福的爱窝——一间砖木混泥结构楼房，我求爹拜妈向亲戚朋友东拼西凑借了 1200 元，这 1200 元负债，对我这个仅有 47 元月薪族来说，确实是一笔不小的负担。

妻子是个贤惠、勤俭持家的女人。为了减少家庭经济负担和我的工作压力，她每天拖着沉重的大肚子坚持在社办企业上班，晚上回家后还打理着家务。有时我心疼地劝说她不要去上班了，可她总是乐呵呵地说，不碍事的，还能坚持几月，直到临盆的前几天才休息。儿子满月后，为了既照顾儿子又不影响挣钱，她毅然带着儿子回娘家，在岳母家与她母亲一起做草席，每天干活十几个小时，不仅解决了儿子买奶糕钱，而且每月还能挣二三十元用来还债。就这样，我们夫妻俩通过四年的节俭持家，终于还清了债务。之后，随着改革开放政策的不断深入，我们生活所有改变，便卖掉老家的房子，在乡政府所在地买了一套当时所谓的商品房，并于1993年搬迁入住。

妻子是个有一定修养的人，虽然只有初中文化，但事事顾大局，且一切围绕着我的工作，从来不会因为家庭私利与我父母、兄姐弟和我冲突。如每当深夜我"爬格子"的时候，她总是起床做点心或送茶水，使我在文学创作道路上闯出了天地。30年来，我发表或获奖了400余篇作品，并出版了长篇小说、报告文学、诗歌集、散文集、摄影集和地方史志等著作16部，成为了一个稍有名气的业余作家。

妻子的修养、贤惠、持家与她的家教有关。上世纪六七十年代，我父亲与她父亲都是生产队队长，为了让社员生活得好一些，我父亲每当下半年就组织社员"顶风作案"，将山里的木柴、树木偷着运往平原地区我岳父的居住地卖，那时正好我岳父的生产队需要这些材料。这样一来一回几年下来，我父与岳父从相识到相知成了好朋友。那时我才16岁，只是个毛头小伙子，每每去她家吃饭，只有她的奶奶、父母陪同在餐桌上，她的四个兄弟和她自己只是在土灶边的小桌子上吃饭。有时我问她的父母为何不叫他们一起吃饭，老奶奶总是说，孩子们只要吃饱饭就行了，不要去理会他们。看来他们的家规是十分严格的，只要有客人来孩子们是不能同桌吃饭的，其实那时我的两个大舅子已经成年。直至我高中毕业上工农兵大学，两个大舅子成家立业，这样的规矩一直未破。

八十年代初，我从部队退伍去她家拜访，两个小舅子已成年，这时她家的家规似乎有些改变，但两个小舅子从来不会多喝酒，只是礼节性陪同我喝上几杯就匆匆吃饭后离开了餐桌。妻子那时已经是个亭亭玉立的大姑娘了，因不会饮酒，几乎不与我坐在一起，只待我吃饭时一起吃一会儿饭。久而久之，我俩在双方父母的牵线下，不知不觉地相爱了。

我与妻子相识是在 16 岁那年，真正开始恋爱应该是 1983 年的某一天，大概是心有灵犀一点通吧。当时我试着给她写了一封长达 5 页纸的所谓情书，可以说把我在大学、部队时所学到的有关情、爱的字眼都用上了。鸿雁传书，很快得到了回音，她的文字虽然没有我的华丽，但字字情真意切，深深打动了我的心。于是，一封又一封的情书从我深夜的孤灯下传出，又一封又一封地收到她的回音。相互间不断了解，感情不断加深。经过二年多的热恋，终于走进了神圣的婚姻殿堂。

结婚不到一年，我们有了一个可爱的儿子。儿子的降临，给我们带来了欢乐，但也带来了家庭沉重的负担。随着他的成长、上学也出现了一连串纠结和矛盾。我是个视工作为第一位的人，很少顾及家庭的事，虽然是个文化人，但从不过问儿子的学习成绩，只是偶尔有空指点一下了事。如儿子读初三准备报考重点高中那年，各门功课都不错，唯独语文尤其是写作差了一点，本来作为文化人的我，写作是我的特长，辅导一下是在情理之中，可我那时正为了建造文化中心，每天早出晚归筹划资金，哪有时间为儿子辅导。于是，仍我行我素忙我的工作，可等我完成各项工作精疲力竭回到家里，本来想体会一下家的慰藉，不料，妻子的埋怨声不绝于耳。于是，我俩大吵了一架，事后才知妻子已经下岗了。欣慰的是，儿子很争气如愿以偿地考入了重点高中。事后想想，我真是一个不称职的丈夫。

回眸 30 年，弹指一挥间。

30 年的风风雨雨，30 年的磕磕绊绊，我们携手共渡，风雨同舟。妻子是我的"好老婆""好管家""好朋友""好伙伴"。工作顺利时，她会提醒我别得意忘形；工作失意时，她会为我鼓劲加油。

30 年风雨历程，有太多的感慨和感动，但我最大的心得是：夫妻一定要相互关怀，宽容，谅解。矛盾一定是有的，但双方各让一步，就会海阔天空。其实，夫妻之间也没有真正的对和错，只是该让步时就让步，能忍耐时就忍耐。我这人性格豪爽，喜怒哀乐都写在脸上。年轻时我常对妻子说，要嫁狗随狗。妻子说，爱人之间就不能分彼此。

此时此刻，我细细品味这个所谓的"珍珠婚"，真还有些心潮澎湃，甚至激活了我骨子里残存的些许浪漫。

"一生守候"不是一句简单而苍白的山盟海誓，而是无数个平淡的日子同舟共济，相濡以沫！

30 年，10950 个日日夜夜，我们相识、相知、相爱，直至成为一个整体，成为左手和右手不愿分开。

30 年过去了，回头望，仿佛拉动长长的焦距，在我脑海中出现了那一个个耐人寻味的镜头。在时间的长河中，30 年只不过"弹指一挥间"，可是在我俩的一生中，已经不算短了。

30 年的婚姻，就像一条珍珠项链，浑圆、美丽和珍贵。所有的快乐与辛酸、成功与失败、奋斗的辛苦与成功的安慰，都是用一根相知的丝线串起。也让我深深体会到了婚姻就像一只珍珠蚌，即使有情人终成眷属，在爱的惊喜、神秘及吸引淡化后，太多的心理过敏、强力诱惑，促使婚姻滋生出那粗硬的沙砾，不管你愿意与否，那来自方方面面的它都会钻进双方柔软的心里。关键是夫妻双方能不能像珍珠蚌那样在痛苦中忍耐，在忍耐中包容，在包容中分泌出生命的精华，创造出爱的璀璨珍珠。

婚姻的成长，是一个不断创伤又不断痊愈的过程，只有经过沙砾的磨砺，经过忍耐的折磨和痛苦，才会最终走向从容的灿烂，平淡的辉煌。付出与收获是成正比的，在婚姻中，我们坚信只要像蚌一样付出，就不愁摘不到幸福这颗晶莹的珍珠。

婚姻如车。我们共同平稳地开了 30 年，虽然期间不乏颠簸的道路和需要修理机车的时候。

婚姻如鞋。我们已经在长长路上磨合得比较合脚了，虽然不免也会有沙粒钻入鞋中。

婚姻如伞。我们彼此都欣慰地拥有了一把既能挡雨又能遮阳甚至还可欣赏的伞，而这把"伞"携我们走过了风风雨雨 30 年。

婚姻如瓷。我们两个人相濡以沫共同精心呵护着，保证了完整不碎。

婚姻如牌。我们两个人能一心一意，携手经营牌局，也能把日子过得有滋有味，和和睦睦。

婚姻如舞台。我们这两个演员基本做到了齐心协力、尽力演出，只想让人生充满精彩。

婚姻如炒股。我们投入的是青春与感情，收获的当然是一生的幸福哟。虽然期间股盘有升有降，需要的就是运用智慧进行操作，专心经营。

30 年的风风雨雨，我们夫妻共同撑起，共同突破。

30 年的坎坎坷坷，我们夫妻共同踏平，共同度过。

30 年的平平安安，我们夫妻共同祝贺，共同庆贺。

30 年，这个数字里写满了幸福，也写满了沧桑，更充满了感激。岁月长，岁月缠绵，我心坦然。在这里，在此时，我要感恩，更要感谢妻子，在这 30 年里对我的包容、原谅、体贴、支持和照顾；也感谢妻子无论在我经历风光时还是经历挫折时，与我的相依相伴、不离不弃。亲爱的，在这个特殊而又值得纪念的日子里，我不知该如何表达我对你的感激之情，我只想告诉你：I love you，我爱你！

百年修的同船渡，千年修的共枕眠。能有一个好的妻子，真是千年修来的缘分，一定要好好珍惜，好好呵护。愿这份真爱，似涓涓之水，激情澎湃，长流不息。

夫妻平安走过 30 年，是最大的快乐，最大的幸福。夫妻最大的守候，那就是平安走过；夫妻最大的期盼，那就是白头偕老；夫妻最大的心愿，那就是爱到永远。

30 年的夫妻，30 年的磨难，创造了 30 年的辉煌，结 30 年友谊，建 30 年情感，树百年好合。

结婚 30 年，我们夫妻将手挽手，肩并肩，心连心，相爱走进第二个 30 年，期望能看到我那可爱活泼的大胖孙子结婚生子，更祈望有第三个 30 年，直至携手驾鹤仙去……

写给刚出世的孙子

2013 年 9 月 2 日 19 时 06 分（农历七月廿七），你在众亲人的热切期待中，终于出娘胎来到人间。从这一刻起，远在百里外、焦急等待着做爷爷的我，收到你父亲发来的第一张照片，看到你那圆圆的脸，高耸的额头，高高的鼻梁，黑黑的头发，白里透红的小脸蛋，虽微闭着眼睛，但我能在你张开的小嘴里猜想出那眼珠子一定明亮透光。

秋天是收获的季节，也是迷人的季节。此时此刻，我的心里只有祝愿，祝愿你一生平安。宝贵，你真棒，一降生就有 6 斤 4 两，虽然体重不是很重，但你很健康，是个壮汉的根苗。宝贝，你来得真是及时，不仅为我陈家延续香火，更是为我陈家增添了欢乐。爷爷不是一个重男轻女的人，早在你娘肚里时，我跟你奶奶就说过，生男生女都一样疼爱。

夜深了，爷爷还是兴奋不已，借着酒兴打开了电脑，每敲一下键盘，心里只有一个字，那就是"乐"，欢乐、快乐……在充满欢乐中，不知不觉间脑子突然涌现出想为你取名的念头，尽管还没有与你父母商量，爷爷就给你取个奶名：陈张珑。不知你是否喜欢这个名？如果你长大后有自己的主张，你就自己取个书名吧。虽然这个姓名有点俗，但爷爷为你取这个名有这么几层意思：一是因为你是陈家与张家结缘的结晶，所以陈姓与张姓合并了；二是你生在癸巳年，巳乃蛇，是小龙；三是内含望子成龙之意；四是作为男丁为龙。那么，为何又加了王字旁呢？男人应该有王者风范，铿锵玉声，大将风度；另外尽量为避免与他人姓名过多的重叠。

宝贵，你要记住：你出生在初秋收获的 8 月，诞生在宁波市北仑区人民医院妇产科，由于你的调皮捣蛋，你母亲疼痛了十几个小时仍无法将你产下，只好做了剖腹产，因此承受了更多的痛苦。十月怀胎，拖着沉重的身子，还要天天去上班，多不容易啊，而你的父亲为你过上更好的生活也风雨无阻地上下班，你长大后，可要好好地孝顺父母啊！

宝贵，你天庭饱满，地阁方圆，是一个具有大气、随天分带来福气的男子汉。你的到来，给我们大家带来了极大的幸福和未来的希望。我们衷心期望你健康地成长！安全地成长！快乐地成长！爷爷奶奶更希望你是一个正直的人，有爱心的人，坚强的人，一个能为国家、为社会和家庭尽自己应尽责任的人。

宝贵：爷爷奶奶、外公外婆、爸爸妈妈都非常爱你！衷心祝福你一生快快乐乐成长！

写给宝贵孙的周岁生日寄语

之恒：我可爱的宝贵孙子，今天是你的周岁生日，爷爷祝你生日快乐！

去年的今天，你呱呱落地，真是光阴似箭，一晃就一周岁了。在这365天中，虽然陪伴你的日子总共加起来仅有十几天，但身为爷爷的我，一刻不在想念你的成长。也从你出生那一刻起，我就叮嘱你父亲建立"亲子相册"，每周或每月用相片记录你的成长过程，并发给我"存档"，让做爷爷的我也享受一下天伦之乐。

爷爷是个群文工作者，业余时间爱好写作，也喜欢摄影，更是一个性情中人，多么希望每天陪伴你的成长，与你嬉戏，为你拍照……然而，由于工作繁忙，加之路途之遥，便很少有机会如愿，只好由你外婆、奶奶来照顾你的生活。

打从你出生起，见面的机会真的不多，记忆犹新的也就这么几次：出生次日，爷爷专程驱车去医院看望你；满月时，爷爷专门为你办了满月酒；你太外婆做生时，爷爷见了你一次；春节期间，你在爷爷家住了四个晚上；五一节，你在爷爷家住了两个晚上。每每见到你时，做爷爷的我总是乐不思蜀，拿着我心爱的尼康D800全画幅相机照啊拍啊的，真想把你这可爱的小脸蛋照个遍，以慰藉长辈的我那隔代之亲情。

小宝贵，现今你经历了第一轮春夏秋冬，迎来了出生后的第一个生日，过了今天，你就不再是婴儿了，也就是说，你迈过了这个里程碑后便成为了幼儿。在这个非常具有纪念意义的日子里，爷爷本想给你安排一个非常隆重的"周岁宴"，即邀请亲朋好友来给你过一个非常热闹，也是你喜欢的热闹生日。还有最古老、最传统的庆贺周岁仪式——抓周。在这个特殊的日子里，留下宝贵的纪念周岁照；或去游乐场玩沙子、玩水等，让你不亦乐乎地嬉戏和玩耍。然而，由于你爸爸妈妈执意"低调"，也就尊重他们的意愿，便在你自己家里由你爸爸妈妈为你过了一个简单而欢快的周岁生日。在长长的桌子上，摆上几只小菜；在小小的奶油蛋糕上插上一支小蜡烛，唱着"生日快乐"歌，祝愿小宝贵快乐健康平安成长。

小宝贵，你在 2013 年 9 月 2 日 19 时 06 分出生时，是个身高 46.8 厘米、体重 3.2 公斤的"小不点"。仅仅过了一年时间，你已茁壮成长为身高 80 厘米、体重 14 公斤的小胖子，真是一天一个样——学走路，学说话，学吃饭。虽然没有像其他孩子那样"超周跑"（即不到周岁就会走路），不过，你满地爬的本领倒是不少，用双手加双膝飞快地爬行于厅堂、房间之间；还有强烈的行走欲望，促使你在家里扶着沙发、茶几甚至墙壁，摇晃着学走路，有时吓得你奶奶、外婆一身冷汗。但在你爷爷眼里看来，男子汉应该要有不畏艰险，知难而进的精神，哪怕是磕磕碰碰，些许出点血或碰撞个疱什么的，这没有什么可怕的，只有从小练就坚强意志，才能成为一个真正的男子汉。

有人说，孩子的生日也是母亲的受难日，这话一点也不假。小宝贵，我的孙子，你一定要记住你母亲的养育之恩。母亲十月怀胎真是不易，你在她体内从一个肉眼看不见的受精卵，发育成为健康活泼的婴儿。这其间，你母亲的妊娠反应，食欲不振，体形变化，体重增加，分娩阵痛，体形变臃肿，容貌变难看，还有心理上对未出生的你的种种担忧，做母亲的要忍受多少痛苦啊！特别是你出生的那一天，由于你的调皮捣蛋，你母亲分娩了十几个小时仍无法将你产下，只好做了剖腹产，因此承受了更多的痛苦。小宝贵，你一定要记着，你的生日就是你妈妈最危险、最疼痛的一天，是她赋予了你生命，是她给了你活着的权利。但是，做父母和爷爷奶奶的也要感谢你，你的悄然而至才有了陈家香火的延续，才令我们拥有了前所未有的快乐和幸福。

还有，你更不要忘记你父亲的艰辛，在你还在你娘胎的时候，你父亲为了照顾你娘的上下班，每天不管刮风下雨，寒冬腊月，炎热夏天，一如既往地接送她，尽管他自己也要上班挣钱，但从未有一句怨言。而在你这出生成长的一年中，尤其是你出生后的前几个月，你父亲一边上班，一边照顾你和你的母亲，晚上为了满足你这个嗷嗷待哺的小家伙，不管再累、再冷也要在半夜三更起床喂你喝奶粉，还有替换尿不湿等。

小宝贵，进入幼儿时代就要面临幼儿园的启蒙教育，但愿你能无忧无虑地度过每一天。不多久就会进入儿童时代，而儿童时代是美好的，在人的一生中是值得怀念的。因此，要珍惜、把握每一天快乐美好的生活。接下来就要在小学、中学、大学学习知识，长大成人后，还要走上社会接受考验，人生就是如此。有的人，辉辉煌煌过一生；有的人，忙忙碌碌度一生；有的人，碌碌无为混一生……作为爷爷没有多少奢望，只要你平平安安、健健康康、快快乐乐成长着、生活着、工作着，有一个美好幸福的将来，就知足了。在当今这个充满诱惑和陷阱的年代，不让做长辈的胆战心惊，认真执着地生活着就可以了。但愿你进入青少年时代时，再也不是现今这种物欲横流的社会，人人能享受平等的权利，平等的生活。

然而，愿望归愿望，现实情况可能没有你爷爷想的那么乐观。因为，作为发展中国家不可能一步登天，不可能没有矛盾存在。而人活在社会上，不可能每个人都成为"人上人"。因此，不管你长大以后做什么工作，做人首先要有纯正的品格和做人的基本原则，同时要学会培养自己高尚的生活情趣。高尚的生活情趣会支撑你的一生，使你在最严酷的冬天也不会忘记玫瑰的芳香。通向理想的途径往往不尽如人意，而你也会受尽磨难。但是，孙子你尽管去争取，在人生路途中，选择平庸虽然稳妥，但绝无色彩，不要为蝇头小利而放弃自己的理想，不要为某种潮流而改换自己的信念。物质世界的外表太过于复杂，你要懂得如何去拒绝虚荣的诱惑。学会忍耐，坚持自己的人生目标。

另外，爷爷希望你长大成人后是一个踏实的人，在当今这个社会，虚的东西太多，你很容易眼花缭乱，最终一事无成。你一定是一个英俊潇洒的男子，年轻的时候会有许多女性喜欢你，如果你得到的东西太过于容易，这会使你流于浅薄和虚浮。记住，每个人的能力有限，我们在世上能做好一二件事，足矣。写好一本人生的书，做一个诚实的男人，不要轻视平凡的人，不要投机取巧，不要埋怨自己做不到的事，你长大后会知道，要做好一件事太难，但绝对不要放弃。小宝贵，你要学会欣赏真、善、美，并在浓重的面具下看清真、善、美！

小宝贵，不管世界潮流如何变化，但人的优秀品质却是永恒不变的，正直、勇敢、独立。爷爷希望孙子你是一个优秀的人，也相信孙子你一定能成为生活的强者，永远是那样的璀璨，那样的光芒。宝贝孙子，爷爷永远爱你，并祝你永远健康幸福快乐！也许，爷爷写这些对于你来说为时过早，但是爷爷现在还是想对你说，爷爷的话是中肯的，爷爷的爱是无私的，也是有限的，就算有一天撒手而离开你！但爷爷还是想对你说："爷爷爱你胜过一切！"

有人说"隔代亲"，原来对此说法非常不以为然，现在我有了些许体会。我最亲爱的孙子！爷爷永远爱你！因为你是爷爷唯一的寄托！

小宝贵，你父母给你取名之恒，即有"持之以恒"之意。

我想，你父母除了寄愿他们的爱情结晶持之以恒以外，更多的是，祝愿你在成长历程中，对人生，对生活，对学习、对工作，对爱情，对婚姻，对家庭……在走好人生第一步的同时，能一如既往、持之以恒地发奋图强，脚踏实地做出辉煌业绩。

最后，以一首小诗作为全文的结束语："感谢天赐玉麒麟，陈家血脉得延伸；雨润梧桐渐成长，健康快乐度童年；幸福开启人生路，平安一生享盛世。"

——祝陈之恒，我的孙子，生日快乐，健康成长。

沉甸甸的母子情

每当上学、出差的时候，母亲总是呆呆地站在家门口望着我远去，直到我那熟悉的身影渐渐模糊不见……面对此情景，我总是感慨万分。"儿行千里母担忧"，这里边包含着人间最宝贵的母子情。

我的母亲像一般农村妇女一样，有着勤劳朴实、敦厚善良的美德，但她那种"不达目的誓不休"的坚强性格，却是许多男人也无法比拟的。在潜移默化中，她的坚强性格逐渐在我心里深深地扎下了根。母亲，您赐予了我坚强和智慧，我永远爱您！

母亲啊！半个多世纪来，您的恩情，三天三夜也说不完！

我出生在"生不逢时"的年代，"大跃进"办大食堂使体弱多病的我饿得呱呱直叫。母亲干瘪的奶头已榨不出一点奶水，只得省下稀薄的粥汤为我充饥，并四处奔波，熬苦受气为我寻医找药，才把我从死亡线上拉了回来，也才使我有了今天的成就，我为有这样一位伟大的母亲而骄傲。

忆往昔，母亲，是您送我去学校上学，让我接受知识的洗礼；也是您苦口婆心教我如何面对成功和失败，让我学会了冷静；还是您循循善诱，谆谆教导，在家庭遭到不幸、经济入不敷出、面临失学时，以顽强的意志操持家务，勤俭持家，硬将我送进中学，支持我完成了高中学业，使我获得了丰富的知识。在"文化大革命"年代高考制度取消的情况下，您支持我上了"社来社去"的工农兵大学，使我更明白了事理，树立了远大理想，为我今后的生活明确了目标。回到公社就业后，您积极动员我响应中央军委号召，毅然决定让我到"大熔炉"去锻炼，您的爱国之心可与"一代贤母"——民族英雄岳飞之母相媲美。呵！您是一个伟大的母亲，您是我的骄傲，我永远爱您！

在母亲的心里，只有我，唯独没有您自己，您做什么都是为了我。

曾记得，我上高中时，父亲一病一年多，家里塌了顶梁柱，负债累累，生活艰难。为了不使我挨冻受饥，您不顾疲惫不堪的身子，白天在生产队劳动，为多挣几个工钿晚上又在生产队的灯下筛谷打场，半夜回家后不仅把一家六口人换下的衣服洗完，而且时常补衣、做鞋，而鸡刚叫头遍您就起床烧饭、喂猪，操持家务。年长日久，身体落下一身病，因此早早进入了更年期，让我心疼得直掉泪。

母亲，您为我付出了太多的心血，您的一言一行无不渗透着对我深深的爱，我永远爱您。

半个多世纪来，我们母子之间相互关心、相互体贴。几句见面的问候，离别的叮咛，无不寄托着母子间相互的深情，这可是人世间比黄金贵重、用金钱难买的感情呵！

当然，母子之间也有过摩擦、吵架、拌嘴等等，但这些不愉快的事让我永远愧疚，感到自责，更加深了母子间的深情。

母亲，是个伟大的名字，所以我永远爱我的母亲。

又到中秋佳节时

　　中秋节又要到了。每当此时一些文人总会发出"每逢佳节倍思亲"的感叹。笔者何尝不是呢！回忆自己风风雨雨走过的半个多世纪历程，思亲之情，总是在这个时节特别的强烈。上高中，上大学，在部队大熔炉锻炼，在外地培训，在出外学习考察……直至现今有了宝贵孙子，总会向往与亲人团圆，共赏月圆之夜，欢饮达旦。

　　圆月满弦，是中秋节的象征。可这几天却始终不见新月的影子，不免又想起记忆中的中秋来。上世纪六七十年代，不管是北方还是南方，天空总是蓝得干干净净，丝丝缕缕的白云轻轻缭绕，风摆杨柳，鸟儿翻飞。收获后的大地，丝毫没有空旷沉寂的迹象，人们在地里忙着种庄稼、浇地、施肥。农人拉着或挑着肥料跑在蜿蜒的田间小路上，一路欢歌笑语。生产队的打谷场上，高高的谷垛如小山般巍峨，摊晒的黄豆等作物，沐浴在太阳下泛着金光。三五成群的光屁股孩子一头扎进场边的小河，溅起大片大片的浪花，游出好远，水鸭子般地又浮出水面，爬上岸来，蹲在或躺在石桥边晒太阳，嘴唇冻得紫茄子一般。

　　小时候没有电，晚上到处漆黑一片，孩子们就盼望着有月亮的日子。每当新月来临，那便是孩子们的天下了。大家早早吃过晚饭，呼朋唤伴走出家门，到晒谷场或收割后的田地里捉迷藏，老鹰抓小鸡……大家玩得乐此不疲，总是被大人们几次三番地喊叫或生拉硬扯，才恋恋不舍地回家睡觉。

偏僻的故乡，小山村那时候有文化的人不多，也很少有人懂得天文知识，对于月食，根本不知道是星球、月球、地球转换的关系。记得有一年中秋节晚上，拜罢月亮，我和一群小伙伴正在皎洁的月光下捉迷藏，突然间月色暗了下来，抬头一看，天空晴朗朗的，月亮却少了半边，不知谁喊了一声"天狗吃月了"。听到喊声，全村人从家里跑出来，拿着盆盆罐罐、铲子、勺子，叮叮当当地敲着喊着，一路小跑到村东头，爬上一处高坡，朝着月亮的方向猛敲大喊，那惊天动地的声音，也许真的把"天狗"震慑了，"天狗"竟然把吞下去的大半个月亮，又一点点地吐出来了！大家看到大大的圆圆的明亮亮的月亮又挂在天空，才心有余悸地收兵回家。

那时，农家都很贫穷，但对过中秋节却蛮有讲究的。中午：每家都要做上一顿所谓的"丰盛"午餐。买上一小肋条肉、一条河鱼，加上自家种上的土豆、蔬菜、南瓜……浓郁的菜香随着缕缕炊烟飘出农家小院，令过路的人不由自主地放慢了脚步，猛地抽上几鼻子。这时，一家人围坐在桌子上，边吃边聊，那过节的喜悦和淳朴的乡情，是当今的人们所体会不到的。

夜晚，天渐渐黑了下来，月亮露出铜盘似的大脸，月中玉兔隐约可见。这时，家家户户把买来的月饼，还有树上摘的梨头、橘子、石榴等之类水果，整齐地摆放在院子中央的八仙桌上，即能看得见月亮的地方。孩子们昂着头，仔细瞅着月亮，似乎看见玉兔的嘴还在咀嚼呢！拜完月亮，大人们留出要走亲戚用的礼品——孩子们次日都去外婆家换糖饼、送月饼，浓浓的亲情就融入月饼之中。然后，把剩下的分给孩子们吃。

在我上高中、大学时，中秋节放假很少回家，只在学校里邀上几个要好的同学，找一个有石凳的树荫下，摆上月饼、水果、酒等食品，边赏月边聊天喝酒，每当那时，我总会想起父母亲的恩情，真有一种"明月几时有？把酒问青天"的思乡思亲之情。后来，去部队大熔炉锻炼，那种强烈的"孤影看分雁，千金念弊貂；故乡秋忆月，异国夜惊潮"的思乡思亲之情，更加如日中天。

而今晚，虽然尚未到中秋之夜，但站在阳台的我，不知不觉又怀念起已驾鹤仙逝的父母亲，他们含辛茹苦一辈子，现在可以享福了，他们却撒手人寰了。好在我也做爷爷了，远在北仑的宝贵孙子，那天真活泼的小脸时隐时现地浮现在脑际，尽管宝贵孙子在中秋节就要来看望爷爷，但这个中秋节我又要陪同区上领导和远道来客，若要见到孙子也只能等到晚上回家了。

每每中秋节的到来，我时常在想，那中秋无非是人们对那个遥远的月亮的一种景仰，以至于用威吓的办法来教幼稚的孩童对它产生敬畏。因为它圆得美丽，圆得纯粹，人们便将美好的愿望赋予它，于是，在千百年的流传中就成了一种节日，成了一种良好的传统。现在是物质丰富年代，可供人们寄托和追求的事物不断增多，遥望圆月的思念情怀越来越少，月亮或许会在人们的心中渐渐失去原来的位置吧！尽管如此，我又想，圆月的皎洁美好也许并非其他事物可以代替，当财物、功名、利益、短促的快乐之类的东西并不能给人们带来更多的幸福时，中秋这样的传统也将长久在人间传续。

中秋节有悠久的历史，和其他传统节日一样，有着非常丰富的传说，如嫦娥奔月、吴刚伐桂、玉兔捣药之类的神话故事流传甚广。

夜已深沉，饥肠辘辘，一盒月饼二瓶啤酒，对月当空，时有一种"星稀月冷逸银河，万籁无声自啸歌"之感。此时此刻的我，真是"夜深沉，明月高挂天正中，寂无声；睡眼蒙眬，恍若梦中；生卧徘徊以不宁……"

牵挂老母

　　中秋月夜思故乡、想亲人，已成散文、小说中的时常用语，可我把思念故乡、牵挂老母一直铭刻在生活细节之中，甚至牵肠挂肚，苦思冥想。

　　打从读高中起，我就离开了家，一年中只有几个节假日才回家一趟。到了服兵役年龄，我一走就是四年，虽然时常想家，但部队铁的纪律，真使人有点身不由己，只能用休息空闲的时间以书信来代替思念。参加工作后，一直忙于日常事务，开会、出差、学习进修，时常将休息时间挤得没有空隙，也很少回家看看。后来，因工作关系，将家搬到集镇上，空闲时间更少了，牵挂就成了我的回忆。想家，成为对老家的一种眷恋，一幅收藏在心底的照片。

　　牵挂老家屋边河溪中的冬青树，牵挂门前小路那排列整齐、花纹奇特的碎石路，牵挂屋后蓝天白云下的碧水小溪，牵挂儿时那群玩疯打架的伙伴，牵挂那扎着麻花辫子的小女孩。那时母亲很年轻，父亲因病无法参加劳动，母亲成了里里外外的一把手，我们兄姐弟四人一直靠她一双手操劳。她不知疲倦，白天在生产队劳动，晚上还要去生产队集体筛谷打场。深夜回家，洗衣、料理卫生、缝补一家老小的衣服，家务杂七杂八，有时还要做到天明。岁月的艰辛和生活的煎熬剥蚀了母亲的美丽，可母亲总是把家打理得井井有条。孩提时的家境很差，因此，我们几个也就过早地承担了割青草、填猪圈和积肥、打柴、扫地、烧饭等农家活。同我们一般年龄的小伙伴比起来，我们的意志更坚强些，早早学会了生活自理。也就是那个家和我家中的母亲，孕育了我贫穷而快乐的童年，培养了我艰苦朴素、奋发向上的品德和精神，所以孩提时的母亲对我一生都很珍贵，总让我回忆。

人到中年的我，现在生活在集镇上，经过精心营造的家虽然普通，但很温馨。可是让我放心不下的是家乡的老母，一个人住在老屋里，四个儿女都离巢而去，各自成家立业。她年已七十有余，因生活的艰辛使她患上了多种疾病，虽然在老屋附近住着我哥和弟，时常在照顾，并邀她同住，但老母一生沧桑和艰难的记录，已融进在她的生命之中。母亲和老屋的感情丝丝缕缕紧密相连，这一生，她再也舍不得离开老屋半步，我们无法理解其中的厚重。

离开老家已有几十年，每每去老家看望老母，次次邀请她来镇上居住几日，但都很难如愿。去年清明时节，去老家祭扫父亲，连说带拉将老母接了过来。这一天，我们一家三口陪母亲游览集镇风光，拜访故亲、故友（因我母亲娘家就在这个小镇上）。在游览中，老母渐渐回忆起 30 多年前的那个小山村。那时这里只有一个村落，居住人口仅五六百人，大都是平房和一些草房，很少见楼房，根本不像一个集镇。现在不但有五彩缤纷的商业街、莺歌燕舞的娱乐区、高楼大厦林立的工业区，还有环境优雅的生活区，且居住人口比原来增加了好几倍。对娘家能建设得这样美丽，老母满脸的皱纹上露出了既欣慰又自豪的微笑。欢欢乐乐的一天过后，次日老母便提出要回老屋，母亲说："只有回到老屋，心里才踏实。"我真是百思难解。

牵挂老母，时常想回家看看，但一年总难得回家几次。有时等一切工作安排妥当，又总是被这样那样的事务缠身，无法回一趟家。等攒够了时间，出现在老母面前，母亲总是很惊喜，从烟熏的屋子里走出来，抹着泪，可惜我只能待上一两个时辰就得离开。这时母亲总是站在门口，又难过地抹眼泪，这使我心里很痛，母亲这时候显得很孤独，我想留下来再陪陪母亲，但总是身不由己，随带在身边的手机总是响个不停。她一人在家实在太孤单了，我们又很少有时间陪她，我不忍心正眼看母亲的脸，但她却说："工作不能耽误，只要你安心工作，当娘的心里就踏实了，如有空再回来……"我突然感到一阵心酸，立即转过脸去，我感到真是对不起母亲，离老家才十几里地，可我一年中只回家一二趟，有时因工作关系路过村口也没回家看看。我时常在想自己是否是个不孝之子，回答既否定又肯定，我心里很酸楚。细想起来，一年三百六十五天我在家的休息时间加起来大概不会超过 10 天，可这不是理由。因为老家是我生命中永远抹不去的风景和情结，而老母却是我一生一世的牵挂。

我的大山文化梦

"早上听鸡叫，白天听鸟叫，晚上听狗叫。"这是革命老区龙观乡、生我养我及我工作的老家在改革开放前山民们文化生活的真实写照。如今，无论是旭日东升或云雾缭绕的早晨，还是在暮色降临的黄昏或是灯火辉煌的夜晚，在文化广场上，总是人头簇拥，舞健身球、太极拳、木兰剑，扭秧歌，跳健美操……在文体活动大楼里，如潮般的人们不是在图书馆里安静地翻阅着各自所需的书籍"充电"，就是三五成群聚在一起，排练节目、唱卡拉 OK、下棋、打乒乓、打扑克……在群众文化活动建设中，"红灯高照闹元宵""五龙潭山水旅游文化节""'香约龙观'桂花旅游文化节""二月二龙抬头文化节"等，早已成为当地响当当的文化品牌。龙观乡文化站也因此由名不见经传的山区无级站一跃成为"浙江省特级综合文化站"，而所在乡先后获得浙江省东海文化明珠乡、浙江省体育强乡、宁波市群众体育先进集体、鄞州区文体工作先进集体和文物工作先进集体等 20 余项荣誉称号，我也先后获得浙江省先进文化工作者、宁波市优秀文化站长、鄞州区先进文体工作者等荣誉30 余次。每当看到山民们在家门口尽情地享受着文化大餐和那一大堆荣誉证书，我心里总是充满喜悦的感觉，30 多年来的心血没有白费，无愧于这个乡镇文化站长职务。有人问我，是什么力量支撑着你在基层群众文化岗位上一干就是 30 多年？这个问题一直萦绕在脑际多年。至今，我可以自豪地告诉你，是为了追逐大山"文化梦"，让山民们与城里人一样过上幸福快乐的文化生活。

为组建民间剧团，走遍全乡山山水水

1980年初，从部队退伍回家后，我被当时的龙观公社党委任命为文化站站长。第一次踏入公社文化站，看到的只有一间房子、一块牌子、一张桌子、一把椅子、一个柜子、一颗印子（文化站公章），外加一个汉子，可谓是一个"七子站"，心里总不是滋味。然而，年轻的我还是干劲十足。心想，既然选择了基层群众文化这项工作，就要尽自己所能干好这份工作。

龙观乡地处四明山麓、鄞西山区，由于地理环境、经济、交通等诸多因素制约，山民们除了每年能看上几场露天电影外，几乎没有其他文化生活，山民们能在逢年过节看上几场戏剧演出便成了奢侈品。因此，组建业余民间剧团，便成了我追逐大山"文化梦"的开始。

组建业余民间剧团这个想法，缘于县里的一次文艺汇演。记得我上任的那一天，公社党委宣传委员通知我县里要举行文艺汇演，要求每个公社演出一个自编自演小戏。这真让我犯难了：剧本在哪里？演员上哪找？又到哪里去排练？领导安慰我只要努力了就行，拿不拿名次没关系。可我想，既然当了文化站长怎么也得把这台戏唱下去啊！搞创作没有参考资料，我想方设法向县文化馆求援或到书店买；去县城没有班车，我就搭拖拉机或运货车。有一次突遇倾盆大雨，我被淋了个"落汤鸡"，大病了一场，委屈的泪水第一次流下了面颊。但病愈后，我还是继续查资料、搞创作。真是皇天不负有心人，从来没有创作过小戏的我，终于完成了《山乡杜鹃别样红》的折子戏。然而，有了剧本没有演员，这台戏也是无法唱下去的。于是，我披星戴月爬山坡找演员，夜以继日穿村走户上门做动员工作便成了常事。全乡73平方公里的山山水水，15个行政村、33个自然村不止一次留下我的足迹，最后终于组建了山乡第一支义务民间剧团。剧团排练没有场地，就在夜间或空闲时借用公社大会堂；没有导演，自己边学边导边排练；没有演出服装，自掏腰包买布料叫演员们动手制作。就这样，通过近半年筹备和排练，首场演出获得成功，在县里参赛时还获了奖，我也成了山民心目中的"明星"和"大腕"。

之后，随着改革开放的不断深入，富起来的农民对文化活动的兴趣爱好从过去的观赏型转向参与型，活动形式也由室内转向室外，健身、健美、休闲等成为农民们业余文化生活的新宠。于是，我顺应潮流先后组建了舞龙、舞狮、腰鼓、秧歌等十余支业余文体队伍，并借香港回归、澳门回归、建国50周年、邓小平100周年诞辰、建党80周年等重大节庆，举行了声势浩大的广场文化活动，其中邓小平100周年诞辰大型踩街活动还上了中央电视台《新闻联播》节目。这对一个总人口仅1.2万的山区小乡来说，真是破天荒的大事。然而，这些队伍大都是粗放型的，真正能拉得出打得响、能上台表演的还是凤毛麟角。而组建的民间业余剧团由于演员、演奏员年龄偏大，设施简陋，已难以再担当重任。为了打造一支文艺精品团队，我一边挑选年轻演员充实骨干力量，一边挖掘题材创作剧本，请专业老师辅导，并改名为龙观乡越剧团。2001年春节，这支重新组建的剧团首次在本乡演出，一举获得成功。周边乡镇闻讯后，都纷纷邀请他们演出。2007年，新编越剧《文武香球》送戏进城，在宁波市最高档的逸夫剧场演出后，博得大家一致好评。为此，鄞州区文化部门授予龙观乡越剧团为"特殊贡献文艺团队"。每每看到剧团参加区以上文艺汇演，在逢年过节被邀演出，我心里总有一种喜悦感和自豪感。

由此同时，还先后组建了文艺、舞蹈、声乐、摄影、武术、篮球、乒乓、登山等60余支业余队伍。至今，我乡文化站已拥有文体骨干力量1100余人，基本形成了"天天有活动，月月有赛事，季季有培训，年年有会演"的文化氛围。

为拥有一块文化阵地，搞得家里几乎一贫如洗

能拥有一块文化阵地，是我追逐的又一个大山文化梦，可这个梦一做就是十六年。

1996年7月，乡中心学校新校址落成。在乡政府所在地的原校舍和操场成了一些私营企业主纷纷竞争购置的宝地。在一切以经济为中心的年代，发展经济成了硬道理，乡党政领导也有出卖校舍和场地来换取最大价值的意愿。对于苦苦努力和奋斗了16年的我来说，能拥有这样一块千载难逢的文化阵地，岂能放过。于是，我苦口婆心不下数十次找到乡党委政府主要领导，诉求山民们对文化生活的渴望。可是，尽管我奔破脚底，磨破嘴皮，他们就是不松口。可我还是不气馁，找到了县里的文化局长们，让他们出面向乡党委政府"施压"，最终在我一根筋工作态势的坚持下，乡政府同意将一幢600余平方米旧校舍和一个近2500平方米操场无偿划归文化站。但装修、扩建资金需文化站自己想办法解决，待以后乡财政有财力时划拨。这虽是猴年马月之事，但不管怎么说，文化站总算有了这块阵地。

有房子不等于有了文化中心，装修、扩建需要资金100多万元，这个天文数字着实让我寝食难安。正当山穷水尽疑无路时，鄞县县政府出台了创建浙江省"东海文化明珠"工程奖励20万元等政策，它如一场春雨滋润我的心田，激励我向省级"文化明珠"工程推进。工程启动需要资金，我东拼西凑，

倾其所有，将家里十多年积蓄下来的 5 万元拿出来；乡财政一时难以兑付工程款，我用私房作抵押作为信用保证。工程开工后，我每天早出晚归奔跑于办公室与工地之间，星期天、节假日便成了一个模糊的概念。房子装修完了，但它只是一个空壳，活动器材、图书馆设施、藏书购置等资金无一分着落。怎么办？募捐！凭我为群众文化服务的一腔热血向企业主募捐，动员全乡干部群众捐助。然而，七拼八凑还是差了 10 几万急需资金。无奈之下，我硬着头皮向亲戚朋友求援，虽然找到许多非议，但总算也得到了解决。

1997 年 7 月 1 日，千辛万苦建起来的省级"文化明珠"工程终于落成了，一颗悬了整整一年的心得到了片刻的安宁。那晚，我欢天喜地跑菜场、下厨房做了一桌丰盛的小菜，想与妻儿分享文化中心落成的喜悦。然而，事与愿违。饭间妻子与我吵了一架，原因是企业体制改革她已经下岗一月有余，指责我不但不管不问，还将家里搞得一贫如洗。

事后想想，我也真有愧疚。为了创建"文化明珠"工程，什么是星期天，何时是节假日，对我来说，似乎已经是个模糊的概念，我根本无心顾及妻子的工作岗位和心理情绪。整整一年时间，我天天早出晚归，虽然同在屋檐下，几乎没有与妻子同吃过一餐饭、同睡过一张床。不但将房子抵押、积蓄填完，还背了十几万元的公债，这给我本来生活拮据的家庭埋下了阴影。妻子下岗时，儿子正读初三准备报考重点中学，各课成绩中就是语文尤其是作文成绩不甚理想，妻子急得像热锅上的蚂蚁，儿子也时常黑着脸。那段日子，我正没日没夜地在思考着如何扩建活动场地、多渠道筹集资金、动员社会力量无偿捐书建"万册图书馆"和增加活动设施，根本挤不出一点点时间为儿子做辅导。为此，作为儿子的父亲和一个文化人，我的内心感到万分的内疚。妻子的埋怨声、亲戚的责怪声不绝于耳，一时间闹得不可开交，差点导致家庭破裂。但话虽这样说，如果没有妻子和家人的支持也是绝不能成功的，哪怕我工作热情再高。然而，当我看到老百姓在文化中心娱乐休闲时一张张的笑脸和被称为"文化暴发户"的浙江省东海文化明珠，心里的种种委屈便烟消云散了。

近年来，随着新一轮"文化明珠乡"的创建，公共文化建设越来越得到上级有关部门的重视。于是，我抓住机遇，提出完善提高公共文化服务设施的建议，得到了乡党委政府的采纳。2012年，建筑面积约2000平方米，内设图书馆、电子阅览室、多功能厅、排练厅、展览厅、健身房、棋类室、乒乓室、台球室等功能的乡文体中心落成，并新装修了影剧院，山乡民众真正实现了与城里人一样享受文化权益。

为群文理论和文学文艺研究创作，
几乎365天连轴转

我追逐大山文化梦，缘于对群众文化的思考和对山乡变迁的朴素情感。30多年来，在做好群众文化工作的同时，始终笔耕不止，几乎365天连轴转，不仅致力于对群众文化理论的研究和探索，还创作了大量的文学和文艺作品。

20世纪80年代初，第一篇调研文章《用强烈的事业心责任感占领农村文化阵地》发表后，一发而不可收。根据各个时期群众文化工作实际，先后撰写了120多篇有关群众文化发展的论文，并在全国和省部级刊物发表或在全国和省部级文化部门举办的赛事中获奖，逐步形成了构建群众文化服务体系的整体思路，如《新世纪农村文化工作初探》《把公益性文化放在突出地位》《大力发展农村文化产业》《让农民在家门口选择文化》等理论文章，深受有关专家学者好评，在农村群众文化建设中具有一定的指导意义。

由于我对群众文化工作理论的研究和探索，不仅出版了

《实践与思索》《足迹》等群众文化论文集，还先后被批准加入中国群众文化学会、中国图书馆学会，并担任鄞州区群众文化、图书馆等学会常务理事。

在文学和文艺创作方面，先后在《中国文化报》《中国摄影报》《诗刊》《青春》《星星文学》《浙江日报》《宁波日报》等全国和省部级报纸杂志发表或获奖的文学、摄影等作品250余篇，并出版长篇小说《活着的伤痕》《与谁共枕》，长篇报告文学《龙在飞》，诗歌集《山乡情思》，散文集《姹紫逸情》《游踪札思》《游踪札思（二）》，民间文学集《当代寓言故事》《五龙传奇》，地方史书《龙观乡志》《红色龙观》等著作18部，共400余万字。这些作品很受农民们的喜欢，成为乡村图书室阅读和藏书资源，还被宁波市和鄞州区图书馆及具有400多年藏书历史的宁波天一阁藏书楼收藏。由于对文学、摄影等方面创作业绩突出，先后被批准加入中国民间文艺家协会、中国当代散文学会、中国当代诗歌学会和浙江省作家协会、摄影家协会等，并担任鄞州区民间文艺家协会副主席等职务，成为群众文化界稍有名气的作家、诗人、学者。每当我手捧着金灿灿的证书或站在领奖台上时，心里总有一股暖流涌现。

为圆文化梦，我愿一辈子服务于大山

30多年间，我也曾有过走出大山，或下海经商，或转为干部身份的机会。在80年代中期，正是市场经济冲击农村文化的年代，当地一家著名企业看准我干文化工作的才能，想聘请我担任总经办主任一职，承诺年薪6000元。在当时市场经济刚刚起步的年代，这个年薪已经是个天文数字了，与我当时的年工资相比要整整增加了10倍，亲戚朋友们也劝我"下海"赚钱为上策。那时，我曾犹豫过，也彷徨过，甚至想放弃这个无职无权无利的文化站长岗位，但还是放弃了机遇。后来，一家保险公司曾以年薪20000元和干部身份为条件，有意聘请我担任保险办事处主任一职，这对当时还是一个乡政府自配人员、年薪不到2000元的文化站长来说，无疑是具有极大的诱惑力。然而，一心追逐大山文化梦的我，也婉拒了这份诱人的工作。

回顾这30多年追逐的大山"文化梦"，我为自己深深爱上这份平淡又牵动着千家万户的工作而感到自豪！许多群众尊称我是个"痴情文化人"，我倒乐意接受这个绰号。

中秋月想起那枚"小小邮票"

又是月圆桂花香，又是中秋落叶黄……每当这个月明思亲季节，青少年时所经历的情愫总会不知不觉地涌现脑际，让人魂牵梦萦……余光中的《乡愁》是一种绵延在心底的情和苦，就像男女情爱中的生离死别一样，占领在我心目中最深处。

这不，在这个中秋圆月明光之夜，又情不自禁地想起了那枚小小邮票给我带来的思亲之情。小时候，折一张小纸鹤装入自制的小信封，贴上一枚小邮票，向远在他乡的小伙伴寄去祝福，又期盼那枚小小邮票能带回我的心愿。长大后，让人难以忘怀的更是那枚小小邮票。在高中和大学时代，思念家中父老时便用这枚小小邮票寄托亲情。弃笔从戎后，那小小邮票就是我思念父母和兄弟姐妹及家乡的桥梁，尤其是中秋、春节大的传统节日及元旦、五一、国庆等国家法定假日，总希望那枚小小邮票能带来父母的安慰，兄弟姐妹的祝福，心仪恋人的亲吻及亲朋好友的问候……那枚小小邮票似乎成了我联络情感的纽带，保家卫国的助推剂。解甲返乡后，那枚小小邮票便成了我与战友联络的信差，与苏北驻地初恋情人沟通情感的鸿雁……而且二十多年间一直未间断过，直至现代通讯工具的兴起，那枚小小邮票似乎渐渐失去了它的意义。

小时候，我特别喜欢月亮，尤其是中秋夜的月亮。当深蓝的天空中一轮明月升起时，总会情不自禁地坐在小小的庭院中凝望那又圆又亮的明月……那是不是我的新娘？她那么明净，那么妩媚，恍惚之中，她就像化作飞天向我飘来。父母亲看我望月神奇，也搬来凳子坐在我的旁边，讲那明月的故事。远古时，天上同现十个太阳晒枯了庄稼，一个叫后羿的人用神弓射下九个太阳，留下一个太阳为民造福。王母为表彰后羿为民造福功绩，赐给他一包能升天成仙不老药，因后羿舍不得撇下妻子嫦娥，便把这包成仙药交给她暂时珍藏。不久，有个心怀鬼胎的蓬蒙，以向后羿学艺为由潜入他家中，有一天后羿出外狩猎，蓬蒙见机会难得便威逼嫦娥交出不老药，嫦娥知道自己不是蓬蒙的对手，危急之下把不老药一口吞下肚子，便离地向天空飞去。由于牵挂丈夫，她飞到离人间最近的月亮上安家成仙了。后羿知道后悲痛欲绝，仰望着夜空呼唤嫦娥，突然他发现今晚的月亮格外皎洁明亮，而且有个晃动的身影酷似嫦娥，便到嫦娥喜爱的自家后花园摆上香案和嫦娥平时爱吃的果品，遥祭在月宫里的爱妻。百姓们闻知嫦娥奔月成仙的消息后，纷纷在月下摆设香案，向善良的嫦娥祈求吉祥平安，从此，中秋拜月的风俗在民间传开了。听父母亲讲的故事，嫦娥这个世上最美的女子，在我心中烙下了印。秋风徐徐吹来，院子里散发着桂花的清香，陶醉于此，便不知不觉吟诵起古诗："小时不识月，呼作白玉盘。又疑瑶台镜，飞在白云端……"

长大后，中秋月似乎成了我的情人，也成了我远离家乡时思念亲人的寄托。尤其是读了余光中的《乡愁》和许多大诗人佳作后，在团圆时节我总会禁不住吟咏："海上生明月，天涯共此时……"一个人久久地对着窗外的月亮发呆。有时也会涂鸦一些没敢寄出去的情诗。退伍后，明月成了我思念远方的她的纽带……每年渐近中秋，我总会不知不觉走进月的文苑，面向苏北，一个人久久地凝望天空的明月，默默地吟咏月的古诗词、月的美文，有时还会低声哼唱几句《明月几时有》："人有悲欢离合，月有阴晴圆缺，此事古难全。但愿人长久，千里共婵娟。"

"往夕明月分外羞，深藏云层不露头。他日我若婵宫去，定让嫦娥补中秋。"又到中秋月圆时，落叶飘飘散散如蝴蝶飞舞，希冀苏北的"嫦娥"能飘飘洒洒突然来到我的身边……又到月圆中秋时，"皓魄当空宝镜升，云间仙籁寂无声；平分秋色一轮满，长伴云衢千里明"。举头望月，用眼神追逐千古神话的飘逸，想象鹅黄色的月光为归来的人照亮的温暖。相信今晚，还有和我一样月夜思乡、思情的人……

家信的记忆

当下，在现代通信技术高度发达的时代，电脑、网络、电话、手机、微信、短信、QQ等这些通信工具，让家信似乎成为了岁月的记忆。

曾几何，那份等信的急切、收信的惊喜、看信的温馨，令多少人久久难以忘怀。尤其是身在他乡的游子，每当节假日、春节、中秋、十一等重大节日，心中总是一遍遍地催促自己，回家看看吧！但由于种种原因总是难以成行。那时的游子心中最期盼的，是能收到远方父母亲的慰藉，恋人的暖意，友人的问候、同学的友情……这在20世纪70年代我参军时感受最深的。

1978年3月，我与许多热血青年一样踊跃报名，毅然弃笔从戎，来到淮海战役主战场之一的苏北大地——灌南，到达部队那一天的情景，至今仍记忆犹新。

阳春三月，对江南来说已经是春暖花开，可苏北这个不毛之地，一眼望去，黄色一片，时有雪花飘零。早上起来，寒风呼呼，不敢伸手；眼前的地上，雪白一片，以为是雪花落地所致，原来是一片盐花，是个地道的盐碱地。面对陌生之地，除了军事训练以外，一歇下来想做的第一件事就是给家人、恋人、朋友、同学写信，然后，天天等待着"8分钱"的回报——回信。大有"鸿雁传书，家书抵万金"之感。

书信，作为人们一种联系和交流的平台，不仅能了解家中亲人的近况，而且对独处他乡的人来说，心中多少会有些许宽慰，略解思乡之苦。那时，部队通信不方便，每个连队虽有电话，那是军用电话专门由通讯员管理，士兵一般不允许往其他连队战友打电话的，更不能与家人通电话，对新兵来说想都不要想。为解思乡之苦，我们这些南方来的新兵便等待着星期天的到来，以上街买日用品为由去会见老乡。然而，部队有规定新兵上街必须由老兵陪同，时间一般不能超过两小时，而且规定两个星期才能请假一次。因此，好不容易请一次假，为了与老乡会面，便会想方设法骗过老兵，有时用小恩小惠贿赂老兵，让他们离开自己。

部队驻扎在灌南县城东南西北四周，我们龙观同年参军的十几个兵被分配在炮兵团三个营一个团部中，距离远的七八里，近的也有三五里。两小时时间在县城买一些日用品也比较急迫，根本无法与老乡会面，哪怕用急行军速度也不够。怎么办？有时想得实在不行了，便说去团部卫生队看病以搪塞连队领导。看病一般由班长或副班长陪同，为了谎言不被穿帮，总是央求连首长由自己老乡陪同前往，说是由老乡照顾心情会好一些。连首长看我们说得在理，有时也会同意。这样我们两个老乡一起去见其他连队老乡一聊就可半天了，有时连中饭或晚饭都赶不上。回来去连队销假时总说卫生队求医人多，排不上号，搪塞过去。但部队毕竟有纪律的，不能隔三差五地去会见老乡，怎么办呢？那就是写信。写些什么呢，除了诉说训练、生活之苦外，大多是天花乱坠吹一些女朋友之类的东东。

每当写好一封信寄出后，思念和牵挂也跟着它走了，留下的只有漫长的等待着回信到来。有时实在等不去了，就去连部通讯员处询问"有没有我的信"。当说有我的信时就会高兴得跳起来；当听到没有信时，心中就有一种失望感；当收到家信尤其是恋人的信后，目光会聚精会神地聚焦在薄薄的信纸上，看了一遍又一遍，那种温馨，那种愉悦，是无法用语言来表达的。若按惯例，应该在一定期限内收到的书信而延期了好多天还没有消息的话，就难免会有一种焦虑情绪产生，有一种度日如年的感觉，有一种想家难熬的心情，有一种说不出的涩涩的味道……在夜间，一个人会偷偷跑到训练场或靶场的某个角落，默默地抽上几支烟，或站在高地上放声高唱激情高亢的歌曲，以消除内心的焦虑感。可见，当时的家信就是一条纽带，把身在他乡的游子紧紧相连。

收阅书信有一种喜悦之情，也是享受天伦之乐。因为，多少次梦里在呼唤的是那深沉的父爱，爱唠叨的母爱，兄弟姐妹的手足亲情，恋人的缠绵之情，同学的同窗友情……可谓是魂牵梦萦。当在他乡遇到困难，受到挫折、委屈、苦恼的时候，就会给家中亲人写信倾诉，以求亲人的安慰与鼓励。记得我刚到部队那会儿，生活条件实在太苦了。在茫茫的苏北大地上顶烈日、冒严寒没日没夜地训练，每天长达十几个小时，住的是平房，吃的是大白菜，洗的是咸碱水。每天承受着超生理负荷的强体力训练，这对我这个刚走出大学校门的小伙子来说，实在是承受不了。如何面对艰苦环境的考验？父母亲知道后便会叫弟弟写信鼓励我，教育我当兵就要磨砺意志，就要吃苦，要我经得起艰苦环境的考验。一封封家信，体现出父母亲和兄姐弟对我的厚望。为此，我勤奋训练，各项工作抢着干，作为全团唯一的大学生，发挥才能，利用业余时间撰写新闻稿，创作文学、文艺作品，并频频在军报上发表，获得部队首长的好评和嘉奖，成为了一名专业的部队新闻报道员，这也为我解甲返乡后走上这个基层文化工作岗位奠定了扎实的基础。

80 年代初，我返乡任公社文化站长兼报道员后，虽然公社办公室也有老式手摇电话，但由文书管着，一般不允许打私人长途，再说那长途电话信号不好，话音也杂，有时根本听不清对方在说什么。因此，我与战友之间的沟通仍以写信为通信的主要工具。我觉得书信是日常生活中精神交流的平台，每次收到战友的来信总会有一种亲切感，一种难以割舍的眷恋之情。

随着现代科技的发展和时代的进步，现在一般书信作用已淡出人们的视线，取代它的是手机、电脑、网络、传真机、QQ、短信、微信等，我真羡慕高科技发达年代身在异国他乡的游子，可利用电脑视频聊天，手机通话，短信、微信、QQ聊天等，可及时和家中亲人、朋友、博友、文友联系和交流。这些便捷的通信在七八十年代连做梦都不敢想的事，现今变成了现实，真正发挥了千里眼、顺风耳的功能，为人们的联系和交流提供了极大的便利。每当想起这些，都会唤醒我70年代在部队时对书信最温馨的记忆……因为，书信让我的心中多了一份牵挂，一份眷恋，一份浓浓的乡愁，一份暖暖的爱意，那一封封家信是我最宝贵的精神财富，现在读来仍是那么的亲切，那样的温馨……

老丈母 80 寿诞赋

金秋十月，瓜果飘香。在这硕果累累收获的季节，迎来了我的老丈母八十寿诞。

八十寿诞是个不平常的日子。俗话说，人生七十古来稀。老丈母已经八十岁了，身体是那么的健康，笑声是那么的爽朗，这是我们晚辈们最大的幸福，我发自内心地为您老人家感到高兴。

"百事孝为先"，家有寿星是晚辈的福气和荣耀。因此，我在百忙之中，放下手头的工作，赶去参加寿宴！这是晚辈对长辈的一片赤诚和孝悌之心。祝您老人家福如东海长流水，寿比南山不老松！

八十个春夏秋冬，八十年风风雨雨。经历了人生旅途中多少坎坷和艰辛，您能走到今天，能赶上现在的好日子，实属不易！在我眼里，您是一位平凡而伟大的长辈。说平凡——因为您是一位普普通通的农家妇女，有着勤劳善良的朴素品格，有着宽厚待人、宽容处世的人生姿态；说伟大——因为您是一位刚强、质朴、聪慧、善良的老母亲，为了儿女，您含辛茹苦，韶华献尽，您的每一根白发，每一条皱纹，都是最好的见证。您直面生活，笑对人生，善待一切的品质，永远值得我们晚辈学习！如今，儿女们都各自成家，业有所成，内孙外孙也是个个生龙活虎，加上党对农村的好政策，让您老人家内心的幸福指数直线上升，真正地享受到了人间的天伦之乐。古语说得好，"有德长寿，大德长寿，仁者寿"。您一生勤劳，忙时多，闲时少。您老人家性情开朗，宽厚待人，与乡里乡亲友善相处，邻里和睦，深受乡邻敬重。真可谓"心境平和度百年，粗茶淡饭过一生"。您常说"多积德，多行善"。"吃亏是福!"您用朴素的语言教育了我们，用自己的行动感染了我们，使子孙们都能用善良的心、真诚的心从容地面对生活。我认为这就是您最伟大的家传之宝，也是您老人家留给我们最大的财富，永远值得我们去发扬光大。

八十年沧桑岁月，八十年苦乐年华。漫漫人生道路上，您以品德立人，以宽容处世，以慈悲为怀，以俭朴持家，以智慧教子，中华民族的"仁义礼智信、温良恭俭让"的传统美德，在您的身上不断发扬光大。而您的这种美好品德，让您在整个家族乃至邻里乡亲中享有崇高的声望，并获得一致的尊重！作为您唯一的女婿，我感到由衷的骄傲和自豪！

犹记得，您待我如子，更胜似子。因为我父亲与老丈人是多年朋友关系，我上初中时就认识了您。那时虽然生活拮据，但每当我去您家，您就像款待上宾一样总是变着法做最好的菜给我吃，还把老丈人自己酿制的心爱的米酒拿出来让我品尝。读高中和大学时，您总是惦记着我的学习、生活，有事没事，您总让子女写信来问寒问暖。后来，我弃笔从戎，您更加惦记着我在大熔炉锻炼成长的一言一行。参加工作后，您还是惦记我的工作负担重，不容易，对我仍关爱有加，一直让我感动。我在工作上取得了成绩，您得知后，也替我高兴，勉励我踏实做人、认真干事。最后，您毅然决然地将心爱的独生女嫁给了我。俗话说，女婿抵半子。可您老人家没有把我当半子，而是将我视如己出，一直关注着我家的生活和我的工作业绩。我有成绩您高兴，我有挫折您担忧。直至现在，您还在关注着我家的生活。外甥大学毕业是否找到了工作，找到了工作是否称心；外甥进入大龄青年是否找到了对象，找到了对象什么时候结婚……总之，一切的一切，您都要关注、关爱，关心、操心。

犹记得，四年前老丈人去世，那时您也进入高龄，正需要老伴陪伴终生。我知道您心里悲泣交加，可您为了子女们不再泣上加悲，心里装得很平静，劝导我们生老病死是自然规律，还说，我老丈人病故是命中注定，是没有那个福分。多么伟大的母亲啊！

犹记得，在最艰难的岁月里，是老丈母您维护着家庭的团聚；在困苦的环境中，是老丈母您履行着赡养长辈哺育儿女的重任。您含辛茹苦地把五个子女养育成人。多少年来，一日三餐，缝补浆洗，您自顾无暇；一家三代，饱饿寒暖，您思量有加。多少年来，您纳的千层底，让儿女们量出人生道路的长短尺码；您种的五谷粮，让儿女们品出了大千世界的酸甜苦辣。您的一言一行感化着后人，激励着大家，为家庭支撑起一片生活的蓝天，为儿女们铺筑起幸福健康的道路。我们对您有报不完的恩，叙不断的情。

犹记得，在杨氏这个大家族中，您的乐善好施、悲天悯人的情怀至今传为佳话。您出以公心，常常调解邻里纠纷；您动之以情，常常劝和小两口的家庭；您同情弱小，经常予饥者食，予寒者衣……

到如今，儿女们一个个长大成人，一个个成家立业，一个个插上了翅膀，飞离了您的怀抱。儿女们多想您啊——高堂老母！多想您老人家来高楼大厦住上几月，享享清福，可是您却故土难离，虽然白发苍苍，虽然步履蹒跚，却依然精心地打理着自己的田园，菜圃的青菜是那样的鲜嫩，猪圈里的肥猪是那样的膘壮。是您，让清贫的日子如糖如蜜；是您，让单调的生活如诗如画。

呵，老丈母！呵，亲爱的妈妈！八十年一路奔波，您不曾停歇坚毅的步伐；八十年走到如今，您无暇顾盼镜中的白发。

到如今，衣食无忧您该满足了，可家中的琐事您不愿放下；到如今，健康长寿您该高兴了，可儿孙的冷暖您还在牵挂。您用心中的企盼，调和了一切的甜酸苦辣；您用手上的老茧，抚平了所有的坎坷坑洼。

呵，老丈母！您赐予我们的，不仅仅是一个个鲜活的生命，更有经岁月洗礼而凝注的精神财富。您的善良俭朴，是我们做人的本，您的刚毅坚韧，是我们处世的法。您柔弱的双肩，却擎起千般琐碎；您宽阔的胸怀，把一切炎凉融化。

此时此刻，我更深深缅怀我的老丈人，愿他老人家的在天之灵与我们共同欢享这欢乐时光！

今天，是您老人家八十寿诞的大喜日子。我真诚地祝福您老人家晚年幸福，我们会常回家看看的，让您老人家真正享受人生的天伦之乐。我知道，您现在虽已八十高龄，但您还同过去一样，能做的事情自己做，能帮孩子们干的事情自己干，无怨无悔，任劳任怨。您善良、宽厚、博大的胸怀，依然显现在平日生活的点点滴滴中。然而，我们知道，随着时间的推移，老年人的身体需要更多的呵护，心灵需要更多的慰藉。作为晚辈，我们要尽孝为先。不论工作多忙，身体多累，也要尽量挤出时间陪好老人家，让您生活得更如意、更幸福、更开心。"莫道桑榆晚，为霞尚满天！"有首歌唱得好："最美莫过夕阳红，温馨又从容。"让我们衷心地祝愿老人家：福如东海、寿比南山！

今天，在这里高朋满座，暖意融融！在这美好的时刻，让我们举起手中的酒杯，为我们平凡而又伟大的老母亲，为天底下所有老父母，干杯！让我们一起祝福我的老丈母，增福增寿增富贵，添光添彩添吉祥。祝福我的老丈母生活之树常绿，生命之水长流。寿诞快乐，春晖永绽。

今天，是您老人家八十寿诞；今天，我们儿孙满堂共同祝贺您老人家八十大寿。养育之恩有如滔滔长江大海，寸草之心难报暖暖艳阳春晖！在这个充满温馨的美好时刻，作为晚辈，除了敬祝老丈母健康如意，福乐绵长，春秋不老，耄耋重新外，还是敬祝！

搬家散记

辞旧迎新，爆竹声声。在 2015 年与 2016 年界碑之际，终于入住了经过七个月装修的新家了。我的新家，没有房产证只有农村"小产权"，不像城里人的商住房，也不是农村别墅房，而是多层套房，面积说大不大，说小也不小。如果说面积大，相比于原来住的商住房也真是大了 21 平方，达到了 103 平方；如果说面积小，相较于农村别墅房，整整小了 50 平方之多。但很欣慰，因为这是我亲手置办的第四个新家。

家，是一个温暖又温馨的字，一个盛放感情的生活起居之处，不管家是简陋还是豪华，只要有家人的微笑，有飘香的饭菜，有夜晚为你守候的灯光，家就会充满柔情蜜意，就是人间最美的天堂。

搬家，是因为生活、工作的需要，有喜悦也有些许无奈。搬家，就是将一个原先已是连墙缝也牢记着的居处丢掉，移往一个完全新鲜的地方，当然新房还能刺激一下人于居处的欲望。在一个完全新鲜的地方，从此有几间可以居人的房间在你的名下，虽然仍然是几堵墙围合的空间，但那是一个比较先前明显有不一样气味的住处。其实，换新的居处如同见到心仪的女子一样，虽然女人还是女人，但心仪的女人总让人莫名的心动血涌。

搬了 4 次家，每次除了累的感受外，还因搬的地方不同，心情也有别，感受也不尽相同。回眸建房、买房、装修、搬家的经历，30 多年来，可以是用"甜酸苦辣"四个字来形容。

　　20 世纪 80 年代初，按照当时的农村生活习惯，年轻人要结婚娶妻必须有一间新楼房，这对刚刚解甲返乡走上工作岗位、仅 30 几元月薪的我来说，确实压力很大。然而，为了完成父母的心愿，还是咬咬牙向亲朋好友你 100 元他 200 元地借了 1200 元钱，建造了一间所谓的混木结构的楼房，即整个屋体框架用木结构建筑材料加黑瓦，阳台用三块水泥空心板加砖头墙体，并用毛竹蓠芭糊上黄泥草筋、涂上石灰装饰作为与邻居分隔墙。这样的结构，在当时应该说是比较时髦的房屋。至 80 年代中期，在父母的多次催促下，28 岁的我终于走进了婚姻的殿堂，一年后便添了一个儿子。为了让房屋住得宽敞一些，又投入 6000 元在原楼房后面和边上各建造了一间混凝土结构的楼房和平房，对当时才每月 50 几元工薪的我来说，意味着刚刚还清了建木结构房子时欠下的债，又重新负债 3000 多元。

　　90 年代初，随着经济形势稍宽裕一些，当地政府兴起了机关干部集资建房的热潮，作为仍是自聘干部的我享受不了这一待遇，好在有一个机关干部分配的集资房要出卖，我又硬着头皮把老家原来的二间楼房和一间平房卖掉了，近二百平米的房屋面积换不了 82 平米集资房的一半面积，于是我又负下了近 2 万元债务。至此，我三次建房和买房总是以负债紧跟所谓的住房形势，其间的甜酸苦辣不亚于现今的年轻人成为"房奴"。

　　现今，年近花甲、月收入万元余的我已稍有积蓄，而儿子的成家立业让我没有了任何经济负担，也应该为自己和老伴享受一下了。去年初，当地政府对我们居住一带的商品房道路、街面等进行规划改造，动员重新拆建，并说在两年后交付给我们使用。身为政府部门一员理应支持新农村建设，便第一个带头签订了拆建协议。与此同时，在当地另外一个地块买了一套已建成的"小产权"多层套房。我想，既然两年后交付使用有房产证的商住房，若出卖便能抵消已购置装修的"小产权"多层套房全部费用，何乐而不为。然而，事与愿违，整个一幢商品房24户人家竟然有4户人家不同意拆建，从而使拆建工作无法进行，我的如意算盘成了泡影。唉，农村拆建工作成了"天下第一难"。

其实，搬家、更换新房是烦心劳心的事情。80年代建房时，首先要规划建房地块、楼房式样、与谁做邻居合适等事宜，然后要选择什么样的建筑材料，买几根立柱、几根桁条、几根椽子，瓦片多少张、砖头多少块、水泥多少包，请谁做木工、泥工和小工，打什么样的家具，购什么样的餐具等，零零碎碎的事让人劳心烦心，一分一厘都要精打细算，决不能浪费一分钱。90年代买房时，装修材料一般都是自己购置的，泥工、木工、漆工以"包清工"为主，因此三四个月的装修几乎天天要侍候着，没日没夜，加班加点，而且不能影响装修工程和每天上下班工作，尝尽的酸甜苦辣真是无法用语言来表达。而这次购房相比较以上三次要轻松多了，因为我与装潢公司签订了包工包料"一脚踢"装修合同，只是装修的式样设计、材料规格由我来提供，家用电器、家具等都可以网购，而且货源提供单位实行免费运输安装。

然而，搬家时最让人烦心的是收拾东西，每次搬家都要思考哪些携带，哪些重要，哪些丢弃。有些东西并不是必需的，也不重要，但它记载着我的过去，是让我记忆犹新的见证，扔之可惜，踌躇良久。因此，每每搬家有两件东西必须携带，即我亲手设计打造的结婚床和结婚时老伴携带的嫁妆，尽管至今没有什么用了，也要搬到新家杂物间储藏，因为它是我们俩风雨同舟的见证。

这次搬家，也与以往的搬家习惯一样，除了结婚床和老伴嫁妆必搬外，只是搬衣物、书籍和日用品。收拾衣物和零碎日用品，全由老伴一个人承担，因为这些衣物被褥和零碎日用品怎么收拾、怎么分类、放置在哪里，对我这个"大男子主义"的人来说，确实不懂，她也不让我插手，因为可能会帮倒忙。因此，老伴在搬家前三四天用孙子玩耍的一辆小推车，每天回来十几趟，像蚂蚁搬家似的一点一点从老房搬到新屋，好在距离不远，仅千米路程，但孤军奋战，身心是比较疲惫的。而我每天下班后就收拾书籍，按分类打包，等待搬运人员来装运。

经过努力，衣物和书籍及一些小零碎东西收拾得差不多了，就剩下如电冰箱、结婚床、嫁妆等几件大件，等待着搬运人员来搬家了。看着堆积如山的物品，我真不明白我们为何需要这么多东西？记得《圣经》上有这样一段话："我们一生的年日是七十岁，若是强壮可到八十岁，但其中所矜夸的，不过是劳苦愁烦，转眼成空，我们便如而去。"人嘛，真正能吃用的只是那么一点点，今生若将生命耗在追求物欲上，积存许多东西，成为累赘，岂不是自讨苦吃？

新家安顿下来，才知有些在旧处的东西还是照料不周丢失了，给新处生活带来诸多不便。当然，最不能搬走的还是曾经生活在旧居时发生的许许多多与人纠葛交往而生的情感。在老家，烧菜时发现没有油盐了，你可以敲开邻家的门将油盐借过来；出门在外有远亲来访，近邻可以代为热情招待……这些都是不能挪移的。家，不仅仅是几堵墙围合的一方，有一些不能见却能感受的东西，是那样的严严厚厚、温温暖暖、真情真意……

在老家住了长长久久的，忽然有一天发布要搬家的消息，作为近邻近舍者是不愿相信的，总是要拐个弯来问问：真的吗？为什么要搬走呢？为什么喜欢上那样一个地方呢？我们不是住得很好吗？为什么就要离开我们呢？一连串的为什么，总让人无语以答。我想，大抵为新家而高兴，为什么丢掉旧妇又娶新人怎加细想，一切过去，复归安静才会想想旁人曾经的提问，望一切都成陌生才问自己，住哪里不是住啊，为何总觅新欢？可怜的人们跟摘苞谷的猴子有何区别，想着前面的结果总是将到手的又丢了，到头来总是两手空空。

我们之中有谁不害怕别离？人们都知道，但偏偏不说再见。有时候，我们不是不想说再见，而是不敢，也不舍。因为已经投资了自己的青春和年华，一旦离开了，不知道今后会变成怎样。然而，人要勇于说再见，才有幸福的可能。但愿我们都有说再见的智慧和勇气。当我不想说再见，只是因为我还在乎，而快乐，还是比痛苦多出许多倍。搬家虽然麻烦，但这也是一种生活的体验。在与旧事物的割舍中，我们会对我们曾经的爱更加感恩与珍惜。

其实，我对搬家是反感的，每次搬家都让人很伤感。因为每件饰物、每件物品都是自己用心寻找、搭配、购买、摆放的，久而久之，成为生活中不可缺少的一部分，成为生命中的一分子。小小的家，因它而有了生气和生机。我对搬家的另一种感悟是，因为每次搬家都是一种割舍，一种矛盾，一种憧憬。割舍，是因为和左邻右居相熟了，几十年了如同一家人，彼此关照，彼此鼓励，便有了一分亲情……矛盾，是因为工作的方便和家庭的利益，我们寻求更合适的地点谋求更大的发展，同时也要放弃很多的东西，从感情上牺牲了很多，是一种离别……憧憬，是因为在新的环境，新的起点，带着满腔的热忱和朋友们的祝福起航……然而，看着慢慢清空、杂乱的家，我的心突然被抽空了。曾几何时，我们搬进新居的那份兴奋、那份快乐、那份踌躇满志……好似昨夕。

2015年末，我搬进了新家，尽管新家更好，但是，我依然留恋着伴随我们22年风风雨雨、苦辣酸甜的老家。每每路过老家，我都会停顿注目，抬头观望，因为老家有我割舍不了的情与爱、苦辣与酸甜……

怀念仙逝的长者

岁岁清明，今又清明。每当这个时节，人们都会不约而同地对逝者思念。迎着雨纷纷的天气，或在墓顶捧上一掬泥土，或在墓碑前献上一束鲜花；或在墓地点燃鞭炮，然后莺语低声，悲痛而泣……

春寒料峭，万物复苏。在飞絮沾襟柳含烟，春意萌动山翠岚，杏花飘落幽径泛彩透泥香，<u>丝丝疏雨</u>中，低飞劳燕不变故土的回盼中，寸断肝肠的清明时节如期而至，人们的记忆和思绪会情不自禁地开启，任由飞驰百转……

当你触摸那略带暖意的墓碑，那曾经生离死别时的极度哀伤又溢满心扉，心陡阵阵酸楚，泪水便也在不知不觉中溢盈双眼，不由自主地顺着多道沟壑皱褶的脸颊蜿蜒滑落，不能自已，仰天悲叹！

回眸与亲人离别，26 年间，已有 6 位亲人与我永别，即：1989 年 11 月 28 日父亲仙逝，寿 68 岁；1992 年 8 月 27 日外婆仙逝，享年 88 岁；1995 年 6 月 13 日奶奶仙逝，享年 95 岁；2008 年 1 月 31 日岳父仙逝，享年 78 岁；2011 年 2 月 3 日母亲仙逝，享年 82 岁；2011 年 11 月 28 日姑姑仙逝，享年 74 岁。弹指一挥间，往事历历在目，不免伤感累累。

父亲，一生劳累，为了培养我们兄姐弟 4 个，年过花甲，不幸患上大腿骨髓癌，但老人家铮铮铁骨，边治疗边坚持下地干活，为了一家人生计，直至生命终结。母亲，一生光明磊落，心底如兰。年轻时，在与父亲一起扶养 4 个年幼小叔小姑的同时，还毅然参加地下党领导的革命工作，发动妇女投身抗日和解放运动，为新中国建立做出了不可磨灭的贡献。奶奶，42 岁丧偶，一生守寡，虽然是个小脚女人，但老人家不畏生活清苦，坚持与我父亲母亲一起，硬生生地拉扯着一家七口，直至一个个自食其力，成家立业。姑姑，未成年被领为童养媳，面对艰辛的生活，自强不息，与姑夫一起硬生生把三个儿女培养成人。外婆，与奶奶一样也是个"小脚女人"，四十不到丧偶，一生守寡，育一子二女。儿子 16 时（即我舅），她毅然决然将唯一的"顶梁柱"送上了前线，宁愿自己硬撑着扶养两个未成年的女儿。而我舅一去不复返，直至抗美援朝任师参谋长，在一次前线侦察时不幸被美军炮弹片击中，一年后在福州逝世。岳父，是一个以家为生的人，虽然从小失去父亲，但他可谓是一个孝子，对老母百依百顺，直至老奶奶去世，年届七十的老岳父披麻戴孝，三步一拜将老奶奶送上山。葬礼后虽然大病一场，但他心里感到欣慰……

在这清明时节，作为准老头的我，每每想起仙逝的长者，泪水总会情不自禁地盈满眼眶。因为，你们的爱，甘如饴，我永记心田，铭刻心间。

今夕何夕？春风依旧。只是一颗遥思眷恋的心，仍久久徘徊在散落的光泽里和凄风流逝的白云边……

亲爱的长辈们，晚辈我，永远爱你们——千年万年！

泣悼老母

2011 年 2 月 3 日晚七时十六分，老母走完了八十二年人生路，驾鹤仙逝，与等待了二十二年的老父亲相会去了，全家老小悲痛万分。

2 月 3 日是农历正月初一，本是亲人相会团聚喜庆的日子，不料，老母却离我们而去，我们三兄弟一姐姐携全家悲泣交加。但欣慰的是，按农村习俗老母仙逝于正月初一还算吉祥，一是走过了"节头"年。农村年龄按农历虚岁计算，如果老母逝世于年三十，即逝世年龄为 81 岁，九九八十一这个数字不太吉利；二是躲开了"立春关"。如果老母去世于初二，那就是立春。民谚有"一年之计在于春"的说法，民间对立春出现丧事有不吉利之说。可见，老母为保儿女们的一生平安，尽了最后一点力，把这两个所谓的不吉利日子都躲开了。

2 月 5 日，老母去世的第三天，是出殡的日子。当最后一块坟砖阻塞双亲坟域口的一刹那，我的心倏地痛楚起来，难道老母就这样离开了我们吗？脑子一片空白，只是呆呆地注视着双亲的坟墓，泪水不知不觉地流下了脸颊，久久不能缓过神来。一阵"关门炮"过后，下葬仪式结束了，我的心似乎稍稍舒缓了一点。这时送葬的队伍都走了，墓地静得似乎能听到自己的心跳，我独自一人站在双亲墓碑前，心情久久不能平静。不觉间，老母的一生在脑海中如影视片一样，一幕幕地显现。

　　您出生于20世纪30年代初的一个富裕人家，可谓是大家闺秀。兄妹三人在父母的呵护下过着舒心的日子。然而，天有不测风云，人有旦夕祸福。在您十三岁那年，父亲突然病故，十六岁的哥哥毅然跟随部队去了前线，加入了抗日阵线，成为了一名光荣的新四军战士。一家人失去了主心骨，生活一下子从天堂跌到了地狱，您缠着小脚的母亲要抚养你们未成年俩姐妹。面对突然而来的打击，您没有倒下，毅然撑起了家，母女仨相依为命，艰辛度日。后来，您为了减少家里的负担，时年15岁的您，本来还可以在父母跟前撒几年娇，您却决定嫁给我的父亲，这需要多大的勇气和决心啊！也许是生活所迫，也许是同病相怜。您知道，我的父亲也失去了父亲——我的爷爷，作为长子的父亲，当时要抚养三岁、十二岁的两个弟弟和一个六岁的妹妹加上我的奶奶和您，一家六口人，生活相当艰辛，可用度日如年来形容。您更知道，在那个烽火年代，对一个居住在偏僻山区、无山无地无家产的农家来说，只靠我父亲为富裕人家打短工来维持生计，生存是何等之难。而您不但没有一句怨言，竟然与我父亲一起承担起"长子代父"和"嫂娘"的责任，白天为富裕人家打短工，晚上做家务，维持一家人的生计。

　　在抗日战争和解放战争时期，一些地下党革命志士因居住地偏僻隐蔽的缘故，经常到家来开会，您不但没有怨言，而且宁愿自己挨饿省下饭菜供他们吃，还与我的父亲一起为他们送信送情报，燃起对革命胜利的向往。后来，您与我父亲被四明山三五支队特派员发展成为地下交通员，还当上了山村抗日妇救会主任，开始走上了革命生涯。抗战胜利后，本来应该享受胜利果实的老区人民，因国民党的背信弃义，国共两党谈判破裂，山村处于白色恐怖之中，许多革命志士纷纷转入地下，不公开活动。而您虽不是地下党员，却为求砸烂旧世界始终在进行地下活动。新中国成立前夕，您生下了我的大姐，由于家境贫寒、生活艰辛，白天操劳生活，晚上操劳地下工作，无暇顾及女儿吃穿、病痛，导致我的大姐出生不到一年就病故了。可您还是擦干眼泪投入到迎接解放大军南下作战当中，为了新中国建设，支援前线消灭残匪势力，白天发动群众参加生产劳动，晚上发动妇女做军鞋，走巷串户，整个山村留下了您不计其数的脚印。

新中国成立的第二年，我大哥出生了，本来家境贫困，又添了一口，真可谓雪上加霜。可您仍是含辛茹苦，不但服侍缠着小脚的婆婆，还顾及尚未成年的小叔子、小姑子的生活，更要抚育嗷嗷待哺的儿子。在之后的"三反五反""公社化大跃进""三年自然灾害"期间，我姐、我和弟相继出世，您为了把我们这些嗷嗷待哺的儿女们养大成人，白天带领"铁姑娘队"在生产队拼死拼活地干活，晚上为我们缝补洗涤，将整个身子累成皮包骨也不肯歇息，恨不得将身上的肉挖下来喂给我们吃。我从小身子骨弱，您为了让我今后有出息，竟然让小学尚未毕业的哥哥、姐姐和初中毕业的弟弟放下书包参加劳动，赚钱养家糊口，供读我至大学毕业，虽然是工农兵大学，但在当时尚未恢复高考制度时期，可谓是最高学府了。后来，您为了让我有更多的锻炼机会，毅然将我送去军营参军。复员后，让我走上了工作岗位，施展才华。这一切的一切，我终生难忘，时刻牢记在心。

我还记得70年代初，父亲患肝病四处求医无门，最后您竟然加入耶稣祈求上帝保佑我的父亲，成为一名虔诚的基督教教徒。后来，我父亲患了骨髓癌，大腿穿孔，天天流脓水，久治不愈，最终父亲也相信了耶稣。我虽然信仰共产主义，但也不反对个人的信仰自由。时隔二十二年，您的出丧与父亲的出丧完全一样，一切都按耶稣出殡礼节来做。落殓和出殡时，您的"兄弟姐妹"几十号人都来了，做祷告、唱赞美歌、吹奏鼓乐……热闹非凡，仪式结束后连口水都不喝就走了。这确实让我开了视野，耶稣葬礼既热闹又节俭。看来，您当初的选择为百年后打下了基础，子女们为你们办丧事节约了不少的费用。

呵！我的老母，您为了抚育子女成人，真可谓呕心沥血。

呵！我的老母，您为了推翻旧社会建立新中国，真可谓鞠躬尽瘁。

安息吧！我的老母，您的儿孙们、曾孙们，永远不会忘记您的教诲：诚诚实实做人，平平安安生活。

安息吧！我的老母，您永远活在儿孙们、曾孙们心中。

尊敬的老母，永垂不朽！

怀念艰辛一辈子的父亲

——为父亲仙逝 25 年而作

梅雨季节近一个月了，每天阴雨蒙蒙、浓雾山头的天气，不免让人神伤、心情沉重，思亲之感也随之而来。不知怎的，昨晚又梦见了威严可敬的父亲。屈指数来，他老人家已经离开我们 25 年了。随着键盘的敲打声，我的思绪不知不觉又回到了 25 年前父亲仙逝的那一天，禁不住泪水满眶……

1989 年 11 月 28 日上午 8 时许，生我养我的父亲走了，享年 68 岁。按现在进入老龄化时代、中国人均年龄 72 岁的话来说，可谓是壮年早逝。

那天，天气也与今天一样，时雨时雾，阴霾笼罩整个山乡。时任文化站长兼党委秘书的我，为了上午 8 点准时召开全乡党员大会，便早早起床赶到大会堂，等我布置会场完毕、全体党员同志陆续进会场签到时，突然妻子骑着自行车带着才四岁的儿子冒雨来到我的身边，并眼泪汪汪地说，父亲快不行了，叫我立即回家。我知道父亲患大腿骨髓癌已有三年多，近三个多月来，身体每况愈下，几乎卧床不起。因而，我每天上班前和下班后都要去看望他老人家。一来愉悦老人家心情，使他感到亲情的温暖；二来尽一份子女的孝心。有时晚上有应酬，不管多晚到家，我都要到父亲病榻边与老人家聊会儿天。然而，今天为了党员大会不出现纰漏，天刚蒙蒙亮就起床赶到了会场，因而，我没有去看望父亲。

事情真有那么凑巧？三个多月来，我几乎每天去看望父亲，屈指算来也有 200 余次，难道今天早晨仅一次未去看望，他老人家真的要与世长辞？我一边与妻子一起快马加鞭地往家里赶，一边思忖着父亲的病况。约 8 点 20 分，赶到父亲的家，眼前的情景让我淌下了悔恨和伤痛的泪水。

父亲硬邦邦地躺在床上，脸如白纸，双眼开着，似乎难以合上眼睑或在等待着某个亲人的到来。前来告别的老人们说，这是在等待我这个"不孝"儿子的到来，只要我用手摸一下眼睑，父亲会自然闭上眼睑。我心里又一阵酸楚，悔恨自己早晨应该来看望一下。于是，我伸出双手很虔诚地从父亲的额头到眼眶向下慢慢摸了几遍，整个脸部还有余热，说明父亲刚刚驾鹤仙去，但他还是没有闭上眼睑。我突然想到，父亲不是为了等我而闭不上眼，而是挂念奶奶的健康。那时，我奶奶已有 89 岁高龄，而且是个受几千年封建残害的缠足小脚老太。由于艰辛和高龄，耳朵不怎么聪，眼睛不怎么亮，走路也不方便。

一辈子疼我爱我、对子女教育极其威严的父亲就这样走了，我不知该用怎样的笔墨来形容和表达心情，诉说内心的痛苦和遗恨。我无语地注视着家里的一切，不敢也不愿相信父亲真的这样走了。尽管我知道父亲的的确确走了。但我每每握着老人家的手，聊天时那一幕幕永远铭刻在心间的情景，仍浮现在眼前……在家里的每一处地方，在村落的每一条巷弄里，在溪边的每一条机耕路上，在来来往往的人流中，在屋前的石墩上……我似乎又看到了父亲高大伟岸的身影，听到了父亲那和蔼可亲的笑语和情真意切的叮咛。多少年来，父亲就是家里的一切，他就像一棵参天大树，庇护着这个家，庇护着这群儿女，庇护着每一个孙辈，关爱着、牵挂着、帮助着每一个亲朋好友、后生晚辈。而今，大树倾覆，慈父不见，泪满眼眶；仰首长叹，请问上苍，让我如何面对他老人家仙逝这样一个残酷的现实!

父亲，陈氏家族二十一世公，兄弟妹 6 人排行老二。民国十一年（1922）壬戌九月初十日戌时出生于浙东宁波鄞西龙观古山村樟岙山脚下一个叫车水丘的小山村，仅居住着我祖父、堂叔公和一个王姓三户农家，贫瘠的小山村除了诞生我的伯伯叔叔姑姑外，似乎没什么可记载了。

1943 年，含辛茹苦一辈子、年仅 57 岁的爷爷去世了。那时，父亲 22 岁、大姑 15 岁、大叔 12 岁、小姑 6 岁、小叔 3 岁，三间破烂不堪、烟熏火燎黑漆漆的小平房，就是全部家当。中年守寡、时年 43 岁的小脚奶奶不能下田耕作，只能做一些家务活和帮人洗衣等来维持家计。长兄抵父（大伯早年夭折），我父亲挑起抚养小弟小妹一家六口重任。次年，父亲成家立业，与年仅 15 岁的母亲一起共同担当养家糊口生计。两年后，父母喜添一子（我的第一个大哥），由于家境贫寒，患病无钱医治，不数月夭折，一家老少悲痛欲绝。那时，正是抗日救亡运动如火如荼时刻，长子的夭折，使我父母毅然觉醒，这应归罪于日本侵略者肆意烧杀掠夺，导致百姓生活在水深火热之中。

后来，在新四军浙东纵队三五支队和地下党革命志士教育和动员下，我父母毅然加入了革命行列。他们白天为富裕人家打短工维持生计，晚上与进步青年一道宣传抗日救亡运动，掩护三五支队指战员和地下党同志做抗击倭寇工作。大户人家出身、具有一定文化知识的母亲（嫁父亲前，我外公家较富裕，母亲可谓是大户人家的千金；后来，由于外公突然去世，家道中落，年仅 16 岁唯一的舅舅毅然跟随部队去了前线，成为一名光荣的新四军战士。家里只剩下 13 岁的母亲和 11 岁的阿姨，家境每况愈下，外婆由于难以维持一家生计，便将未成年的大女儿嫁于我父亲），由于对日寇的刻骨仇恨，阶级、民族觉悟迅速提高，被地下党组织委任古山村妇救会会长。时近

17 岁的母亲与 25 岁的父亲一起，一边含辛茹苦，省吃俭用，勤俭持家，抚养弟妹成人，一边冒着生命危险做好抗击日寇侵略者的地下工作。

不久，抗日战争胜利了，老百姓普天共庆，原想可以过上安稳太平日子。不料，国民党反动派毅然破坏"双十协定"发动了内战。我父亲与母亲一起又投入了鄞西解放事业，为部队北撤后留下的坚持地下革命的三五支队指战员和地下党同志，送情报、送粮食，站岗放哨，并积极组织有志青年参加地下党工作，开展抗击国民党抽壮丁、摊派税粮等运动。冒着杀头危险，在为鄞西劳苦大众翻身做主人出力的同时，也不辞劳苦维持全家生计。那时，大姑已出嫁，大叔已成年，13 岁的小姑给人当了媳妇（称为童养媳），年仅 10 岁的小叔也能跟着父亲做一些放牛羊、采猪食的农活。

新中国成立前夕，我父亲省吃俭用购置了十几亩次山林、二三亩薄田，父母俩为筹建新家早出晚归辛勤耕耘着，这也给解放后划分家庭成分埋下了阴影。本来一贫如洗的父亲，应该被划为雇农成分的家庭，由于有几亩山和田，却被划为下中农。新中国成立不久，我父母生下了第二个儿子，即现在的大哥，家境有所改善，便向上古山吴姓大户人家购置了一楼一平的房子，从此独立成户。身体一直有病的大叔，由于单身与奶奶生活在一起；而小叔由于年幼、奶奶无能为力扶养，仍跟着我父母一起生活，直至成年回到奶奶身边。当小叔 23 岁时，我父母帮助他成了家。之后，我父母有了我姐姐、弟弟等，一生共育子女 7 人，其中一个哥哥和两个姐姐因病早年夭折。

旧社会，父亲的生活是艰辛的。他老人家告诉我，说我的爷爷临终时只是把家里最好的那把锄头和柴刀留给了他，也是我父母的全部财产。祖辈们贫瘠的生活可想而知。后来，娶了我母亲后，他们在起早摸黑维持一家七口生活的同时，还积极参加抗日和解放运动，宁愿自己吃糠咽菜也要省下粮食给地下党同志吃。那种爱憎分明，敢作敢为的性格，使父亲从一个只会默默承受贫苦的青年，毅然成为贫苦大众翻身做主人的革命者（红色堡垒户）。

解放后，父亲由于受旧社会没有土地沦为给人打工苦难生活的煎熬，一时难以接受社会主义改造，不愿加入互助组、初级社，将山和田划归给集体经营，便被划入所谓"后进分子"行列。后来，在母亲的多次劝说下，才加入了初级社。从此，我父亲又挥发出参加革命时的热情。"公社化""大跃进"，父亲是青年突击队骨干；"文化大革命"时，作为生产队长的父亲带领生产队青壮年劳力，向荒山要钱，向荒坡要粮，开垦了大批水果山、茶叶园和粮田，并将次森林出售搞副业，使农户收入每天达到 1.05 元，年终结算时，大多数农户都能分红，且分红收入超过其他生产队近一倍，成为古山大队最富裕的生产队。为此，也成为全大队只会埋头拉车的"黑典型"。在那个一切以"红"为纲的时代，冒富必定挨打，也就不足为奇、见怪不怪了。之后，"农业学大寨运动"兴起，父亲仍带领全生产队男女老少投入治溪、平田、造山塘水库之中，年年成为完成任务的典型。改革开放后，由于土地、山林实行承包责任制，承包到户，父亲也就完成了生产队长的历史使命。

父亲在任生产队长这十几年的生涯中，曾因患急性胆囊炎被误诊转为慢性黄胆肝炎在家休养一年多。那时，我正上"共大"读书，长身体的我，饭量大增，而那个定量制的年代，生产队有余粮也不能分给老百姓，只能作战略储备粮。母亲为了填饱我们这些孩子的肚子，每天做饭"二稀一干"，即早餐稀饭，中餐干饭加番薯，晚餐菜粥或南瓜粥。一顿饭吃下一两小时，撒几次尿后，就饥肠辘辘了。父亲为了我这个全家唯一的"秀才"能安心读完工农兵大学，把整整一年的定量都给我吃了。他总说自己养病在家，没有参加强体力劳动，用稀饭填一下肚子够了。其实，我知道他老人家为了培养我这个陈家唯一的"状元"，宁愿自己挨饿也不愿我在外受饥。

20世纪70年代末，我"共大"毕业从军。父亲每每写信到部队总说家里一切都好，要我切勿挂念。后来，我弟弟悄悄写信告诉我，父亲大腿生了个疮已化脓，每天走路一瘸一拐的，要住院开刀治疗。我心急如焚要回家探亲，父亲回信说，只要我在部队安心练武、工作和学习，多为部队建设作贡献，比什么都强。后来，我解甲返乡参加地方工作，看到父亲每天一瘸一拐地下地劳动，有时还出远门做生意支撑着家里生活。父亲的大腿一直在流脓血，实在疼痛厉害就到村里的合作医疗站包扎一下。我做父亲思想工作让他去县上医院看病，可他总是推三阻四，说是老毛病不碍事。我知道，他是心疼钱，为了我早日成家立业攒钱建新房。父亲的那个疮十几年未愈，最后大腿左右穿孔，流脓血不止。八十年代中期，我成家立业，家境有所改善，而父亲病体每况愈下，我强拉着他去县上看病，被确诊为骨髓癌，不料三年后病逝。我悔恨自己不孝，竟然为了工作没把父亲的疾病当作一回事。而父亲却说，只要你们兄弟姐几个都能和和睦睦、平平安安生活，顺顺利利工作，做父亲的就心安了。还说，人老了总是要死的。现在我能看到你们成家立业了，而且都有了我的孙子和外甥，我心里高兴着呢！多么伟大的父亲呵，我为我有这样一个伟大、慈祥、可敬的父亲而感到骄傲。

父亲，我还要告诉您，您临终时为了"白发人送黑发人"而闭不上眼睑，现在可以安息了。因为当您去世六年后，95岁的老奶奶也安详地驾鹤仙逝了。为了不让奶奶伤心过度，我们没有把您去世的噩耗告诉奶奶，而且到"天堂"后她也不会知道。还有，您寂寞了二十三年后，82岁的老母陪您去了，现在你俩在天堂过得好吧，上帝应该会保佑你们这对虔诚的基督教徒。另外，我还要告诉您一个喜讯，您的三个孙子、一个外甥都各自成了家，而且都有了您的曾孙女、曾孙子和曾外甥，如果您在世的话，应该是四世同堂了；若能活到百岁的话，有可能是五世同堂了。

父亲走了25年了，我心里时常会想起他的点点滴滴。真的悔之恨之，痛彻肺腑！因为父亲和母亲辛苦一辈子从来没有出过宁波大市，我应该好好陪父母去全国各地走一走，到处去看一看，去感受一下祖国的大好河山，可现在一切皆成泡影。"谁言寸草心，报得三春晖"，是啊，父母为了我们这些儿女真的是吃尽所能吃的一切苦，为我们遮挡了一切的风雨，父亲的点点滴滴都铭刻进了我的心里。我知道终有一天我也会追随父亲而去，但我要用我的一切告诉我的儿孙们，他们曾有一位如此伟大、智慧、疼爱子孙的爷爷、曾祖父，作为我的子孙应该记住这位伟大的祖先，他用自己的勤劳、智慧、仁慈、容忍、牺牲……为我树立了最好的人生榜样。活着，就要像父母亲那样，顶天立地，为社会、为家庭，敢于担当，敢于奉献。

爸妈，做儿女的永远想念你们！愿你们在天堂再也不要操劳忙碌，再也不要为子孙晚辈牵肠挂肚。做晚辈的只有一个希望，那就是祝愿二老在天堂幸福安康地生活着。作为一个有近三十年党龄的共产党员、机关干部，我不信佛也不信教，更不是什么基督教徒。但我宁愿相信"耶稣"所宣扬的"复活节"到来，让所有仙逝的亲人都能重新复活，老少同乐，欢聚一堂。到那时，我又能重新坐在父亲面前，聆听他老人家的谆谆教导，领略他老人家的曲折、智慧人生。

人生不易，但失去亲人终归是人生所必经的痛事恨事。愿天下所有的子女都能好好孝敬父亲母亲，永远无愧于父母亲的养育之恩，教导之恩！

我曾在自己的人生中写过这样一段话：生命不断地逝去，印象不绝地消失，生命所给的不过是人生的一个惨淡告别！如今，年过半百的我回头想想，似乎的确如此。

呜呼。父恩永铭，父德长存。愿父亲永远活在我心中！

写下这篇祭文，一为追忆父亲，二为悔恨与自责。此时此刻，作为三世同堂的父亲、爷爷，尤为深刻感悟到追忆和怀念长辈的重要。但愿我的这篇拙作，能给晚辈们一点教诲和启迪。弘扬中国几千年文化传统："百事孝为先。"

追思老丈

　　老丈（宁波人对妻子父亲的尊称）逝世，至今整整一百天了，按当地风俗习惯要举行百日追思祭奠。我作为老丈唯一的女婿，无论在落殓、出丧，还是在"百日祭"时都要披麻戴孝跪拜的。可我在老丈出丧的那天，"干部身份特殊"为借口，以一套素装、一朵小白花寄托了我对老丈人的全部哀思。

　　老丈啊！我这样做您不会责怪我吧！我想您是不会责怪的！因为，您老人家在世时曾经对我说过：一切丧事从简，人死了一了百了了。是啊！人死了，又何必做那么多表面文章呢！在我看来，说句不中听的话，搞那些已经被铲除多年的旧时守灵、落殓、出殡、做百日羹饭等形式，这不仅仅是对死者遗嘱的不忠，而是用来对自己的最后欺骗。但是，在当前旧俗兴盛的世人眼里，我，就是一个不尽孝道的人。这在我心里落下了一份深深的愧疚。

　　老丈啊！百日的祭祀，让我再次勾起了对您老人家的一些往事。

　　在我十五六岁时与您老人家就相识了，算起来也有近 40 年了。虽然我家在山区，您老人家住在平原，远隔 30 多里地，也许是缘分，也许是姻缘，也许是您与我父亲的情义，让我认识了您！

　　那是一个"抓革命、促生产"的年代，对农村家庭来说，没有副业可言，养猪便成了家庭副业的唯一收入。然而，要养猪必须要有足够的猪饲料，对一个地处山区连基本口粮也不够吃的家庭来说，哪有猪吃的饲料呢。我父亲是把务农好手，对家庭副业经营也有其一套生财之道，那就是化劳力到远离山区的平原农村生产队免费收拾一些卷心菜黄叶、芹菜叶子、"革命草"（即水芦莲）等青饲料给猪当"口粮"。当时我正在读初中，遇星期天父亲就会带上我去平原收拾菜叶子和青草之类的猪饲料。

我永远不会忘记 70 年代春季的那一天，凌晨三时起床，跟随父亲拉着手拉车步行了三四十里地，在东方刚发白的时候，便到了您居住的一个平原小村。早起的炊烟，缭绕在平原村落上空，我与父亲坐在您家村口不远的种植卷心菜的田畈边，等待着当地农民来采割卷心菜菜心，然后，再由我们收拾菜心外的黄菜叶子。那时，我的体质十分瘦小薄弱，经过长达三四十里的步行，又饥又累，就在田边不知不觉睡着了。不知过了多少时间，是您来到田头，与父亲搭讪后，把我们领到了您家里，并让我吃上了一顿在我家只有中餐才能吃上的白米饭。您与我父亲闲聊中得知我们是从山区步行来采猪饲料的，您二话没说就把我和父亲领到了您管辖的生产队田里，让我们尽情捡拾剩菜黄叶。您与我父都是生产队长，所以聊起农事来就特别投机。父亲为了谢恩，将一捆用来烧早、中、晚餐的枝柴和买点心的两根杉木短椽送给了您，这在平原地区根本不可能用来烧饭做菜的，在当时用这些来换一顿饱饭也算是扯平了。可您没这么想，所做的一切全部出于同情之心。虽然家里不富，却执意要付枝柴和木料钱。

时近中午，父亲让我去收拾一些散落在田埂的干草准备烧中饭，可令我和父亲都没有想到的，又是您老人家叫我们到您家里去吃中饭。非亲非故的，我们怎么好意思去您家吃中饭呢。可您却说，如果你们没有困难也不会跑那么远的路，到我们这个小地方来捡拾烂菜叶子。您还对我父亲说，出门在外，大人为了家庭生计受点罪是应该的，小孩子可受不了这种非一般人能受的罪。最后，是您的执意让我父亲对我起了怜悯之心，让我在您家又吃上了一顿饱饭。杨奶奶（我老丈的母亲）和杨婶（后来成为我的丈姆娘）是一对伟大的母亲，非常好客，不但做了一桌非常丰盛的饭菜，还备了自酿的米酒。我和父亲被您请为上宾，可餐桌上只有您、杨奶奶、杨婶、父亲和我五人。我心里非常纳闷，是您家教有方，还是您的四个儿子一个女儿本来就比较懂事、乖巧？他们都到哪里去了呢？餐桌上还是个孩子的我，是不好意思问您的。在您、杨奶奶、杨婶的频频劝说下，我这个向来会喝酒但很少有酒喝的人，真正喝了个够。等我有点踉跄的脚步摇摇晃晃到灶间盛饭时，才知道您的四子一女已经在那里吃完饭了，却都是一些青菜淡饭。您将最好的菜、最好的饭和自己心爱的米酒都给了与您素不相识的我们。

是您的酒使我本来精疲力竭的身体有了生气，下午的劳作也便有了更多的收获，为此父亲还表扬了我的劳作成果。但由于田间剩下的黄菜叶子实在太少了，到黄昏时分，只有半手拉车的捡拾，只能等明天起早了。就在这时，是您带着四子一女拎着土箕、篮子等农具帮助我们收拾残叶，我父亲一个劲地说着感谢的话，我也感激涕零。晚饭还是在您家吃，您还叫婶婶为我和父亲安排了一张床铺住宿。试想，在那个年代，大家都为家庭生计忙碌着，哪会有既管饭又帮衬干活的人。但事实确实如此，您就是一个乐于帮助人的人。在这之后，您与我父亲结下了不解之缘，您家里建房需要木料，我父亲尽最大努力帮助解决，我家里缺粮，您老人家不遗余力帮助购买。就这样，你来我往，我父亲与您成了最好的朋友。

一晃五六年过去了，1977年共大毕业后，我应征入伍来到了苏北。从此，我与您的联系只是偶有几封书信往来。退伍后，我走上了工作岗位，因您是我父亲的朋友，我也很少去您家走走。

不知不觉又过了几年，我便成了大龄青年。因忙于工作，一直没把婚事放在心上，而您家与我同龄的独养女，由于家庭和睦相处，似"皇帝女儿不愁嫁"，也一直不想找男朋友，急得您老人家和我父亲一样，整天唠唠叨叨，还东托婚西说媒，为了儿女的婚事日夜操劳，成了一块心病。

1984年春节的一个星期天，我父亲突然令我去您家走走，还给我买了许多礼品要送您。这是什么意思？一时使我丈二和尚摸不着头脑。当时我心想，已有好几年未去您家了，尽一下孝道也是应该的。于是，我换了一套干净的衣服，带上礼品，骑着自行车出发了。到达您家已是中午时分，您和婶婶正在忙碌着准备午餐，哥哥嫂嫂们像接待上宾一样接待我，弄得我实在有点不好意思，最后还是您老人家的一句话为我解了围："你去楼上阳台里看看书吧！"那时，我如听话的孩子上楼了。原来阳台里有您女儿在看书。几年不见，她出落成亭亭玉立的大姑娘了。我如遇上文学知音似的与您的女儿东拉西扯一番。我总觉得您的女儿与我是一个似曾相识又如陌生的熟识人。也许是我俩天生有缘分，也许步入大龄的青年男女似一对干柴烈火，尽管相识很短暂，但彼此之间都留下了美好的印象。

回家后没几天，我试着给您的爱女寄去一封充满爱意的书信，没过几天便收悉了她的回音。就这样一来一往，彼此建立了感情。父辈们都为我们的相处感到高兴，尤其是您更起着推波助澜的作用。仅一年时间，在您的撮合下，我们圆了美梦。婚后才知，那天我与妻子的相会，是您和我父亲及双方母亲设的一个局，我和妻子都被蒙在鼓里了，事后想想，真是可怜天下父母心。

您为人处世在杨家这个村里是有一定威望的。您虽然平时说话不多，家里家外都一样，遇事却慎重从事，不管是家事还是集体的事，您负责的生产队各业生产在村里是出类拔萃的，您的四房媳妇相处情同姐妹。在抚养教育中，您从不打骂子女，教育有理有礼，所以子女们在村里也是时常被人夸耀的。邻里之间相处似宾，和睦乐融，所以缘分也很好。

您是个面部表情严肃内心充满一团火的人，这在您与我成为翁婿关系后，多次对饮中得到了证实。我喜欢空闲时喝酒聊天，天南地北无所不聊，您总是默默无闻地陪着我，有时我一喝一聊就是几个小时，您仍不厌其烦地陪着。丈母娘时常笑着说我是您老头子最看中意的女婿，我从您和丈母娘的眼神得到了证实，这话不假。

回想与您老人家其乐融融的近40年间，我要说的话实在太多了，也无法用语言来表达对您这个老丈人的怀念之情……

安息吧！我的老丈人！我会永远记着你的祭祀日——2008年农历十二月十二日下午五时四十八分。

老姑的点滴往事

2011 年 11 月 28 日凌晨 4 时三刻，老姑驾鹤仙逝了。噩耗传来，心里咯噔了一下。心想，老姑怎么会那么快离开人世呢？我虽知道她患尿毒症已经两年多了，但两个堂兄弟和一个妹妹很尽孝道，一直不惜血本在医治，每周还为她做一次血透，使老姑病体不仅保持着平稳，且有不断好转的趋势。这不，今年春节，我老母仙逝她还前来吊唁，看她的脸色还透着红光呢。想不到，仅仅几个月不见就走完了她七十四年的人生。

据我父亲说，他有两个弟弟和两个妹妹，因家里生活负担过重，大妹从小被人领养在上海生活。民国三十三年（1944），年仅五十七岁父亲（我的爷爷）由于操持一家生计，劳累过度与世长辞，家里留下了缠小脚的母亲和 12 岁的大弟、6 岁的二妹、3 岁的小弟，年仅 22 岁的父亲挑起了"长子代父"的理家重担。我从来没有见过父亲的大妹（我的大姑），但我很早在父母亲口中知晓，大姑与我老家去上海谋生的一家店铺伙计相识结婚，生有一个哑巴儿子，是我的堂兄，后因儿子智残起纠葛离异，大姑回乡嫁给了老家另一个自然村的一个农民，不久病逝，无嗣后。大姑的离异与病逝，我家不再与那个大姑夫和这个哑巴堂兄走动，倒是那个哑巴堂兄成人后念及大小娘舅的亲情，每年来我家和叔叔家拜年。因我没有见过大姑便把二姑当作了大姑，称她为老姑。

老姑是个苦命人，她六岁失去父亲后，一家老小靠大哥（我的父亲）给富裕人家打短工生活，13岁时由母亲（我的奶奶）做主给了人家做童养媳，未成年就做了母亲。她含辛茹苦孝敬公婆，抚养子女，好在我姑夫对她恩爱有加，生活也算过得去。

　　老姑对我可谓是慈母，记得小时候逢年过节，每每去她家总是把好吃的好玩的给我们，有时还给我们兄姐弟二三角零用钱，那时候口袋里能拥有五分、一角钱心里真是开心极了，更何况有二三角钱，它可以用来买笔墨纸砚，对好读书的我来说比捡到金元宝还高兴。老姑的大儿子与我同龄，只比我早出生了七天，可老姑总是想着我，经常训斥堂兄要让着我，而我从来不称呼他为哥哥。我是一个既不安分又天生好玩的孩子，由于家里穷没有什么可玩的东西，见到有好玩的总想占为己有。于是，每每去老姑家为了玩具与堂兄争吵争夺，有时还打架，使他受了不少委屈。

　　老姑对我这个爱读书的孩子很器重，不知是她的二子一女都没有上高中，还是我们陈家出了我这么一个所谓的"知识分子"让她脸上有光。70年代初，我初中毕业考上高中，老姑不但专程送礼物于我，还千叮咛万嘱咐多去她家走走。我们学校在海拔400多米的茅洋山上，如走山路必定要路过她家，所以我总是喜欢在老姑家歇脚，有时候也蹭饭吃。而每每去她家老姑总是要去菜市场买一些小菜来，像招待贵宾一样招待我，姑夫有时还陪着喝上几盅。在那个连温饱都难以解决的年代，能美美吃上一顿丰盛的饭菜，那种惬意心情是无法用语言来表达的。老姑非常重视我的学习，每每去她家总是要问我的学习成绩怎么样。一次，她得知我对半农半读、又苦又累的高中学习生涯产生厌倦情绪，毅然弃学回了家。她急得像热锅上的蚂蚁，竟然与我母亲一道押着我重新回到学校，并与学校老师进行沟通，说了许多好话。我被老姑慈爱之心所感动，重新就学。但不到一学期，我还是义无反顾地返乡干起了泥匠学徒。

老姑得知后，虽然觉得心痛但也无可奈何，因为她知道我这个人天生有自己的主见，一旦决定了的事是很难改变的。既然弃学打工，按理说可以不管我了，可老姑没有这样做。她竟然为了我能赚上几角钱，便叫她儿子带着我干泥匠活，因为干学徒师傅只管饭不付工资。当时我的堂兄学泥匠刚刚满师，每天可赚1.9元。他为了尊重母亲带我这个徒弟打开作场，每天只收1.7元。其实，主人家一般是不愿意刚刚满师的泥匠师傅带徒弟的，因为每天要多付6角钱。从此，两个小时候吵吵闹闹的愣头青，今天在这家砌砖墙盖瓦片，明天在那家抹泥土修墙体，吃起了"百家饭"。

1975年，各地兴起举办社来社去工农兵大学，由于我有一定文化程度，根子红又参加过农业劳动一年多（当时贫下中农推荐上大学要求参加农业劳动两年以上，按现在时髦的话说，我是破格录取的），便被推荐上了鄞县共产主义劳动大学。不知我与茅洋山结了缘还是命运注定，就读的共大分校兽医系校址竟然设在我读高中时的老学校。虽然办学条件有些改善，但环境变不了多少。老姑知道后，为怕我走老路，便再三叮嘱我要好好学习，将来做个有出息的人。其实她哪里知道，上大学一直是我梦寐以求的心愿，怪就怪"文化大革命"对高考制度的破坏，从而导致我对读高中失去了信心。

1977年10月，我从共大兽医系毕业走上社会，在本地公社兽医站工作，按当时老百姓的话说是个吃公家饭的人。我父母和老姑及亲戚朋友都为之高兴，觉得脸上有光。有了一个稳稳当当的工作，是人之心愿。可我是个不安分的人，次年春季招兵，我毅然放弃稳定的工作岗位，投入部队大熔炉锻炼。一些人不理解，父母和老姑及亲戚朋友更是责怪声不断，尤其是老姑对我有恨铁不成钢之怨言。我说，有志青年应该保家卫国，志在四方；一人参军，全家光荣是祖国的召唤。老姑听后觉得有道理，也就无话可说了。其实，有我这么一个侄子，在老姑心里是觉得高兴的。因为我们陈家祖祖辈辈一直过着面朝黄土背朝天的生活，没有出过一个读书人和军人。

四年军旅生涯结束，我返乡在本地公社文化站任站长，在老百姓眼里是个公社干部了，老姑逢人就夸我这个侄子有出息，给我们老陈家争光争面子。我倒不以为然，有一份称心如意的工作也不枉我这几年的摸爬滚打。

不知不觉，我进入了大龄青年行列，老姑比我父母还着急，总是四处奔波为我牵线搭桥张罗着对象。不管是平时或是逢年过节一旦遇见我，她总要问这问那，时时关注我的婚姻大事。虽然我对寻找知己自有主见，但对老姑关注我的婚姻大事始终抱有感激。后来，她得知我有了对象，高兴得乐开了花，逢人就说我侄子的对象有多么多么漂亮，多么多么贤惠，有时直夸得我有点不好意思。当我有了儿子，老姑心里更是乐不思蜀。见到我的儿子又抱又亲，有时她的亲昵劲真让我不知所措。儿子开口会叫爸爸妈妈了，老姑抱着我的儿子一个劲儿要叫她奶奶，可我这个儿子真有点像我，不爱叫人，弄得老姑有点下不了台。这时，老姑总是自圆其说，我这个孙子就像他的爸爸，主见太重，金口难开啊！儿子上幼儿园了，老姑来娘家时总要专程来我家看看这个不爱叫人的孙子，并送些礼物。春节，我带儿子去看望老姑，儿子腼腆地叫上一声奶奶，这时老姑开心地直叫乖囡囡，红包和压岁钱像扔手榴弹似的在我的儿子口袋里装。之后，儿子上小学、中学、大学，老姑总要送礼送钱，关爱程度胜过自己的孙子女。我知道，老姑对我儿子的爱是源于对我的爱的延续。因此，我对老姑的爱胜似自己的父母，每年逢年过节和平时空闲时间都要去看望老姑和姑夫，陪他们说说话，聊聊家常，若有时间陪他们吃一顿饭。

光阴似箭。一眨眼五十多年过去了，老姑进入了古稀之年，本应是幸福地享受晚年，然而病魔来袭，得了不治之症，身心受到严重折磨。唉！真是老天不长眼，最终被病魔夺去了生命。呜呼。心痛矣！不觉间抬头仰望天空，见天边一片阴霾，欲哭无泪的样子。呵，难道老天也在为老姑仙逝心痛。此时此刻，我与老天爷一样心痛……

追忆我的奶奶

2016 年元旦后第一个双休日，窗外，细雨霏霏，伴随着阵阵冷风，将寒意洒遍每个角落。没有太阳的天空，似乎更容易让人怀旧，也更容易怀念亲人……这不，不知怎的，我又莫名其妙地翻起了那本我在 2005 年 8 月编写的小册子——《陈氏家谱》，阅至二十世公我爷爷这一辈时，几行小字深深吸引了我的眼球，也让我追忆起我的奶奶："……配氏吴氏，生于光绪二十七年（1901）辛丑十一月十九日亥时，卒于公元一九九五年六月十三日，享年九十五岁。生三子女二……"屈指数来，奶奶已经离开我们二十年了。

坐在电脑前，阅读记载着奶奶一生的这几行小字，心底深深的思念如潮水般涌现。奶奶从清朝、民国到中华人民共和国，可谓经历过三个朝代的农村小脚女人。她老人家的一生可谓在苦难中度过，几乎没有享受过多少福。若要说享受过改革开放后成果，那也是到了晚年了。而对农村来说，那也是"让一部分人先富起来"的家庭，而我奶奶是享受不到这一所谓的"成果"。因为我家和小叔叔都是普通的老实农民，那时都是以"摸六株"（种水稻）为生，大叔叔终身未娶，却在 1976 年病故，而我虽然在政府机关从事文化工作，那时也只是解决温饱与未温饱之间的工薪，很少有多余的钱去照顾住在小叔叔家的奶奶，只是在逢年过节买些水果糕点慰藉一下奶奶罢了。

在苦难中走过来的奶奶，是坚强的农村小脚女人。她老人家四十三岁守寡，当时除了长子我父亲成年外，还有四个未成年的孩子，即大姑14岁、大叔11岁、小姑5岁、小叔2岁，那时的奶奶与我父亲一起拉扯着我的姑姑叔叔，可谓是含辛茹苦。作为小脚女人不能下地干活、挑重担，她就起早摸黑地操持家务，每天天未亮起床，精打细算着子女们早中晚三餐吃什么填饱肚子，缝补衣衫，然后，喂猪喂鸡……从来不考虑自己吃点什么，吃饱了没有，穿些什么，穿暖了没有。次年，我23岁的父亲与我15岁的母亲结婚后，带着12岁的大叔、6岁的小姑和3岁的小叔成家立业，奶奶与大姑一起生活。两年后，大姑出嫁，大叔与奶奶一起生活。由于大叔从小病弱，干不了重活，虽然我父亲一直在帮衬，但许多杂务还是由奶奶去做，直到小叔成年结婚，重新回到奶奶身边。这些都是我父母讲给我听的，后来从我叔姑中一一得到了证实。

　　记忆中的奶奶，是个温和的农村老太太。小时候，我住在家父购置的古山村被称为"老屋里"的地方，而奶奶住在被称为"车水丘"的地方，同在一个村，因为前面有一条河流隔着，人畜都在石溪步上行走，奶奶怕年少的我会滑落溪步出意外，每每去小叔家，来回时奶奶总要抱着我过河。而每每过河后，我就会说奶奶累了，囡囡自己走着去。这时奶奶总会说，囡囡真乖，真懂事。这时，我就会扑向奶奶，偎依在她的怀里，听她讲国民党与共产党打仗的故事，奶奶说："那都是中国人啊，也不知道打个啥，倒是那时候的小日本鬼子最可恨了，你爷爷就是宁波沦陷三年后没的……"于是，在我幼年的记忆中就仇恨日本人。上学的时候，一篇《王二小放牛》更加深了这种仇恨，电影《地道战》《地雷战》看的我热血沸腾，后来的小儿书《铁道游击队》更是让我迷恋。甚至惋惜自己没有生在那个年代，也许也能做一名英雄！

　　走进了中学的校园，我的英雄情结依然与日俱增，可是那个时候我很茫然。因为一些富裕人家、富裕老师已经有日本产的手提收录机了，有的还有日本产的雅马哈摩托车，那时我和几位同学都叫它马大哈，似乎在戏要这些日本货。很显然，我的爱国情结还没上升到排斥日货，只是有了反感。反感的不是我一个人，奶奶也是反感的，奶奶说："世道变了，怎么还和小日本好上了呢？"还说，你以后有钱了不要买日本货。那时候我不知道奶奶的话是什么意思。似懂非懂，却很着迷年轻人手里提着的录音机。

当我的历史课本里出现一九三一年九月十八日，日本炮轰沈阳北大营、一九三七年七月七日卢沟桥事变及后来的南京大屠杀事件，等等，我的仇恨排山倒海涌上来了。与同学们一起讨论日本的侵略行径，搜罗日军侵华的史料。对于七三一部队的细菌武器人体试验，我当时就认为，奶奶说爷爷遭受的那场瘟疫就该是这支日本部队干的。一九三七年十二月十三日，日本人打进南京，为期六周的烧杀抢掠，三十万华夏子孙惨遭杀戮。当时讲课的历史老师手都在颤抖，告诫我们要记住这个历史日期。

知识是改变命运的，也是改变思想的。二战之后日本的侵略行径得到了应有的审判，对于战争赔款的放弃，我竟不能理解透彻，可能是因为老师就是这么教的，但是我的骨子里依然觉得委屈至极。以德报怨，我华夏儿女何等的胸怀，就这么放弃了战争赔款。那时年轻的我，每次出差路过北京，闲暇之余，去无名英雄纪念碑，久久站立，惭愧之余，不能抬头，不敢仰望。倍感自己何等的渺小，何等的懦弱，我心中的英雄们，你们安息吧！你们是我心中真正的英雄！

随着改革开放，中日友好的进程不断加深，我理解了先辈们以德报怨的做法。巍巍华夏，五千年的人文历史，虚怀若谷。纵观历史，没有哪个民族能放下这个刻骨铭心的仇恨，没有哪个民族能有这等胸怀。面对历史的伤痛，奋起直追，放下了民族的耻辱和沉重的思想包袱。日本邻邦，一衣带水，我国的医疗技术、工业制造技术，得到了日本的大力支持。同时也使日本战后的经济得到了迅猛的发展。这该是一个对历史的总结，惩前毖后，和平发展，是历史赋予的使命。我仇恨的感觉又一次渐渐模糊，顺应时代的发展，我也该转变了。奶奶已经过世20年了，我该告诉奶奶今天的社会，今天的我，今天的小日本，与你们那个时候不一样了，您也该听听国产的 CD 了！

人到中年时，有时候我给孩子们讲奶奶的故事。孩子们也学习历史，有时候也问我许多问题，比如为什么日本的动画片要比国产的好看？日本的汽车为什么比国产的省油？日本的料理与肯德基哪个好吃？我忽然觉得，奶奶的故事我给孩子讲得太多了。孩子也像我那时候一样矛盾了，于是我领着孩子去看南京大屠杀纪念馆，去北京看看人民英雄纪念碑……通过眼前事实，让他们进一步了解新中国得来实属不易。

随着时间的推移，关于日本的负面新闻越来越多——国有化钓鱼岛，让我想起七七卢沟桥事变的险恶嘴脸；首相参拜靖国神社，让我想起了日本的军国主义、武士道精神。种种迹象表明，日本的右翼势力在为二战战犯招魂，而忘却了历史的教训。也许我该把这些故事的背后都讲给孩子们听。日本当年发动的侵略战争是因为当时的资本主义国内爆发的金融危机，为了转移国内空前膨胀的矛盾，从而发动了战争。这些故事也该和孩子们讲的，下一代人都该仔细的学习历史，把这些近代史中的屈辱和惨痛学透、记牢。出则无敌国外患者，国恒亡。只有当一个民族有了忧患意识，才会警觉，前事不忘后事之师。每每想到此，倍感作为一名华夏子孙肩上的重任，我该与孩子们一同担负起这个传承历史的责任。

面对今天的战争，我也经常和孩子们说，只有努力学习科学知识，立志报国，才会在未来的战争中取胜，不再遭受外敌的侵犯和屈辱，才不会看到满大街跑的日本车，家里的日本产电气，才能让好多孩子不因战争而失去亲人。我就没有见过自己的爷爷，我要感谢我奶奶，感谢她讲给我的故事。所以我也该感谢普天下所有中国人的祖辈们，有了你们，才有我们这一代没有经历过残酷战争的儿孙。孩子们的孩子将来也会有好多会讲这段故事的爷爷。于是，我想起了李白的《江城子·密州出猎》："老夫聊发少年狂。左牵黄。右擎苍。锦帽貂裘，千骑卷平冈。为报倾城随太守，亲射虎，看孙郎。酒酣胸胆尚开张。鬓微霜。又何妨。持节云中，何日遣冯唐？会挽雕弓如满月，西北望，射天狼。"

在安静的深夜中，独自静坐，又一次翻开那本许久未碰的小册子，记载奶奶的那段话又一次映入眼帘，陷入沉思，于是，奶奶在世时的情景在脑海中再一次浮现……

亲人健在需尽孝，亲人逝去徒悲伤！奶奶虽然已经离我远去，但她对我的关怀和那份永远也剪不断的亲情，将永远锁在我的记忆中，永远铭记！

夜已深，干涩的眼睛已经变得湿润。亲爱的奶奶，安息吧，愿慈祥的奶奶在九泉之下一切安好！愿您在天堂里也是那么恬静、悠然……

一篇不愿撰写的祭文

——痛悼表兄崔绍林

2016 年冬月，飘雪未央。噩耗传来，如是惊雷。北雁鸣叫，鸟儿哀嚎。夜不能寐，悲哉痛哉！呜呼。

当今中国，物质富足，精神富裕；平均寿命，不断增加，男性达到 72.38 岁，女性为 77.37 岁。58 虚岁的表兄你，应该说，家庭事业均有成的年龄，却被病魔夺去了生命。壮年撒手人寰，天地呜呼，惜哉！

曾几何，你我一道玩耍，懵懂的孩子，为了争当一个小玩具，为了争夺谁是兄长，整天打打闹闹，谁也不服谁，最后在你妈我的姑姑和我母亲的见证下，才确定你比我早出世了一星期。但好强的我，就是不服，也不愿叫你一声哥哥，半个多世纪下来，一直相互间以姓名相称。后来，我们渐渐长大，虽然各自在本地上学，但寒暑假总会在你的外婆舅舅家，即我的奶奶叔叔家相聚，那童叟无忌的玩耍，学习交流的情景，似乎还在昨天。

七十年代初，在那个并不富裕的日子，你初中毕业就挑起长子的重任，出外学徒做泥瓦工。当成为师傅时，高中肄业的我，跟随你也学了几个月的泥瓦工呢！那雨打日头晒的辛苦日子，我是真真切切体会到了。到了中期，全国掀起半工半读办大学热潮，我被贫下中农推荐迈进了所谓的"共大"校门；毕业后，又应征进入大熔炉锻炼。这大学、大熔炉的七年间，虽然也辛苦，但与你做泥工活相比，那是小巫见大巫了。解甲返乡后，我在基层政府文化部门工作，可谓是捧上了铁饭碗。而你为帮衬父母和家里的生活，仍在风雨中打拼，可谓是含辛茹苦。然而，艰辛的生活，让你成为一个敢于创业的硬汉。随着改革开放的不断深入，你放下了泥瓦刀拿起了铁锄头，从几台仪表车的家庭小作坊逐步发展成为资产近亿元的民营企业，30多年的打拼，不知花费了你多少的心血，硬生生地成了"人上人"。但是，天有不测风云，人有旦夕祸福。正当你再次大踏步前进的时候，病魔却缠身了。血癌，这个恶魔，让你硬生生地挺过了五年，其间所受的痛与苦，一般人是难以承受的。

去年春节，你来娘舅家做客，你我相会，还觉得身体恢复得不错。你还说，等明年过春节的时候，你我如年轻时一样，推杯换盏三百回合，一醉方休。可如今，春节未到，你我却阴阳两隔，怎不叫人痛哉惜哉！

氤起的薄雾中，可是你梦想图腾里的素纹？寥落的凌风里，可是你壮志凌云时的哀怨？陨愿已矣，破水成冰。

人有百年，木无万载。可是，你只有五十八岁啊！你竟陨落在这样一个壮年图腾、踌躇满志的时候。虽然，你我都儿孙满堂，事业有成，没有什么遗憾。但在当今这个不愁吃不愁穿的社会，哪怕活到平均寿命也好啊！你却在无情与残忍中消殂。难道是老天在嫉妒你？否则，怎忍降此哀云？你的天伦之乐，如何了愿？你自信的笑声仿佛漫盈于耳，你豁达的话语依稀油然顿生。我无法相信，你竟敢抛下妻儿媳孙，年老的父亲和我们这些相知至爱的兄弟，飘然而去，匿身沉影？

我知道，你爱父母。四年前，你母亲患尿毒症驾鹤仙去，老父亲受不了精神打击，大病一场，当时你重症住院，正是弥留之际，家属和亲属们为了不让你知道，瞒着你出了丧。半年后，你病情有所好转，出院得知母亲大人病故，硬撑着在她老人家坟前足足痛哭了半天，回家后还拖着病体无微不至地照顾和安慰年迈的老父亲，从而使他老人家身心得到些许安慰。你爱家庭，你爱事业，你爱属于你的那片蓝天。你是屈强的雄鹰，用生命在追逐着淀积的蔚蓝；你是孝顺的儿子，用生命在抚慰父母和长辈们的心灵；你是可敬的父亲，用生命在教诲着儿媳要珍惜事业、孝敬老人；你是可信赖的兄弟、朋友，用生命书写了一篇壮丽的人生。你竟不跟我们说声再见吗，就这么悄无声息地走了，留下一群茫然若失的亲人。你，究竟在哪里，我的表兄！

你是滴落凡间的英才，还是匆匆瞥别的使者？你在弥留之际，难道明白了天意。你貌似桀骜的性情中，竟有着不为人知的隐忍？我本不相信上帝，我本不相信天堂。可是，现在我信了。天堂就是你去的地方，那里炫美胜画，那里宜倾九华！我为你单膝跪地，我为你虔诚划十：上帝，无所不能的上帝啊，请你保佑我的表兄。保佑他，在那个世界里，永远幸福！

悲哉表兄，痛哉表兄，惜哉表兄！昔日曹孟德三叹郭奉孝，今日我岂止三叹！一叹壮年先病逝，二叹宏图未如愿，三叹白发送黑发，四叹四世未同堂，五叹兄弟情未了。呜呼！

天本妒才，覆水何收！青山深帐，黄鹤杳然。天之苍苍，地之茫茫，玉虬游穹，瑶象降泉，彩霞为袍，明月为当。

保佑表兄一路走好！